El viento de la tormenta arremetía contra los árboles, doblaba los penachos verdes y estremecía las gruesas ramas por el suelo; creando así los aullidos de dolor extendidos por el bosque. Las oscilantes sombras oprimían la noche. La voluminosa nube negra, dando tumbos como una mar agreste, había rebotado en la cumbre de Los Andes, trayendo consigo agua, granizo y partículas de energía. El rayo se ramificó por la atmósfera, formó un puñado de nervios e iluminó la choza. El estruendo acalló el grito de la mujer que paría y silenció los gemidos de la foresta. El mugido de las reses extraviadas exacerbaban el desconcierto por el valle y la rivera del sinuoso río Itata. En las guaridas de los animales que lograron anticipar la tormenta, los ojos temerosos se mecían de un lado a otro, buscando el sosiego en el instinto animal. Arriba, subiendo hacia las imponentes montañas, aparecía el impávido volcán Chillán, presenciando con ojo frío de cíclope el rugido de la naturaleza.

La recién nacida, con en el cordón umbilical enrollado en el cuello, había surgido inerte del cálido útero, rebosado de sabor salino. La matrona miró a la criatura, la sostuvo en una de sus manos húmedas y con la otra la liberó. Mientras las separaba, operación que duró varios minutos, aventó una mirada piadosa a la angustiada madre, cuyo presentimiento extinguía toda esperanza de ver a su guagua con vida. La comadrona, acostumbrada a contemplar la muerte entre sus manos, buscó en su mente las palabras consoladoras, atoradas en la garganta con un nudo de lástima, carentes de sentido para una madre amedrentada y atribulada. «Era una niña preciosa», dijo, mientras la arrullaba entre sus brazos. Palabras que la madre no logró escuchar, porque un nuevo estruendo paralizó toda acción y sonido de la casucha.

La descarga eléctrica pegó en la encumbrada araucaria del patio, partió la copa y se prolongó por las raíces hasta perderse en la corteza terrestre. El vacío creado por la corriente eléctrica envolvió la covacha. La luminosidad se precipitó por las hendiduras, formadas por las desniveladas tablas, seguida por el estallido del trueno. El asombro y el miedo fueron interrumpidos por el llanto de la criatura, quien volvía a este mundo como saliendo de las profundidades de un océano, aspirando, resollando, buscando desesperadamente el alivio que el aire le proporcionaría a su tierna vida. La pequeña bebé continuó lloriqueando mientras era enjugada por la matrona, quien, con incrédula mirada, se preguntaba: «¿Cómo es posible que esté viva esta niña?».

Al otro lado del dormitorio, separado por tablas y madera barata, que subían en desorden hasta el lóbrego techado, el preocupado viejo también respiró profundo cuando escuchó el infantil lloriqueo entrecortado, casi imperceptible por el rugido de la gruesa lluvia sobre las láminas acanaladas de cinc. Se encontraba de pie en la estrecha y decaída pieza que servía de sala, comedor y cocina, donde los raídos muebles evadían los lengüetazos brillantes de la lámpara de alcohol. Había esperado angustiado y distante el parto de su hija; como lo había hecho durante toda la preñez, y como lo había hecho en el parto anterior. Después de escuchar los pequeños llantos y quejidos, comprendió que ya no tenía una razón para continuar reprochando a su hija, había llegado al término del embarazo; solamente le quedaba la esperanza de que el recién nacido fuera un varón. Buscó en el fondo de la oscura y tiznada cocina una de las descalabradas sillas; la arrimó al fogón, se sentó, y lo comenzó a atizar. Terminada la operación, se recostó en medio de un círculo de cavilaciones, proyectándose sobre el futuro incierto de la precaria situación en que se encontraba.

Agarrada a esta vida por el instinto de supervivencia, la raquítica bebé continuó desesperadamente inhalando el aire que le faltaba, entre lloriqueos desnutridos y silbidos, siguiendo el ritmo de su respiración, enmudecidos por el intenso chubasco. La mujer, complaciendo el impulso maternal, arrimaba con ternura a su recién nacida hija a una de sus protuberantes mamas. La chiquita rehusaba amamantarse, apartando su cabecita del hinchado pezón, para arrullarse entre sollozos y gimoteos de desaliento. El forcejeo de la madre tratando de alimentar a la criatura continuó hasta que la niña colapsó; quedó con la cabecita doblada sobre el abultado seno lactante. La pequeña había sufrido un desmayo que nadie percibió; sin embargo, respiraba…

La comadrona, traída desde la aldea El Carmen ese día por la mañana, tenía que pasar la noche en el caserío, situación que el padre de Pilar no había prevenido. En esos remotos parajes la transportación pública era nula en ese tiempo. La otra situación que devastaba la mente de Vicente era el pago de la partera: todos sus ahorros del mes se esfumarían en una noche. Él era una persona ahorrativa y meticulosa para gastar dinero; además, tenía un gran sentido común para administrar su plata. No había otra solución; la comadrona dormiría con Martina, quien roncaba en ese momento en el camastrón de su cabaña. El pago lo ejecutaría el siguiente día. Miró con desagrado el catre, cerrado y arrimado a la pared de la cocina agarrando polvo y hollín, inutilizado desde la desaparición de su hijo. Para su consuelo acompañaría a su hija y a la guagua, durmiendo donde se encontraba, cerca del fuego, para alimentarlo cuando fuera necesario.

Cuando la criatura se pegó a la teta de la madre, momentos después del pequeño desvanecimiento, y empezó a mamar con la avidez de una gatita sedienta, la comadrona salió de la estrecha habitación. «Es una niña, don Vicente. Vino muy débil y desnutrida; casi se nos va. No pienso que vaya a resistir mucho…», dijo la mujer en voz baja, a manera de secreto, para que no escuchara la recién parida; gesto innecesario porque la lluvia continuaba con fervor, silenciando todo sonido a unos metros de distancia. El aludido, sin inmutarse, después de escuchar las palabras dijo: «Vas a tener que dormir

con la Martina en mi cama. Te vas mañana temprano en la camioneta de don Clemente»,
y continuó arreglando las llamas de la calefacción, metido en sus pensamientos.

La curandera cruzó despacio el oscuro y frío trecho entre las dos mediaguas, como
la sensatez de los años le dictó: era mejor mojarse que tropezar, o resbalarse, y quebrarse
los dientes. Su trabajo ya había terminado, la criatura ya había nacido, desde ese momento
en adelante era responsabilidad de la madre. La tímida luz, hendida por el marco de la
puerta y enturbiada por los chorros de líquido, le indicó dónde debía entrar. Cansada por
el prolongado parto y la zozobra, se quitó la empapada cotona, que siempre usaba cuando
atendía a sus pacientes, y se sentó en el quicio de la cama, donde la niña yacía dormida
desde hacía varias horas. No era la primera vez que una criatura en sus manos se
balanceaba entre la vida y la muerte, ni sería la última. Era la única persona con el
conocimiento de partos, hierbas, ensalmos y embalsamamientos atendiendo toda la base
del macizo volcánico llamado Chillán y parte del valle, pues, la medicina en ese tiempo
no llegaba al área rural. No había sentido frío por la tensión, que en ese momento se
alejaba de su cuerpo, como se disipaba la pálida luz de la lámpara de petróleo. Levantó
las colchas, se metió en el lecho, se acercó al pequeño cuerpo en busca de calor, se arropó,
introdujo el rumor de la lluvia en su cerebro embotado y se quedó dormida en segundos.

Mientras tanto, en la otra estancia, el viejo hacía cálculos matemáticos para ver de
dónde sacaba dinero para mantener la otra boca, que en ese momento continuaba pegada
al pecho de la madre, rezongando por la flema acumulada en sus pequeñas fosas nasales
y sus irritados pulmones. Recordó a la Virgen Purísima de la Concepción, patrona de la
región, quien nunca lo olvidaba, según su creencia, como lo había hecho cuando nació
Martina, inyectando en él la idea de criar gallinas, negocio que lo había sacado de muchos
aprietos monetarios. Mientras la tormenta disminuía su intensidad; sus pensamientos se
alargaban hacia el futuro. No había manera de aumentar las ganancias en esa época del

4

año; la única entrada de dinero era la venta de los huevos de gallina. Repasó la despensa en su lúcida mente contable: diez kilos de queso, cuarenta de harina, diez sacos de papas, los botes de mermelada de albaricoque y las frutas que con tanta paciencia había secado. Era todo lo que quedaba para pasar el helado invierno.

La realidad de los habitantes de ese puñado de casas era vivir de lo poco que cosechaban y de lo que daban los animales que criaban. Era una localidad sin nombre y sin catastro, así como todas las demás insignificantes alquerías arrimadas al siempre nevado volcán, por la ladera poniente de la cordillera de Los Andes, adornándola como una inmensa guirnalda. Todos los nutrientes que se desparraman por las faldas del volcán, antes de llegar a los valles, son aprovechados por los habitantes de esos pequeños poblados, que fueron apareciendo por esos lares debido a la falta de terrenos baldíos en los alrededores de las ciudades de Chillán y Los Ángeles. También aprovechaban las imperecederas vertientes, prolongadas hasta las caudalosas aguas del gran río Itata, para la irrigación de sus sembríos.

Siempre habían vivido así desde que llegó Vicente padre, uno de los primeros pobladores del lugar, huyendo del amargo recuerdo que le traía la ciudad de Concepción, amarrado de la mano de sus dos pequeños: Pilar, quien daba a luz, y Vicente hijo, desaparecido de la población hacía muchos años, como se marchaba todo el que podía hacerlo. Los doscientos pesos que pagó por las dos hectáreas de terreno, ahorros de toda la vida, había sido una buena inversión, aunque el título de propiedad anduviera todavía volando por los archivos ediles; sin embargo, tenía la palabra del vendedor, equivalente a cualquier documento de compraventa. La tranquilidad y el aislamiento que el lugar le había dado no tenía valor. Sin embargo, no había podido olvidar la muerte de su querida esposa, quien había partido prematuramente de este mundo después de una larga y dolorosa agonía de un cáncer pancreático.

Después de construir la mediagua, trabajo que le llevó dos meses por la falta de ayuda y la carencia de materiales, Vicente organizó su pequeño taller de reparación en la misma estancia. Lo poco que pudo traer consistía en una cama, una mesa de madera, dos sillas, el catre, donde yacía pensando en ese momento, las herramientas de trabajo, dos lámparas, un cajón donde acarreó la ropa y un armario. Lo demás lo fue adquiriendo al pasar el tiempo, muchas veces como pago de algún trabajito de algún vecino. Era muy raro que en ese momento estuviera pensando en la mudanza de hacía 20 años; también era extraño centrarse en el recuerdo de su finada esposa, enmarañado en sus cavilaciones, sin sentir la amargura. La gente del caserío, que al principio había sido fría con ellos, los fueron aceptando poco a poco al darse cuenta de su discreción y por el aporte en la reparación de dispositivos de transmisión radial, que en ese tiempo era el entretenimiento de mayor relevancia, y cualquier otro artefacto que se pudiera restaurar.

Cuando el chubasco cesó, el abuelo escuchó los pujidos de su hija y los leves estertores de la bebé, como si se le estuviera desgarrando sus pequeños pulmones. Entró, levantó la lengua candente de la lámpara, las sombras se escondieron detrás de la rutilante luz, se acercó al camastrón y preguntó: «Cómo estás, mija». «Muy bien, apá, pero mi guagüita no puede respirar», respondió, arrullando a la recién nacida. «Ya mejorará», dijo, tocando el hombro de su hija. Apagó la luz y, sin voltear a ver a la niña, no se quería encariñar de ella, salió. Volvió a pensar en la Virgen Purísima, ella la salvaría; sería la reposición de su esposa, de eso estaba seguro. Se acostó en el estrecho catre, espantó los mustios pensamientos sobre la muerte, rondando por la oscuridad la covacha, y se abstrajo en el devenir.

El pionero del caserío, siempre se creyó que era prófugo de la justicia, refugiado en ese remoto lugar, donde la ley no llegaba ni en burro, había muerto muchos años atrás en Cabrero; sus hijos, después de vender todo los terrenos que heredaron, habían desaparecido para nunca más volver. El caserío tenía años de crecer poco en población. Los jóvenes que partían buscando un mejor sino, a veces, era mayor que los natalicios. Todos tenían una razón ambigua para vivir en ese lugar austero, pero nadie deseaba saber la verdad del otro, era mejor olvidar y continuar el camino de la vida. Los pocos que volvían era para visitar a sus progenitores; de los demás, como el hijo de Vicente, no se sabía absolutamente nada. Vicente se fue quedando dormido, sus pensamientos cesaron y se convirtieron en sueños que nunca recordaría por la sarta de abigarrados recuerdos adquiridos durante su existencia.

En el dormitorio, no obstante, la madre trataba de aquietar a la nena recién nacida, quien no había parado de gimotear, acariciándola con arrullos y mimos. Se metió en sus cavilaciones, buscando una razón por la cual su hija había nacido prematura; tan chiquita que cupo en una de las manos de la partera. Buscó en su mente las lunas, los eclipses, el horóscopo y los arcanos, tratando de encontrar un culpable, pero no logró visualizar ningún astro desarticulado. Cuando terminó de repasar su corta preñez, le llegó el recuerdo del padre de la bebita y el día de la concepción. El encuentro sexual había sido en Cabrero. No entendía cómo había caído en la trampa amorosa nuevamente, si se había prometido a ella misma, a la virgencita y a su padre que jamás se dejaría tocar de «ese hombre». Pero no, «¡La penca había caído como la primera vez!», se dijo, arrepentida por haber confiado en él nuevamente. Pensó, para excusarse de su estupidez, en la lección de «educación sexual» que su padre le había impartido: «Cuídate de los hombres, mija; no vayas a salir con otro domingo siete».

Había buscado al padre de Martina porque la niña se encontraba enferma, tenía que llevarla a Chillán a ver un médico, y ni ella ni su padre tenían suficiente plata. Desde que le dijo que estaba embarazada por segunda vez no lo había vuelto a ver. Sabía los pormenores de Ricardo: se había casado con la hija de uno de los hombres más ricos de

Cabrero, él manejaba la ferretería, tenía un hijo de la misma edad que Martina. Su comadre Francisca, amigas desde la niñez en el caserío, que se había mudado a la pequeña ciudad después de su casamiento, y que llegaba al caserío a comprar frutas y vegetales, fue la que la puso en contacto con el amante. Había aceptado verla y ayudarla con la condición de verse en el lugar donde habían tenido el encuentro sexual. «¡Qué tonta!», fue todo lo que le dijo su padre cuando la vio embarazada nuevamente. La vergüenza es un lujo que no se pueden dar los pobres. Él se había presentado a la cita, pero la intención no era ayudar a su hija, sino cogerse a la madre. «¡Anda caliente la hembra y esto es lo que anda buscando!», le dijo al amigo que le había prestado la pieza por unas horas.

En la oscuridad de la noche, abrazando a su bebé, yaciendo sobre sus abultadas tetas, se tiró la frazada de manera que la niña quedara arropada también. Continuó con sus pensamientos sin experimentar odio ni rencor hacia el padre de sus dos hijas. «Los hijos no tienen la culpa», se dijo, hablando ella sola en la oscuridad, y procedió a pensar que eran cosas del destino. De no haber sido así, se hubiera quedado para vestir santos, como la fulana de tal o la mengana, quienes habían quedado pegadas a la población como vetustas que nadie las quiere. Eran una bendición de la virgencita; además, «El que esté libre de pecado…», continuó hablando sola como rezando, tratando de recordar toda la frase que su padre acostumbraba a recitar, pero que ella sabía muy bien a lo que se refería. Hasta su padre caía en el contexto de la frase: se rumoraba que había llegado a la población, que en ese tiempo constaba de pocas casa, huyendo de la ley como todos los demás residentes.

Al padre de sus hijas, jamás se pronunció su nombre de pila cuando hablaba de él en casa de su padre, lo conoció en Cabrero en uno de los viajes que hacía para vender las flores que sembraban durante la primavera y las cosechaban en el verano. En una de las esquinas de la era cultivaban flores, parecían salidas de un cuento de hadas, media hectárea era para el tubérculo, y lo que restaba, sin contar los árboles frutales dispersos por la pequeña propiedad, lo dedicaban a los vegetales y hortalizas. Pilar formaba los ramilletes de la siguiente manera: las rosas iban solas, adornadas con sus propias espinas y aromas; los tulipanes, mezclados de diferentes colores, no necesitaban adorno; los girasoles los vendía por pieza, grandes y fuertes como el mismo astro rey; los gladiolos los combinaba con lirios y los remataba con ramilletes de helechos; las gerberas de diferentes colores se decoraban ellas mismas, tal si fueran tapetes de colores cálidos y vibrantes.

El señor Clemente era una persona bondadosa y altruista, conocido de Pilar y de su hermano perdido, porque trabajaban en la vendimia de su finca todos los años, desde que eran unos niños. Pasaba por el caserío rumbo a Cabrero a comprar víveres todos los sábados; oportunidad aprovechada por los pobladores del caserío. No le incomodaba llevar a cuán pasajero encontrara en el camino; total era el mismo gasto de combustible. Como sabía que pasaba temprano, antes de escalar el sol las montañas, lo esperaba Pilar en el camino de ripio con sus dos canastas de flores, para venderlas en el mercado municipal. Ese sábado, día en que se congregaba el comercio de vegetales, hortalizas y flores en la feria del municipio, no sería la excepción.

Ricardo miró a Pilar desde lejos y quedó fascinado con su belleza desde ese instante. Se acercó a la chica, le compró los últimos dos ramos de flores y estirando el brazo le ofreció uno a ella. Pilar no lo aceptó diciendo: «¡Las flores que yo vendo son para la virgencita!». «Pero tú eres más bella que la virgen», dijo el desconocido, sonriendo por la ingenuidad de la chica. Pilar se ruborizó por el requiebro, sintió un desconcierto que le subió de las piernas a la cabeza y se perdió en su cabellera larga, amarilla y entretejida entre dos listones rosados colgados por la espalda. Se turbó más al recordar que había elegido el vestido más andrajoso, porque le tocaba viajar en la parte trasera de la furgoneta de don Clemente como una carga. Nunca se había sentido tan desconcertada ante la presencia de alguien. Los ojos amarillos y vivarachos, el alto porte y las palabras del joven la hacía sentir chiquita, insignificante. ¿Era verdad lo que le había dicho el tunante sobre su persona? No lo sabía, nunca se lo habían dicho directamente; había escuchado decir que las mujeres de la alquería eran bellas.

El joven desconocido continuó llegando a comprarle los últimos ramilletes de flores durante todo el verano. Esperaba a que Pilar vendiera casi toda la mercadería para quedarse a conversar con ella; juego que ella anticipaba desde que salía de su casa. Cuando las flores iban desapareciendo de sus canastos, y no lo lograba ver rondando por su puesto floral, su corazón comenzaba a palpitar desesperadamente. La emoción que le causaban los pesos de ganancia por la venta de su mercancía, la fue sintiendo con la presencia de Ricardo, cada día más guapo, más varonil, hasta convertirse en una necesidad como el aroma de las flores. Las elocuentes palabras de su admirador las fue creyendo con la misma devoción y certeza que cuando sembraba las pequeñas semillas que germinarían hasta convertirse en las hermosas plantas de su jardín.

Ese prolijo sábado Pilar se despertó intranquila, pero contenta. El verano iba perdiendo el calorcito de la brisa oceánica y sus flores ya no rompían los bulbos con el ímpetu acostumbrado. Mientras se bañaba, antes de que el sol se terminara de desperezarse en las montañas, pensaba en su galán; emoción que la hacía temblar como el agua fría, deslizándose por su sensual cuerpo como cascadas lúbricas. Después de asear su inmaculado cuerpo, procedió a peinar su cabello largo, amarillo y liso. Formó una margarita con la cinta blanca cuando se lo ató, y dejó colgando la gran cola hasta su cintura. Se vistió con su mejor indumentaria, empolvó su cuerpo y se puso los zapatos blancos para que concordara con el vestido. Todo esto lo hizo a escondidas de su padre, quien ya la había sorprendido varias veces volando por las nubes, acumuladas en las cumbres de Los Andes.

Llegó a la cita temblando de la zozobra. La pasión que sentía por el galán le ganó a la razón. Apenas lo conocía, sin embargo, allí estaba frente a él, parada como una estatua sin saber qué decir, sin saber qué hacer, sin saber lo que era el amor carnal. Era mejor dejarse guiar por las caricias de su amado... La vestimenta cayó por el suelo entumecido.

Las manos fuertes atrajeron el cuerpo de mujer. Trémula de los pies a la cabeza cuando la abrazó, pero no era de vergüenza ni de temor, la sensación desconocida era la causante de la emoción. El espigado hombre la estrechó contra su pecho descubierto, la besó en los labios candentes, en el frágil cuello, en los tímidos hombros. Las manos expertas de amante desataron la blanca flor, el pelo de la joven Pilar se abrió por los hombros desnudos y corrió como un río sin pudor. Acto seguido desabrochó el sostén...

Ricardo era un agente viajero de artículos de ferretería. Había permanecido en la ciudad de Cabrero, por ese entonces era un pequeño pueblo, pero con mucho crecimiento debido a los poblados circunvecinos, más de lo acostumbrado, porque la compañía que representaba tenía el contrato de suplir, organizar y emprender un nuevo establecimiento. Así como conquistó a Pilar, con palabras dulces y promesas vanas, que nunca llegó a cumplir, también agasajaba a la hija del dueño del negocio por emprender. La niña le correspondía con sonrisas y miradas furtivas. El tunante era tan desconsiderado que las flores de Pilar fueron a parar varias veces a manos de la otra muchacha que enamoraba; esta era menos atractiva que Pilar, pero sus padres tenían plata.

El polvorín reventó a mediados de otoño, justo cuando el casanova preparaba sus maletas para marcharse. La hija única del dueño de la ferretería empezó a tener los típicos síntomas del embarazo: irregularidad menstrual, náuseas, mamas hinchadas y la barriga abultada. Como siempre ocurre, porque no se quiere ver o por ignorancia, el padre fue el

11

último en darse cuenta de la preñez de su querida niña. Después de sacarle la verdad a su hija, usando el método familiar de los gritos de locura, las amenazas y las maldiciones, forzó con pistola en mano al rufián de Ricardo a reparar el daño. La madre, escondida en la cocina rezando, no emitió comentario alguno. Al taimado, que ya conocía la riqueza de su futuro suegro, le pareció un buen negocio. El matrimonio se realizó a escondidas porque la indiscreción ya era notoria.

CAPÍTULO II

LA INFANCIA

La vida de la pequeña Marcela fue una batalla constante entre la vida y la muerte desde su nacimiento, asiéndose a este mundo por el instinto de la supervivencia, cordón umbilical que la conectaba a su aviesa realidad. La madre desordenaba las tareas del campo y descuidaba a su otra hija para darle la atención necesaria; después de un tiempo acopló sus obligaciones alargando el día y acortando la noche. La guagua pasaba todo el día y la noche tirada en la cama, con escasos movimientos, mirando el techo de la casa fijamente con los ojos grandes y expresivos. El flácido cuerpecito se consumía por la inactividad. Sin embargo, allá, por el fondo de las pupilas, encerrada por el verde iris, absorbiendo la luz, dejaba salir su imaginación. Sus orejitas de gatita de Angora captaban todo sonido a su alrededor. Los mocos, entrando y saliendo de las fosas nasales al ritmo de un estertor asmático, siempre estaban presentes. Luego llegaron los ataques epilépticos, por la falta de aire en sus frágiles pulmones, haciendo que la madre interrumpiera sus labores para frotar el cuerpecito con bálsamos y ungüentos. La niña necesitaba atención médica, pero no había dinero. El hospital más cercano se encontraba en Chillán y la espera para una consulta era tan larga como un martirio. Era tanto el sufrimiento de la pequeñita que a la pobre mujer a veces le llegaba el disparatado pensamiento de que hubiera sido mejor no haberla traído a esta vida. Sentimiento que después lamentaba, apartando la culpabilidad con los rezos a la Virgen Purísima. Así pasaron los meses de angustia para la madre y sufrimiento para la hija.

Frisaba en los dos años cuando la famélica niña, descalza y harapienta, se levanta de la cama y comienza a caminar. Tambaleando toma el muñeco de palo que su abuelo le tiene de regalo de cumpleaños y comienza a jugar. Mientras camina, juguete en mano, recita: «Muñeca, mama, Chente, casa, silla, puerta, ventana...», señalando cada objeto que nombra. Toca, prueba y observa lo que no logra reconocer. Su desnutrido cuerpecito apenas puede sostener la cabeza de duende, por donde se enredan mechones amarillos y rojizos como un nido de pica flor; la curiosidad de zarigüeya se percibe en la gran y vivaracha mirada. Cuando se cae, enseguida se levantaba, como tratando de compensar el tiempo perdido en cama. Su vacilante caminar no impide la exploración; se sujeta a lo que encuentra en su camino. Así la encontró su madre, con la casa patas arriba, y así la retó: «¡Marcelita, niña, mirá lo que estás haciendo!», con más ternura que enojo. «Dejala, mujer, ¿no era eso lo que pedías en tus rezos?», dijo el viejo, arrimado a la mesa de trabajo, de espaldas a la mujer y a la niña. Era verdad: su padre tenía razón. Jamás la volvería a regañar. Miró en los ojos traviesos de su hija el brillo por el que tanto oró.

Cuando Marcelita recupera su correcto caminar, todavía prevalece el silbido pulmonar y su raquitismo, Pilar se da cuenta de que está preñada. Los evidentes síntomas aparecen por tercera vez; estado que guardará estoica y calladamente hasta que la señal inconfundible revele su verdad. El secreto que nunca saldrá a luz es la identidad del padre. La gente de la población arrogaría, desde que se le notó el embarazo, al mismo padre de las otras dos chiquillas. Su progenitor, sin embargo, sabe perfectamente que el nieto que se aproxima no es del mismo padre, por la sencilla razón de que desde que nació Marcela, no ha vuelto a Cabrero. Calla porque le conviene, no está para tener controversias con su hija, no desea discordias: «Donde comen dos bocas comen cinco», se dijo con sarcasmo.

La tercer hija de Pilar se llamará Ignacia, Marcelita le pondrá el motete «Nacha», por la facilidad de su pronunciación. La mayor, Martina, ya tiene siete años, edad para ayudar en las labores del campo. El primer amor que experimentan los niños campesinos es la tierra. La labranza no es obligación; es liberación y protección. Vicente cuida a Marcelita, la pone en el corral de madera que construyó para Martina, a un lado de su

14

mesa de trabajo, mientras repara radios y otros artefactos. La niña flaquita, enfermiza y curiosa, siempre anda llena de flema y rodeada de chiflidos pulmonares, haciendo bolitas de mucosidad cuando tiene mucha acumulación en la naricita de gatita. Por la mediagua del viejo sin piezas ni divisiones se escucha la música, las noticias del país, los partidos de fútbol y los fastidiosos comerciales. Así pasan los días, las semanas y los meses para la familia Biscuña, como una mar en calma, donde la rutina rural se impone a pesar de los cambios de las estaciones.

Durante uno de esos días invernales, cuando en el campo hay poca actividad por la recia lluvia, mientras Vicente sintonizaba el áspero partido entre la Roja y la selección de Italia perteneciente a la Copa del Mundo, escuchó la noticia de la nueva ley educacional llamada «Municipalización». Lo más interesante era que en la ciudad de Chillán se abriría el Internado Escuela Básica de Chillán el próximo año. Pensó en Martina, quien pronto cumpliría los ocho años y no sabía leer ni escribir, no había tenido tiempo de enseñarle. Recordó la gratificación que sintió cuando Pilar y Vicente empezaron a leer y a escribir, pensamiento que lo envolvió con el aura agria de la impotencia y la procrastinación. Hacía un año que se había propuesto a hacer lo mismo con su nieta, pero la poca energía y la precaria lucidez que le había traído la vejez y los achaques de su mal no le habían permitido ni siquiera comenzar. Recapacitó, después de escuchar el partido, un poco optimista por la victoria de la Selección Nacional, que si él no podía educar a su nieta, sería sensato investigar sobre el internado de Chillán.

La ciudad había cambiado mucho desde la última vez que Vicente anduvo por sus calles descalabradas; tenía nuevos edificios, avenidas pavimentadas, un comercio vibrante y nuevos mercados municipales. En aquel tiempo, hacía tantos años que no recordaba con exactitud, que viajó a la ciudad le tomó más de cuatro horas en llegar; ahora, con la carretera hacia la termas del volcán ya terminada, aunque no estuviera

15

pavimentada, llegó en dos horas y media. El único contratiempo que había tenido fue la tardanza en caminar los dos kilómetros de su casa hasta la vía pública; de allí, tomó uno de los microbuses que circulaban de la ciudad hacia los centros turísticos que comenzaban su desarrollo con pequeñas cabañas. Preguntando llegó hasta la municipalidad, donde lo recibió un alma caritativa, puesta en su camino por la gracia de la Virgen Purísima, pues para él no existía otra explicación, que lo informó sobre las nuevas leyes y hasta lo ayudó a postular para el nuevo centro escolar.

Después de salir del ayuntamiento, se dirigió al Hospital de Chillán, allí no le pudo ayudar la virgencita, pues hasta el mismísimo Jesús Cristo tenía que esperar horas para reservar una cita médica. Mientras aguardaba, recordó los pequeños dolores abdominales que lo despertaban por la medianoche; los mismos que aquejaron a su padre en los últimos años de vida. Cáncer le habían dicho, no pudo hacer memoria por dónde tenía el mal, pero recordó que se tocaba el estómago. No quería perder tiempo ni dinero, si él no tenía curación, era mejor invertir en aliviar a su nieta Marcela, antes de partir de este mundo. Miró en su imaginación la carita pálida y su cuerpecito flaco; no por incuria, sino porque tenía algo que no la dejaba desarrollarse. La enfermedad de la niña persistía como un cáncer. Solamente el gran deseo de vivir la mantenía, valía la pena tratar de encontrar una opinión médica, para eso estaba ahí. Cuando lo llamaron, por el número que había tomado, le dieron la cita para cuatro meses. En vez de indignarse, le dio gracias mentalmente a la virgencita, pues tendría tiempo para prepararse.

Para terminar de criar a Martina y a Marcela, Vicente convenció a su hija para que fuera a buscar al padre de las chicas y exigirle que les diera su apellido. Él mismo habló con el señor Clemente sobre la situación de su hija, única persona con conocimientos legales, y de quien recibió la recomendación que lo hiciera amigablemente; pero en caso de negarse, que lo amenazara con ponerle una demanda paternal, como lo exige la ley.

16

Hasta se ofreció el buen hombre a llevarla y traerla de Cabrero. A la Ignacia ya vería como ayudarla; primero tenía que saber quién era el padre de la guagüita, que apenas tenía meses de nacida. Se podía notar que la chica menor no procedía del mismo padre. Nacha tenía el pelo negro, así como su piel, y la fisonomía era diferente; sin embargo, había nacido con los ojos claros de su madre.

Ricardo recibió a Pilar en uno de los restaurantes de la localidad, no había necesidad de esconderse, era uno de los hombres más adinerados de la ciudad; además, ya no se le antojaba como mujer, las damiselas le sobraban. Su esposa había heredado el negocio; garantizándolo como dueño. El conocimiento que tenía sobre la ferretería lo ayudó a aumentar, a diversificar y a expandirse por la comarca. La escuchó atentamente como si fuera una noticia importante por la radio. Al final de la conversación, que fue más que todo un monólogo de Pilar, pues él se limitó a asentir y a conjeturar, aceptó darle su apellido a Martina y hasta le aseguró ayudarla en su educación. Empero, se negó rotundamente reconocer a Marcela, declarando que no sabía si en verdad era hija suya, pues no había pruebas ni certeza de ello. Pilar no argumentó, aceptó el trato pensando que era la voluntad de la virgencita; el consuelo de haber conseguido legitimar a una de sus hijas la satisfizo.

Vicente caminó los dos kilómetros con la niña en brazos, todavía durmiendo y arropada por el frío rocío del alba, hasta la parada del microbús que los llevaría a Chillán. Llegó una hora antes a su cita médica; sin embargo, tuvo que esperar tres horas para ser atendido. Sabía que la atención hospitalaria del país era penosa, lenta y tediosa. Las clínicas y hospitales públicos siempre se encuentran llenos; no se desanimó. Con el estoicismo característico del campesino terminó los trámites. Después llegaba la dificultad de conseguir los medicamentos; y si había, el costo sería un ojo de la cara. La larga espera llegó de la mano con la noticia de que debía volver el día siguiente para que la niña se sometiera a rayos equis; improvisto que no había anticipado. Vicente portaba suficiente dinero para cubrir el gasto del hospedaje, porque era una persona precavida, la dificultad era encontrar un lugar a un precio moderado.

«La enfermedad que tiene la niña se llama neumotórax, causada por un colapso pulmonar», dijo el doctor, señalando la traslúcida lámina, donde aparecía el pequeño tórax de la niña, como dibujado al carbón. Las costillas, el esternón, los omóplatos y otros tejidos óseos de color albo envolvían dos sombras asimétricas. «Vea, usted, este pulmón es mayor que el otro», aseguró, comparando y señalando con la punta del lápiz las dos proyecciones oscuras. Vicente se acercó a la radiografía, prensada verticalmente sobre una pantalla de luz blanca, confirmando lo que el médico decía. Después se dirigió a Marcelita, la tomó por los sobacos, la suspendió y la depositó de pie sobre la silla, donde había permanecido sentada en silencio. Tomó el estetoscopio, se metió los auriculares en las orejas y comenzó a escuchar por enésima vez los silbidos de la chiquilla, poniendo el receptor de sonido por el pecho y la espalda. «Eres una chiquilla muy fuerte», le dijo de frente, mirándola a los ojos grandes y tristes, adornados con pecas de gatita.

Por el camino, de vuelta a su casa, Vicente no se podía quitar de su mente las palabras del doctor: «No sé cómo ha sobrevivido esta niña». Ni sabía cómo proceder, ya que, el doctor no le había garantizado mucho tiempo de vida; además, no existía medicamento para ese mal. Las recomendaciones eran: cuidar a la niña de los resfriados, las gripes y de toda enfermedad pulmonar. La chiquilla iba creciendo con una deficiencia en su sistema inmune; lo que significaba que era muy fácil contagiarse de cualquier enfermedad. Todo iba a depender de cómo se desarrollaría su cuerpecito malnutrido; deficiente para combatir los males que contraería. Si en la infancia la niñita debía tener mucho cuidado, en la pubertad cabía la posibilidad de que el pulmón menos desarrollado colapsara completamente; además, no se sabía cómo iba a responder su constitución física, es decir, no se sabía si podría vivir con solo un pulmón.

Después de conocerse la naturaleza de la enfermedad de la niña, su vida sería una mar de recelo, confusión y temores, inducido por una madre sobre protectora. «¡Marcelita, no te mojes, niña, que te vas a enfermar! ¡Abrígate, mi amor, que vas a cachar un resfriado! ¡Ponte las chalas, mija, porque te vas a descomponer! ¡No vayas a salir hoy porque hay mucho viento! ¡Ven acá, para abrocharte el cuello del vestido! ¡Déjame calentar más esa agua para que te bañes! ¡Ponte en la sombra, Marce, qué no ves que hace mucho sol!», eran los constantes cuidados de la madre a medida que crecía la chiquilla, hasta que cumplió los siete años. A esa edad la familia debía acatar la nueva Ley Educativa del país: «Es obligación de todo padre dar educación a sus hijos».

Mientras Marcelita se preparaba para ingresar a la escuela primaria, su hermana mayor era aceptada en el Instituto del Profesorado María Auxiliadora de Concepción, internado privado de primera clase. El padre de Martina ya se había responsabilizado llevándola a vivir con él. El cariño que sentía era por el parecido físico y porque los tres hijos con su esposa eran varones. Para Pilar era una bendición que su hija ya no dependiera de ella; aunque no la viera, sabía que estaba bien. La enfermedad de su padre había avanzado mucho, obligándolo a reducir su actividad; nunca se atrevieron a buscar ayuda médica seriamente, por la terquedad de Vicente. Sabían que no tenía curación. El anciano apenas podía cuidar a la chiquilla menor mientras Pilar hacía los deberes. Marcela estudiaría en Chillán en el internado subvencionado, donde había comenzado Martina, y donde no había que pagar, porque el Gobierno cubría todos los gastos.

Marcelita y su madre salieron ese lunes temprano para llegar al internado a la hora indicada; de esa manera, obtener la orientación del rector sobre el centro de educación, como lo recomendaba el reglamento a las madres de las alumnas del primer ingreso.

Esperaban el microbús bajo la sombra del volcán Chillán, encogiéndose rápidamente del valle hacia el lugar donde se encontraban, como arrastrada por los amarillos rayos del sol, que se asomaba por la cima del macizo de rocas como un eclipse parcial. La niña, tomada de la mano de su madre y arrimada a su falda blanca, como buscando protección, proyectaba la figura de su abuelo en su inocente memoria: era la primera vez que se alejaba de él por tanto tiempo. Cuando Pilar le explicó, unas semanas atrás, a la chiquilla: «Vai a vivir en el internao de lunes al viernes, que no te de susto porque los profesores te van a cuidar bien. Vai a estudiar esos días con otras niñas. Van a comer juntas en el casino de la escuela, vai a dormir en el mismo dormitorio. Yo te voy a venir a buscar los viernes por la tarde...», no sintió temor. Sin embargo, cuando se cerró la puerta principal del internado, por donde habían entrado, a espaldas de su madre, y miró su maletín en una de las bancas, sintió un abandono total. El terror entró en el frágil ser de la chiquilla; jamás había experimentado tal desolación. Todo el sufrimiento físico no tenía comparación con la angustia que sentía en su alma. Logró contener las lágrimas cuando entumeció sus emociones.

Las veintena de estudiantes nuevas, Marcelita incluida, asustadizas y temerosas a lo desconocido, recibían el reglamento disciplinario del centro, mientras hacían el recorrido de reconocimiento de la institución. La encargada explicaba: «Este es el dormitorio del primer grado, es decir, el de ustedes», señalando la pieza amplia, con veinte camas alineadas a los lados de la habitación con sus respectivos roperos. «Los armarios están numerados y corresponden a cada cama. El timbre suena a las diez de la noche, hora en que todas deberán estar en sus camas, porque la luz se apaga a esa hora también. A las seis de la mañana suena el timbre para despertarse, deberán empezar a asearse, hacer la cama, ponerse el uniforme, de manera que a las siete pasen al casino a desayunar», concluyó al salir del pabellón, al mismo tiempo señalaba el inmenso

20

comedor. Después continuó recitando de memoria el reglamento, como si leyera un guion de televisión, lo que debían hacer, lo que no estaba permitido hacer, cómo vestir, cómo comportarse, la hora de las meriendas, las sanciones. Las chiquillas seguían en silencio a la maestra como un enjambre de abejas, regando el polen de asombro por donde pasaban.

Después de dejar a su hija en la escuela internado, Pilar volvió rápidamente a su casa, tenía mucho trabajo por delante. Es en el mes de marzo cuando comienza el ciclo de la siembra. El pensamiento de su hija andaría pegado a su falda, como lo había hecho la niña esa mañana camino al internado, moviéndose por los rincones de la pequeña chacra. Después de terminar el invernadero, le llegaron los pensamientos que trataba de evitar con el arduo laboreo del campo: «¿Y si enferma? ¿Y si le da el exceso de tos que no la deja dormir? ¿Y si le da la gripe?». Se calmó un poco al recordar que su otra hija había ingresado a la misma institución, y no había tenido ningún problema. Pero las chiquillas no eran iguales; Marcelita era terca, tímida, impredecible, caprichosa. Lo que no sabía Pilar era que esas deficiencias eran impulsadas por el temor. Lo que no sabía la madre era que cargar con una enfermedad como la que padecía su hija era como vivir encadenada, era como vivir a medias, sin poder disfrutar completamente la niñez, sin poder correr libremente por el campo; era como limitarse a comer media manzana y quedarse con el deseo de la otra mitad. Pilar se fue calmando cuando el sol perdía intensidad. Además, el internado sabía del padecimiento de su nena; ellos tenían una enfermería.

Ese primer día no tuvieron clases, se dedicaron a reconocer el instituto, a conocer el alumnado y el profesorado. Ella no habló nada, anduvo callada como una muda; observando con los ojos llenos de miedo, intimidación y curiosidad. El resto de las chiquillas nuevas también se comportó como Marcela; razón por la que pasó desapercibida. Marcelita se fue quedando quieta, sin hacer ni un movimiento, en la

21

oscuridad del dormitorio, como cuando era una guagua. Trató de encerrarse en ella misma, inmovilizando su psiquis para dormir, pero no pudo. Entonces hizo volar sus pensamientos, como le había enseñado su abuelo, mirando con los ojos de la imaginación a su madre regando las plantas del jardín, a su hermana Ignacia aprendiendo a caminar, a su abuelo desmantelando un aparato radiotransmisor; las flores la miró en todo su esplendor, radiando los colores amarillos, violetas, azules, rojos, anaranjados... Cuando se metió entre los pétalos y los estambres de las flores, se durmió al ritmo de los ronquidos y el rumor de las demás niñas.

Marcela, después de una noche de sobresaltos oníricos, despertó con el corazón latiendo en sus manos por las pesadillas y el estridente sonido de la campana, como un timbre metido en los tímpanos de sus oídos, asustándose más al darse cuenta de que no estaba en su casa. Después de bañarse y ponerse el uniforme, blusa blanca de gorguera y la falda azul de pliegues, pasó al casino donde apenas probó el desayuno. Creyendo que se iba a salir con las suyas, como lo hacía en su casa cuando no tenía hambre, se encontró con los rudos ojos y los brazos cruzados de la supervisora del comedor, indicándole que debía terminar lo que se le había servido. Mientras las demás chiquillas dejaban el comedor, la voz del alta y fornida mujer dijo: «De aquí no te vai hasta que terminéi todo lo que hay en el plato». La impasible niña se comió el desayuno como el cormorán se traga su presa. Era mejor obedecer que tener un enemigo tan grande y acérrimo. Si había sobrevivido las penurias corporales, recluyéndose en sus emociones, también aprendería a doblegar su ánimo con las facultades físicas.

Marcela actuaba en la escuela con desatino, como todas las niñas del primero básico, por consiguiente, su extraño comportamiento era a veces desapercibido. Sin embargo, las constantes divagaciones, mientras trataba de llevar el ritmo de la respiración, para esconder su mucosidad, daba la impresión de que estaba en otra parte. Actitud que le traería muchos conflictos con sus profesores. El primer incidente ocurrió en la clase de lenguaje, mientras aprendían el alfabeto, escrito en el inmenso pizarrón. El profesor le preguntó: «Marcela, repite las vocales», porque la agarró con la mirada perdida en la ventana. La niña, embriagada de timidez, se hizo la desentendida, esperando evadir la contestación, porque detrás de ella se encontraba la otra Marcela del aula. «Tú, Pecas», le dijo el profesor, para hacer la distinción, todas las niñas rieron en aprobación. El apodo lo llevaría durante toda la escuela primaria. Al final contestaría: «No sé, profesor», para quitárselo de encima.

La realidad de Marcela era muy diferente a lo que la gente percibía. Era verdad que su cuerpo había nacido dañado y sus emociones, al pasar el tiempo, se habían desajustado, pero su mente, aguda como una daga, se afilaba cada día. Sus grandes ojos expresivos captaban todo lo que se asomaba en su ángulo de visión como una cámara de televisión. De hecho, cuando el profesor le preguntó por las vocales, ella ya se había memorizado todo el alfabeto; mintió porque quiso. Ella fue la primera en aprender a leer y escribir, pero nadie lo sabía por el momento; era su secreto. Le bastó entender que agrupando las letras consonantes con las vocales se formaban los sonidos del habla. En ese tiempo pasaría jugando mentalmente con las letras, trayendo a su memoria todas las palabras que se había grabado con las letras o y la i, sus favoritas por la forma y el sonido. Cuando llegó el tiempo de aprender la aritmética, serían los números seis y nueve con los que andaría jugando en su mente. En las noches de preocupación e insomnio se dormía haciendo juegos en su mente blanca, como cuando recitaba en la oscuridad las tablas de multiplicación, o repitiendo las canciones de cuna de su abuelo.

Las excentricidades de la niña persistirían durante toda la escuela básica. Había días que no hablaba, muda cuando le preguntaban algo, asustadiza se alejaba para no contestar; en clase, durante esos días, si le preguntaban, contestaba moviendo la cabeza hacia arriba y hacia abajo o hacia los lados. Caminaba por los pasillos como una sonámbula ensimismada en sus pensamientos, como si no prestara atención a lo que ocurría a su alrededor, como si estuviera en otro mundo. Las demás niñas le inventaron varios sobrenombres pero ninguno se le pegó: se quedó con el mote «Pecas», a insistencia del profesor de lenguaje. Un día, le dio por llamar por el nombre y apellido a toda chica que se le cruzaba en su camino, era como si estuviera pasando lista, sin cometer ni un error. Otro día fue el canto, sin pena ni vergüenza pasaría cantando canciones populares en voz baja; las mismas que su madre tarareaba a la par de la radio, mientras hacía las tareas de la casa. Cuando se quedaba en cama, sin levantarse durante todo el día, haciéndose la enferma, era para revivir las experiencias tenidas durante el fin de semana en su casa.

En cierta ocasión, «Pecas» ya estaba en el sexto básico, el profesor de lenguaje la encontró en uno de los pasillos hablando sola como una tarada; por lo cual le preguntó: «¿Con quién hablas, Pecas?». «Hablo con Gaia, profe», contestó la niña. Después de cuestionarla por el personaje, la niña explicó que era la madre Tierra. El maestro, tratando de entenderla, le preguntó cómo lo sabía; ella le dijo que lo había leído en uno de los libros de la biblioteca. Le comentó que la Tierra conversaba con las persona a través de los árboles, y se marchó con la cara seria de pecas. El profesor la quedó mirando mientras se alejaba, iba haciendo gestos como si hablara con alguien conocido, y se metió en sus pensamientos, lugar donde se sentía cómoda.

La personalidad de Marcela no cambió en el instituto, nadie la entendía, no se sabía si había aprendido durante esos seis años. El profesorado y el personal de la escuela la había tolerado por su enfermedad. (Al principio dudaron porque se veía muy sana, aunque raquítica; adjudicando que el comportamiento de la niña se debía a su tozudez o a la malcriadez. Ocasión en que Pilar salió corriendo hacia el doctor que la diagnosticó, para obtener un certificado de su condición física, donde decía que la deficiencia pulmonar podía afectar su cerebro por la falta de oxígeno). Nada la hizo cambiar. Las complicaciones con el alumnado: burlas, ultrajes y agravios, no tuvieron muchas consecuencias por su placidez y determinación. Finalmente la indiferencia de sus compañeras de colegio supliría las denostaciones. La sorpresa de los profesores llegaría al término del ciclo básico escolar, en los exámenes finales, cuando Marcela demostraría su capacidad intelectual, pasando todas las pruebas con excelentes calificaciones.

CAPÍTULO III

LA MUERTE DEL ABUELO VICENTE

Vicente se levantó aturdido, angustiado; pero con todo el deseo de entrar en actividad. No había dormido una hora continua, eran minutos los que lograba descansar, revolcándose en la cama como un sentenciado a muerte. Los dolores estomacales, siempre creyó que provenían de allí, eran tan intensos que colapsaba hasta perder la razón. Esa noche, más que nunca, había deseado la muerte que la tortura que estaba padeciendo. Había estado murmurando desde que se acostó, ya tarde por el temor a la agonía, pidiéndole a la virgencita que le quitara el dolor a cambio de su vida. Tan pronto como se terminaba la luz del día, el mal llegaba vestido de congoja y desesperación, apretando los intestinos con la tenaza del sufrimiento, como una hiena rompiendo con los filosos dientes sus vísceras. Era como si le desgarraran cada célula de su ser. Los medicamentos, las hierbas y las hechicerías ya no surtían efecto. Los trucos de pensar en un pasado inexistente o en un futuro latente, tratando de alejarse de su realidad, hacía tiempo que habían dejado de funcionar.

Se bañó con agua fría, eso lo reconfortaba; mientras lo hacía pensó en los cambios que había tenido la población como el agua potable, que en ese momento disfrutaba, alejándolo unos momentos de su martirio. La electricidad había sido otro logro… El pensamiento de su hijo empapó su mente como el agua que penetraba su cuero cabelludo. No sabía nada de él. Hizo memoria para recordar cuántos años de ausencia, pero lo traicionaron sus sentimientos: «Me voy a Santiago», fue lo único que recordó. El rostro de su hijo se encontraba borroso en su memoria. Se había marchado con su consentimiento, pero en contra de su voluntad, apretujada en lo más profundo de su ser. Cuando salió del baño, un cuadrilátero de madera podrida sin techo, los árboles y las plantas yacían sonrientes. La figura amarilla del sol ya se había levantado por las gigantes montañas, pronunciando el verdor oscuro de las cimas y collados con sus resplandecientes garras.

Mientras se cambiaba, pacientemente como si meditara cada movimiento, le llegó nuevamente el temor de no volver a ver a su hijo. La barrunta de su muerte ya no era tal: la frecuencia y la intensidad de los dolores corporales revelaban su final próximo. Después de cambiarse, hizo la cama, se sentó en el borde y miró alrededor del estrecho tugurio; la carita de sus hijos y la presencia de sus nietas comenzaron a tener vida en su mente turbada. Por el piso de madera desportillada estaban las pequeñas huellas de sus pies descalzos. El corralito, reclinado sobre las paredes caretas de mugre y hollín, donde había controlado a sus nietas como ovejitas, mientras trabajaba, se deterioraba como él. La desgastada mesa de trabajo y el taburete, que habían jorobado su cuerpo, le trajeron recuerdos de su progenitor. Luego comenzó a murmurar como si estuviera conversando con alguien. Los pensamientos se entrelazaban con sus oraciones, tejiendo el lienzo de su memoria con puntadas del pasado, el presente y el futuro.

Toda su fortuna era el terreno y le correspondía a su hija Pilar. Pobrecita, se dijo, no sabe más que los secretos de las plantas. Los pocos animales que tenían, apenas los podían cuidar, y últimamente estaban desapareciendo, porque él ya no podía ayudar. Gracias a la virgencita la Martina ya no era una carga para su hija; vivía en casa de su padre. La preocupación eran las dos chiquillas de apenas doce años y la otra ya no recordaba su edad, quienes todavía andaban descalzas en la casa, para que les duraran los zapatos más tiempo, pues, para el pobre es la prenda más cara y la que más rápido se deteriora. Buscó en su mente, no necesitaba hacerlo físicamente, el bote de hojalata donde guardaba el dinerito que iba ahorrando con recelo. No, no le alcanzaría a Pilar ni para cubrir los gastos de la casa por un año.

Cuando se sentó a la mesa de trabajo, escuchó a su hija limpiando uno de los rincones de la propiedad, luego hizo el inventario del trabajo de ese día. Las chiquillas dormían, Pilar había comenzado a trabajar temprano como lo exige la extenuante jornada del campo, y él se había levantado porque no había razón de estar tirado sobre el lecho. No quería pensar en el dolor, era insidioso y podía volver en cualquier momento, el pequeño respiro tenía que invertirlo en su trabajo. Ese receso sin dolencia era un augurio pernicioso; pero estaba preparado para enfrentar la eventualidad. Buscó el esmeril manual para comenzar con los dos cuchillos que tenía que afilar. Prensó el artefacto en la esquina gastada de la mesa que utilizaba para esa labor. Sentado, la mano izquierda agarrando la hoja de metal firmemente, hizo rodar la piedra de esmeril con el brazo derecho utilizando la manivela curtida. La rueda de corindón comenzó a amolar el metal, mientras la mano firme corría con precisión la hoja del cuchillo hasta llegar a la punta, luego repitió la operación por el otro lado del metal. Cuando estuvo satisfecho, aventó la mirada por el filo; y terminó la labor asentando el borde filoso.

El aparato radial lo había dejado desmantelado en una caja de cartón hacía dos días. Puso las piezas regadas sobre la mesa; tomándolas con delicadeza, como si fueran huevos de gallina. Decidió terminar la reparación ese día: le gustaba tomarse su tiempo, no para cobrar más, sino para que los clientes entendieran la importancia de su trabajo. «Tienes que dar a respetar tu trabajo y ser íntegro con tus clientes», recordó las palabras de su padre, cuando le enseñaba el oficio. Conocía a cabalidad cada pieza de los radiorreceptores. Desde chico había sentido una atracción hacia los artefactos; pasión que solamente su padre había podido entender. Recordó claramente la primera vez que escuchó la radio; pensó que las ondas radiales se comportaban como el fluido del agua.

Era la maldición de los Biscuña, su padre murió de la misma enfermedad que él padecía, así como el padre de su padre. Su progenitor tampoco se había quejado cuando agonizaba; se fue apagando como una candela hasta que se extinguió sin renegar. Así como lo hacía él, inventando razones para ir a Chillán, de manera que su hija no supiera el verdadero motivo: ir a por medicamentos para el dolor. Convivió por años con el maldito padecimiento como una consorte infame. Nunca quiso someterse a tratamientos o exámenes; sabía perfectamente que era una perdida de tiempo, dinero y esperanza. Pensó en las chicas; ¡qué bueno que todas eran mujeres!, pero volvió a lamentar no ver a su hijo por última vez para explicarle el castigo que sufría. ¿Qué pena estarían pagando los Biscuña? Solo esperaba que terminara pronto.

Cuando despertó de sus ensueños, el sol matutino veraniego entraba a la covacha por los agujeros y hendidura en forma de rayos y centellas, dibujando puntos y guiones por el suelo, como una clave de Morse que se debía descifrar. El viejo tomó el ardiente cautín por la cacha, de donde se prolongaba el condón eléctrico enchufado a la pared, con la otra asió un rollo de estaño. Desde una altura de pocos centímetros, dejó caer una gota de soldadura plateada sobre uno de los cables rojos con la punta desollada y la pata de uno de los transistores, asegurando ambas piezas como habían salido de la fábrica. El olor amargo del estaño fundido y el ácido salió del artefacto eléctrico que reparaba, se convirtió en una pequeña nubosidad, pasó por su nariz, se expandió por la pieza y escaló los aires por los resquicios. Dejó enfriar la soldadura, armó el radio transmisor, como había llegado a sus manos arrugadas pero firmes, lo encendió, buscó una estación radial y la música salió nítida como en un baile popular de Fiestas Patrias.

Tratando de no pensar en su enfermedad, se encontró con los recuerdos de su esposa, amargos y llenos de exasperación. Nunca aceptó su muerte; ahora que la suya se aproximaba, lo embargaba el temor. Siempre creyó que cuando llegara su final lo acogería con congoja, porque pensaba en la cara que pondría su querida esposa al verlo en el más allá, junto a ella en el delicioso edén; sin embargo, ahora, muy cerca de su irrecusable final, el terror lo aprisionaba. La paz y tranquilidad que buscó en el campo, alejándose de la ciudad de Concepción, refugiándose en el caserío, nunca las encontró. Siempre estaban las reminiscencias de su pasado con su amada, atado a los ojos claros de su hija, tal como los de su esposa. Luego fueron sus nietas con los gestos, posturas y el cabello pardo y liso como una crin. El que haya dicho que la distancia y el tiempo lo borra todo, nunca estuvo enamorado, nunca supo lo que es el amor, terminó de pensar, porque una voz de niña dijo: «Dice mi mamá que ya está listo el desayuno, abuelito».

Cuando Marcela abrió la puerta, la luz entró alegre, como si la hubieran invitado a una fiesta, hiriendo los ojos entumecidos del anciano. La niña se acercó a él, lo abrazó, lo besó y sintió el olor amargo del humor, lleno de insomnio y preocupación. Se acababa de despertar, andaba de chalas y de camisón de dormir, en los grandes ojos como los de su madre se podía notar la secreción de los sueños todavía infantiles. El abuelo la besó con ternura, la abrazó con delicadeza y estrujó el cuerpecito de la niña como si se fuera a acabar. Era su favorita sin lugar a dudas; lamentó el hecho de que no la miraría convertirse en una mujer. Ya había cumplido los doce años, pero el estirón de la pubertad no había llegado, siempre como un duende travieso. Cuando salió al patio, agarrado de la mano de su nieta, percibió el olor inconfundible del campo, emparejado con el de la leche hirviendo.

Vicente puso una cucharada de café instantáneo en la taza y vertió el líquido blanco y candente. El aroma a pan recién horneado llenaba la estancia. Las brasas del horno de barro reventaban como los cohetes de Año Nuevo; haciéndose más sonoras al romper el silencio. Marcelita quedó viendo a su abuelo con los ojos embriagados de tristeza; presentía que algo grave le ocurría a su tata Chente, como lo solía nombrar. La niña hacía mucho tiempo que sabía lo de la enfermedad de su abuelo, la pérdida de peso era aparente, había escuchado decirle a su madre: «¿Para qué, mujer?; si los médicos no saben cómo curarlo», pero no había puesto mucho cuidado por la escuela. Ahora que permanecía más tiempo en casa, sentía la incomodidad y la zozobra de su querido abuelo. Cada vez que lo miraba sufriendo, como en ese momento, sus ojos se le llenaban de lágrimas que no dejaba salir.

No comió, no probó el café con leche, no le llegó el apetito. El dolor cortó el deseo de alimentarse con un cuchillo de carnicero; era tan punzante que la decrépita faz del anciano se volvió blanca como un hueso astillado. Prefirió salir callado hacia su cabaña: Pilar y las dos niñas permanecieron en sus asientos calladas, sin un reproche, sin un por qué, sin una explicación, como estaban acostumbradas. La preocupación de Pilar se elevó hasta el grado del temor; durante los años que llevaba de saber la enfermedad de su padre, nunca lo había visto tan decaído. Ella sabía cómo lidiar con la reticencia del viejo; emplearía la estrategia de esperar hasta que se calmara, para llevarle el té de hierbas que le gustaba. Sabía también que no se sinceraría fácilmente con ella sobre su estado actual.

Por el mediodía, luego de haber revisado la pequeña plantación de papas, Pilar preparó la infusión para el anciano. Ordenó a las chiquillas, quienes le ayudaban en la labor, a limpiar una de las esquinas de la propiedad, de manera que se mantuvieran alejadas de la choza del abuelo. Había pasado la mañana, mientras laboraba, tomando la resolución de confrontar a su padre; ya no podían continuar evadiendo la conversación sobre la enfermedad. La cola de olor a té, atada a la charola de madera, entró con Pilar. Lo miró tendido en su cama, pálido como la colcha que lo cubría, tiritando cuando afuera la temperatura era de veintisiete grados y el sol brillaba con todo el esplendor del verano. Puso el azafate de madera sobre la mesa de trabajo de su padre, a un lado del aparato receptor de ondas radiales, que había reparado temprano.

Cuando el viejo la sintió descargar lo que acarreaba, le hizo una señal para que se sentara en el quicio de su lecho, y dijo: «Hija, no pienso que vaya a durar mucho tiempo».

31

«No diga eso, Tata», contestó con la voz entrecortada. Con el envés de su mano le tocó la frente, prendido en fiebre, entonces comprendió que su padre hablaba la verdad. Pilar se tragó las lágrimas para no desanimar a su padre. Cuando le tomó la lánguida mano, sintió el impasible murmullo de la muerte, acompasado con un pulso casi ausente. Los ojos amarillos se habían vuelto grises de pena y preocupación. Sabía que la pérdida de su padre era inminente. Aventó el pensamiento hacia el futuro, y se encontró con el miedo que trae la soledad: no tenía ni un pariente cercano, solamente su hermano ausente, desaparecido hacía más de doce años. Temblando presionó con ambas manos la de su padre; el dorso arrugado y venoso y la palma callosa como un pedazo de cuero de elefante.

«Tenés que ser fuerte. Las niñas todavía necesitan de tu cuidado. No te dejo nada, solamente la propiedad. Prométeme que irás a Chillán a ponerla a tu nombre. Los documentos están en el baúl —señaló el único mueble sin detrimento, donde guardaba los objetos valiosos—; también hay unas joyas que pertenecieron a tu madre, espero que las conserves, pero te pueden sacar de algún apuro. La llave siempre la llevo en el bolsillo del pantalón. Es poco el dinero que tengo ahorrado, pero te servirá hasta la próxima cosecha; ojalá y la virgencita milagrosa que tengamos una buena temporada. Sobre la mesa de trabajo hay un radiorreceptor que me lo trajo don Clemente, ya está reparado, vendrá cualquier día de estos. Y los cuchillos sobre la mesa de trabajo son de la señora Linda. Encárgate de devolverlos».

El anciano se hundió en sus recuerdos, intentando evadir el dolor que se aproximaba, rebanando su interior hasta inducirlo en la inconsciencia. Vicente se miró niño, escuchando las aventuras de su abuelo, tan nítidas como una de las películas a blanco y negro que logró mirar en uno de los cines de la ciudad de Concepción. Raro que recordara esos detalles de su niñez porque nunca antes había reparado en ellos. En ese tiempo no comprendía por qué su abuelo hablaba diferente a las demás personas; ya grande supo que era austríaco. En ese preciso instante, postrado en la cama y alejado de Pilar por la barrera del delirio, sin cambiar de posición para no incomodar el malestar, se dio cuenta de que nunca lo escuchó hablar su lengua nativa. Dedujo que la razón había sido la poca convivencia con su abuelo; pues había fallecido cuando él tenía la edad de Ignacia.

Su abuelo se había dado de voluntario en el ejército austro húngaro en busca de aventuras. Desertó antes de que el conflicto bélico mundial estallara. Se escapó en uno de los buques argentinos que había descargado carne de vacuno en uno de los puertos italianos. Llegó a Buenos Aires con la ropa y el cuerpo impregnado de carne de animal curtido y la brisa del mar, sin un peso en los bolsillos y sin saber una palabra de castellano. De ahí pasó a Chile, buscando la construcción de la línea férrea, que en ese tiempo se prologaba por el sur del país, atrayendo braceros de todas partes. En Concepción encontró una población amigable y propicia para instalar un pequeño taller de reparación de radios y otros aparatos eléctricos; oficio y experiencia adquirida durante los años que sirvió en el ejército como técnico en comunicaciones. Allí conoció a su esposa, allí asentó cabeza, allí nacieron las dos generaciones de Biscuña.

El moribundo viejo trató de meterse en los detalles de su origen; pero no pudo, todo era una maraña de preguntas sin respuestas, secretos y circunspecciones enredados en su niñez. El agudo dolor se volvió agobiante; apretaba sus vísceras con colmillos de león, descuartizando cada fibra de su ser interno. El sufrimiento, el padecimiento, el tormento llevaron al anciano a un estado comatoso. El colapso paralizó e insensibilizó sus nervios motores; dándole un sarcástico alivio. El temor a quedar inconsciente era un consuelo; comparado con el sufrimiento del dolor físico. Se quedó inerte, escuchando su tenue respiración, único indicio que lo conectaba a este mundo; los demás órganos los había desactivado el dolor abdominal. El libro de los sueños se empezaba a cerrar folio a folio hasta activar los recuerdos…

El placentero día, trazado por la inmensidad dorada, continúa la inexorable marcha cíclica, ajeno a toda eventualidad terrenal. La lánguida brisa retoza por el circunloquio floral y los atavíos verdores, extendiendo las abigarradas alas por los frondosos valles, delineados con curiosas figuras de viñas, vegetales, tubérculos, girasoles, plantaciones de cereales y los vacunos comiendo plácidamente por el tierno pasto. Las extensas fuentes enrolladas y quebradizas se deslizan ruidosamente de los imperecederos Nevados de Chillán y las montañas andinas, alimentando las caudalosas corrientes de los ríos Itata y Chillán, que irrigan con vida los llanos y praderas diseminadas por la novicia y augusta Región. Reverbera la foresta, adornada de ingenuos matorrales, que respira con sonrisa eólica del insigne ecosistema.

El agonizante quedó en el borde de la inexistencia, donde no hay tiempo ni espacio ni materia, donde todo se interpreta con la conciencia, en la raya dibujada por el corte de un cuchillo letal. Era mejor estar allí, enclaustrado en ese limbo, que andar sonámbulo en la realidad, soportando el peso del sufrimiento. Si había que rebasar la línea hacia el infinito, ahora estaba preparado, pero él no lo haría por su propia cuenta. ¿Quién lo haría entonces? ¿Su enfermedad? ¿Cómo era posible que un mal tan pequeño fuera capaz de truncar tantos años de existencia? ¿Cáncer?, sí, esa era la palabra. La misma maldita palabra que su padre mencionó cuando murió su abuelo. Ahora le tocaba a él. Quiso reírse de sus percepciones; él no era de filosofar, pero comprendía que sentía su cuerpo gastado. Las voces que experimentó en ese preciso momento desconcertaron su subconsciente.

Era Pilar con sus dos niñas. Las reconoció por la silueta, al franquear la puerta, por donde entraban los amarillos rayos del atardecer, tendidos y moribundos por el océano. La voz del hombre alto, de sombrero, le pareció conocida. No lograba ver bien su cara; la escasa luz en contraposición la apagaba el rincón oscuro de la mediagua. Logró confirmar las demás figuras detrás del individuo: una mujer y una pareja de niños, menores que sus nietas. No lograba comprender lo que hablaban, parecía tener una interferencia, como una estación radial mal sintonizada. Cuando logró captar lo que decían, pegó un salto que casi lo hace salir del coma, no lo podía creer: ¡era Vicente, su hijo! Todavía se encontraba tendido sobre el lecho, tieso como una estatua. Pero… ¿qué hacía Vicentico allí parado frente a su lecho? ¿Había vuelto?

«Esta mañana se levantó bien. Un poco turbado pero caminando; hasta logró trabajar un poco y conversó conmigo», escuchó claramente a Pilar. «Y, ¿desde cuándo está enfermo?», era la voz de su hijo Vicente, sin lugar a duda. «Hace ya varios años. Así como el abuelo que comenzó con un malestar estomacal; fue a ver al doctor al principio, pero después dejó de ir. Ya lo conoces, nunca se quejó, nunca me dijo nada. Yo lo sentía quejarse por las noches, pero no me dejaba que lo ayudara. Tomaba sus medicamentos y su té para calmar el dolor, pero eso era todo». Pilar se acercó a la cama de su padre y se sentó en el borde. Lo tomo de la mano, como lo había hecho esa mañana, y se la acarició. Vicente hijo se acercó también, miró a su padre y comprendió su estado de gravidez por el color pálido de la faz.

La luz del día se había desvanecido rápidamente, dejando en sombras la estrecha estancia, difuminando las siluetas paradas y estáticas, apretujadas por el quicio de la puerta. Pilar se incorporó para encender la bombilla, la luz amarilla iluminó la casucha, las sombras salieron por los intersticios y se perdieron en el patio oscuro y silencioso. Las sábanas blancas, arropando el cuerpo postrado, adquirieron un tono amarillento. Marcela entró, cruzó la habitación, llegó hasta el lecho, miró el rostro de su abuelo y lloró, con los grandes ojos hacia el suelo. El llanto rodó por la carita pecosa, desgarrando el grotesco mutismo, asperjando el suelo con lágrimas. El silencio de la oscuridad campestre absorbió la pesadumbre de la atribulada niña.

Vicente padre quiso arrullar a su nieta, como lo hacía cuando era una bebé, acunándola entre sus brazos hasta quedar dormida, entre suspiros y sutiles ronquidos. No pudo moverse, era como una pesadilla, pero estaba consciente de todo lo que ocurría en la pieza; hasta pudo oler el agradable perfume que llevaba la desconocida, allá, afuera, entre las sombras de los manzanos. Cuando se acercaron, los vio nítidamente, a ella nunca la había visto ni a los niños, tenía que ser un sueño loco. Sin embargo, podía reconocer a su hijo: fuerte, seguro de sí mismo, mirada serena, bien parecido. Por los gestos sabía que era Biscuña: lacónico, como si meditara cada palabra, calmado, como si tuviera todo el tiempo del mundo. Por su porte lo reconoció. En doce años de ausencia una persona cambia mucho; a pesar de todo esa transformación, había mucha semejanza al joven que partió casi a escondidas.

«¿Por qué no se quedan aquí?», preguntó Pilar, tomando de la mano a su hija. A la otra niña la asió con la otra mano: salieron. Su hermano rehusó la oferta. La convenció explicando que llevaría a su familia al hotel, que ya había pagado, que la carretera no estaba tan mala y que él volvería en un santiamén. Todo lo que dijo Vicente hijo dejó satisfecha a Pilar. Pero la realidad era que no quería incomodar a su esposa durmiendo en un lugar desconocido e incómodo. Se abstuvo de decir que con su camioneta cuatro por cuatro no importaba las condiciones de la carretera; en vez dijo que la carretera estaba en buenas condiciones, lo cual era una verdad a medias. El caserío no había cambiado, empero, aparecían las luces del progreso. Él era otra persona; tanto así que, cuando se bajó de su camioneta, le tomó varios segundos a Pilar en reconocerlo. Además, estaba la sorpresa de su esposa y los niños. Pilar siempre lo esperó como se había marchado: solo, sigiloso, improviso y sin pertenencias.

Vicente moriría en paz. La virgencita le había concedido lo que más había deseado durante más de doce años. Las lágrimas no le salieron porque no tenía, el veterano cuerpo tendido y magullado por dentro ya no trabajaba, la única función vital era el lento e imperceptible pulso. Se conformaba con haber mirado a su hijo; tal como él había deseado: exitoso, seguro, con familia. Solamente esperaba que la maldición terminara con él. El subconsciente lo tomo de la mano y lo llevó hasta el otro lado de la línea divisoria entre la vida y la muerte. En esa dimensión renacería, pero sería en forma de recuerdos, es decir, repetiría sus experiencias vividas en esta vida como una cinta cinematográfica sin final. En esa legión infinita de memorias habitan los fallecidos, pero cada muerto es un mundo, y todos constituyen otro universo. Los que no tienen memoria es como si no hubieran nacido.

Vicente hijo volvió con uno de los doctores de Chillán en medio de la noche. Después de examinar a Vicente padre, dijo: «Si le sirve de consuelo, joven, le diré que no me explico cómo aguantó tanto tiempo su padre en expirar. Parecería que lo hubiera estado esperando para verlo». Las palabras del médico le sirvieron de alivio. Siempre se había sentido culpable de no haberles escrito ni una línea, de no haberlos visitado, durante tanto tiempo de ausencia. Su excusa era la promesa que se había impuesto el mismo de no volver hasta ser un triunfador. Ahora tenía la oportunidad de descargar el resentimiento y el miedo que trae la compunción. Quiso preguntarle al doctor si su padre había estado consciente de su regreso, pero decidió que sí; él lo había escuchado volver, su padre se dio cuenta de su triunfo, de su familia…

Vicente hijo volvió a Chillán con el doctor por la madrugada. Aprovecharía dormir un par de horas; una jornada larga lo esperaba en el campo como en su niñez. Sonrió sarcásticamente al recordar la ardua labor campesina; era como si no hubiera cambiado nada, excepto la pérdida de su progenitor. Temprano compraría en la ciudad todo lo relacionado al velatorio y al entierro. Desde el momento en que llegó al caserío con el ataúd, la noticia de la muerte de su padre se propagó por la altiplanicie de la montaña. Al velorio acudiría toda la población, incluso el señor Clemente, única persona que el finado Vicente había considerado como un amigo. Extraña noche de vigilia porque era la primera en la alquería; tampoco sabrían dónde enterrar al difunto, porque no había camposanto.

CAPÍTULO IV

VICENTE HIJO

Vicente despidió a su hijo de madrugada, se marchaba en contra de su voluntad, pero no podía retenerlo. Las únicas palabras que se cruzaron fueron: «Tomá», el padre, extendiendo el brazo con el puño cerrado. «No, papá, yo llevo suficiente dinero para mis gastos», el hijo. Afuera, la oscuridad se adornaba de luceros, estrellas y una tenue cinta plateada corriendo sobre el espinazo de las prominentes montañas andinas. El quejido del motor diésel del camión cargado de patatas entró cuando el padre abrió la puerta. Su hijo salió, se encaminó hacia la silueta oscura del camión, interrumpiendo el cordón de luz con su abultada carga. Lo último que vio Vicente de su hijo fue el ancha espalda, por donde se ceñía la mochila, y el brazo levantado. La tristeza enmudeció la imagen de la partida de su primogénito y se perdió en la inmensidad del horizonte apenas resplandeciente.

Vicente hijo viaja en el transporte del señor Díaz, quien comerciaba comprando papas en esa región, para venderlas a un mejor precio en la capital. Había calculado el plan desde el verano pasado, cuando escuchó el ronroneo del motor y olió el petróleo frente a la propiedad de su padre, y los gritos preguntando si deseaba vender la cosecha de papas de ese año. La pequeña conversación había sido a espaldas de su padre. Se había preparado durante un año, ahorrando y calculando en lo que podría trabajar, que no era mucho porque solamente era bueno para sembrar, cosechar y meter la espalda. Primero pensó probar suerte en Concepción, pero entendió que, de allí al campo donde vivía, era poca distancia. Era mejor buscar un destino más lejos. Luego se dio cuenta de que la meta del comerciante de papas era Santiago. Ni la distancia ni el desconocimiento de la capital lo desanimaron. El trato había sido: llevarlo a la capital; a cambio de que él descargaría la mercadería.

El pachorrudo camión tardaría 24 horas en llegar hasta su destino, el doble que cualquier auto de su capacidad. Álamos, «baldos», «litres», quillayes y pinares alegraban la monotonía del paisaje y purificaban las cuestas y recodos del interminable camino. El dióxido de carbono, producto de la combustión interna del pesado vehículo, formaba una estela al salir por el candente tubo de escape. Entre recesos, onces y colaciones el camino se fue acortando. El culebreo de la estrecha carretera incitaba las conversaciones de las dos personas; las jóvenes y pequeñas hazañas rurales se fueron amarrando con la basta experiencia del conductor, quien aprovechaba esos momentos para otorgar coloridos consejos a aquella alma ingenua llena de imaginación. Cuando entraron a la capital, en ese tiempo comenzaba a estirarse con migrantes de todo el país, las sombras de la madrugada urbana se intercalaban con las luces del comercio y el alumbrado público, tejido sobre los altos edificios y las casas residenciales.

El matiz anaranjado de la madrugada, aunado a la luz de los altos faroles de la inmensa dársena del mercado Vega Central, impelía la algarabía de los mercaderes. El pandemonio lo generaban los vendedores, compradores y jornaleros, moviéndose como un inmenso remolino, ajenos al silencio de la metrópolis dormida. El joven Vicente levantó los ojos de asombro: ni en sus más desenfrenados sueños había percibido tanta actividad. La transportación, cansada por el largo caminar y el peso de la carga, recién arribada, se movía a vuelta de rueda para estacionarse en la inmensa plataforma de cemento. Los vehículos que habían llegado más temprano desembarcaban a mano los sacos de verduras, legumbres, frutas, cereales, tubérculos, en un ambiente festivo; también rodaban los chistes, las bromas, la gracia, los comentarios y las ironías jocosos.

El señor Díaz, después de conversar con sus clientes, respondió el cuestionario que se había hecho el joven Vicente: ¿qué hacer entre tanto gentío?, ¿hacia dónde dirigirse?, ¿dónde pasaría la noche? Resultó que nadie quiso comprar el camión de papas al precio que él deseaba, como solía ocurrir cada vez que llegaba al mercado, había mucho producto; es decir, la cosecha del tubérculo fue espectacular en el país. La solución era venderla al por menor; para eso le pidió ayuda a Vicentico, ya se había dado cuenta de lo encantador, amigable y arrojado que era. Díaz desapareció entre la multitud para hacer sus mandados en la ciudad, dejando al mozo encargado de su mercadería. El joven sobrepasaría la expectativa de su empleador, vendiendo la mitad del producto durante ese mismo día, que en el mercado termina temprano porque comienza de madrugada. Cuando volvió el buen hombre, la muchedumbre ya se había apagado; los puestos de reventa habían bajado las cortinas, y los restaurantes y comedores lavaban los peroles para la siguiente jornada.

El joven Vicente se fue a dormir temprano, no tenía a dónde ir, además, estaba cansado por el largo y aburrido viaje y por el ajetreo de la venta. El señor Díaz aseguró las ventanillas del camión, encendió la radio y se estiró sobre el asiento de la carrocería, con los piernas hacia el timón. El joven Vicente limpió el suelo de la cabina de madera, estiró los sacos vacíos y se tumbó sobre ellos, abrazando la mochila como si fuera una amante. El olor a tierra de la papa le llegó hilvanado con la música de la radio y el frío de la noche incipiente. Los recuerdos de su familia le llegaron en la calma, cuando el sosiego embriagaba de tristeza su soledad; los espantó pensando que fue un buen día. El vaho de la patata y el de su cuerpo fastidiado calentaron el rincón al cabo de un rato, cerraron las gélidas cortinas de las montañas y apagaron las ondas sonoras.

Manifestaba el nuevo día en Vega Central la misma intensidad comercial, el mismo regatón, el mismo chalaneo, el mismo trajín, la misma inagotable clientela del día anterior. Vicentico con el apetito alto como el mediodía se atrevió a buscar su almuerzo por uno de los pasillos repleto de gritos en estribillos anunciando el menú del día y clamores de rezos asegurando la autenticidad de los platillos: cazuelas, curantos, carbonadas, caldillo de congrio, chancho al gusto del cliente, «chorrillanas», «choriquesos», choripanes, pasteles de jaiba, «sopaipillas», empanadas, «milcaos», machas a la parmesana, pasteles de choclo, chupes, completos, plateada, locos, ensalada chilena, calzones rotos, picarones. Mientras caminaba, escuchando la lista de platos, la minuta de comidas y colaciones, con una sonrisa de asombro y picardía, escuchó una voz: «¿Adónde va, casero guapo? ¡Pase adelante aquí tenemos de todo!».

Así era Vicente, como lo pintó la chica que lo atrajo al merendero, tomándolo del fuerte brazo, apuesto como un Adonis, pero él no lo sabía o no le interesaba. Alto, de paso seguro por su humildad, tez morena por la brisa y la labor del campo, el pelo le ondulaba como un sembrado de trigo maduro, tan amarillo sus ojos como su pelo, las manos duras por la labranza, en ese momento se volvieron delicadas para apartar a la chica; corría por su cuerpo fibroso la agilidad que se adquiere al hacer ejercicios diaria y libremente. La atracción del joven mozo era su postura, su sonrisa franca, la presteza para ayudar a cualquier individuo en dificultad, su voluntad altruista y servicial; acompañada por el optimismo de quien se conforma con lo que ha ganado en la vida y la certeza de un mañana mejor. Entró, ordenó, esperó, comió, sin importarle la mirada embelesada de la chica, y volvió a sus labores.

Conversaba con su eventual patrón, las sombras estivales comenzaban a cubrir los toldos impregnados de añejos frutos y de olor a tierra húmeda de los tubérculos, cuando apareció delante de ellos un fornido cholo del porte de Vicente. «Que don Ricardo quiere hablar con usted», dijo, dirigiéndose al joven. «Ya ves, estás con suerte porque a lo mejor te quiere hablar de trabajo», se metió Díaz, «Él tiene muchos camiones que le traen la

42

mercadería del interior», terminó el buen hombre. Después de escuchar los consejos, se unió al joven mandadero, había permanecido discretamente a pocos metros como un perro fiel, mientras la pareja terminaba de hablar; luego Vicente le estrechó la fuerte mano de jornalero y se marcharon abriéndose paso entre los escasos marchantes. Por los pingües pasillos flotaban decrépitas partículas de alimento, enredadas en un pentagrama de gases, aceleradas por la combustión de las cocinas, organizando la partitura de una composición alimenticia.

«¿Cómo te llamái?», preguntó don Ricardo. «Vicente, señor», contestó el joven. «Llámame don Ricardo o El Patrón», dijo el hombre regordete. Hablaban en uno de los comedores que permanecía abierto hasta el anochecer. El Patrón era el único cliente en ese momento. Los jóvenes permanecían de pie frente al ogro, masticando un pedazo de vacuno por un cachete, hablaba por el otro. Era muy conocido en el mercado por su tacañería, por sus negocios y sobre todo por su contextura: alto como un alerce y gordo como un elefante. Los dos cocineros se movían de un lado a otro trayendo y llevando platos, unos vacíos otros llenos de manjares, alcanzados porque no le daban abasto a El Patrón. Siempre comía solo, como lo hacía en ese momento, y con las cortinas de hierro del restaurante entornadas; solamente sus trabajadores podían estar cerca cuando deglutía. Vivía para ahorrar y para comer. Vicente aprendería a conocer el valor del dinero con él. De adagio en adagio aleccionaría a su nuevo pupilo: «De grano en grano se llena el buche la gallina», «El hombre solo tiene un cuerpo, la segunda muda es para una emergencia», «No te metái a negociar con lo que no sabéi».

«¿De dónde soi?», preguntó, aventando una nube de carne de vacuno y papa triturada, que salió como un resoplido por los cachetes que se movían como un fuelle. «Me contó el zángano de Díaz que andái buscando pega, ¿es verdad?», preguntó, tras meterse un bocado que le llegó hasta las fauces, aventó un manotazo de oso para alejar el plato vacío, y con la otra garra acercó otro colmado de carne mechada. El Patrón llamó zángano a Díaz porque eran amigos, quizá el único que tenía, desde que comenzaron a comerciar frutas al por menor, cuando tenían la edad de los jóvenes parados frente a él. Vicente miraba fascinado la deglución, pero de su faz no salía ni una expresión. El otro mancebo no hablaba, sabía que a don Ricardo no le gustaba que lo interrumpieran cuando tragaba. Le había caído bien el jovencito desde que suspendieron la cortina de hierro para dejarlos entrar y se aproximaron; todavía más cuando dijo que era de Chillán. Comía a solas y con las puertas medio cerradas del comedor porque era de su propiedad; además, los comensales escaseaban a esa hora de la jornada. Los cocineros corrían con las viandas por las mesas, vestidas de manteles floreados de plástico. «¡Tony, encárgate de enseñarle el laburo a Vicente!», terminó de hablar, y procedió a llenarse la boca de comida como la palangana de un molino.

Antonio se había criado en el enorme mercado, ayudando a su madre en uno de los puestos de reventa de frutas, para luego, ya siendo un chaval, saltar a otras labores acordes a su edad. El Patrón lo empleó como peón, luego se convirtió en una de las personas de confianza en el manejo de las entradas y salidas de los productos que acarreaban sus camiones. Tony enseñaría a Vicente todo lo relacionado a la carga y descarga de la mercadería del inmenso local; era la arteria más importante de suministros de alimentos de Santiago en ese entonces. En el poco tiempo que estuvieron juntos se volvieron buenos amigos. Más adelante le confiaría a Vicente que dentro de unas semanas ya no trabajaría en el mercado, porque se embarcaría en uno de los buques turísticos que atracaban en el arcano puerto de Valparaíso.

En medio del océano de vendedores y compradores Vicente comenzó a navegar por todas las corrientes, especialmente en la de complacer a su peculiar jefe, quien después de varios meses lo abrazaría como un ahijado. A El Patrón le cayó mejor el

44

chamaco cuando se dio cuenta de que dormía en los camiones. Servicial y altruista el buen mozo, «Preste que yo le ayude, abuela», decía, agarrando con las fuertes manos las canastas llenas de hierbas, flores, especias, plantitas de viveros. Aunque la paga no era buena, estaba contento, aprendía a vivir en una ciudad como Santiago. Las chicas de los restaurantes, comedores, cocinerías, carnicerías, fruterías y verdulerías lo perseguían, como vuela el colibrí alrededor del flósculo en busca de néctar; él no tenía tiempo ni dinero para engalanar las florecitas. Sin embargo, cuando caía una frágil margarita entre sus brazos, la deshojaba entre el aroma de los frutos y los suspiros del placer. Así fue adquiriendo la mundanal experiencia Vicentico...

Solamente una persona como el joven Antonio, que se había criado en el mercado Vega Central, podía darse cuenta de la transformación del lugar; a pesar de haber transcurrido poco tiempo desde que se ausentó. Se presentó un día viernes por la tarde, de esas que se prolongan hasta ya entrada la noche, porque la gente no quiere volver a sus casas sin terminar sus compras, para no salir durante los tres días de asueto. «El quiltro por muy callejero que sea siempre vuelve a sus entrañas», dijo El Patrón, tirando la grasosa carcajada de satisfacción al ver al joven. Aprovechaba la semana que el barco crucero estaría en el puerto para visitarlos y hacer compras en la ciudad. Como la familia del joven vivía en el puerto San Antonio, invitó a Vicente a pasar el fin de semana con ellos, pero la verdadera razón era conversar con él sobre la posibilidad de un trabajo como marinero.

La familia de Antonio vivía en las afueras del gran puerto, camino a la comuna de Cartagena, en una de las colinas donde la inmensidad del océano no se aparta de la percepción del expectante. Extasiadas son las doradas tardes que, bajo el rumor de las olas, se precipitan hacia el sol poniente; tras el rutilante lampo, llega la angustiosa calma con atuendo azul y celestes vibraciones: son los astros los que ahora claman. En medio

45

de esa hermosura llegó Rocío, hermana de Antonio, encanto de diosa, ninfa de ultramar, a extraviar la calma del joven Vicente. La madre de Antonio, ya no trabajaba desde que el joven se embarcó, lo atendió de maravilla, como lo merecía un amigo de su hijo. Sincerándose con su amigo, le explicó lo que tenía que hacer para embarcarse, si estaba interesado. Tenía tres meses para prepararse, los que le parecerían una eternidad; no por empezar a trabajar en alta mar, sino para volver a ver a Rocío.

Mientas caminaba por los pasillos de la Ilustre Municipalidad de Concepción, para tramitar los documentos de identificación, Vicente carecía de todos, pues, en el campo es innecesario y en la capital nadie se los pidió, pensó visitar a su familia, era poca distancia. Desistió cuando recordó su promesa: había jurado a sí mismo no volver hasta haber conseguido la gloria pecuniaria, aunque le tomara años y estar alejado de sus seres queridos. En la institución gubernamental «penquista» no tuvo problemas; los obstáculos ocurrirían en Santiago —en ese entonces era el único lugar donde se tramitaba el pasaporte—. Tuvo que llegar de madrugada para concertar una cita, esperar en la larga fila el día del trámite y por último aguardar a que el ministro firmara el pasaporte, que no se sabía cuándo volvería, porque a lo mejor se encontraba de gira visitando algún país hermano…

El plan era encontrarse en casa de Antonio, partir el día siguiente para «Valpo», presentar la documentación al agente de la línea marítima, y comenzar a trabajar tan pronto como los turistas terminaran su paseo por la ciudad. Aprovecharía esas horas que le quedaban para conversar con la hermana de su amigo. La aspiración de Vicente, tener un amor correspondido, la fortificó el deslumbrante atardecer porteño. Las luminosas partículas etéreas dibujaban la inmensidad del océano, adornada de barcos, playas, caletas; y sobre ese paisaje, el horizonte convexo combinaba los colores amarillo, rojo, azul, púrpura. En medio de tal concierto de optimismo, el joven Vicente declaró su amor

46

a Rocío, mientras madre y hermano se hacían los desentendidos. La euforia de embarcarse no pudo ser más alegre; su amor era correspondido. No importaba estar ausente de su amada por mucho tiempo, el amor es así: paradoja de vates, melodía de banales.

El inmenso crucero, atracado a lo largo del muelle, sujeto con gruesas sogas por la proa y la popa, tratando de refrenar el suave vaivén de la pleamar, hendía la mañana del tierno horizonte. Las escotillas contorneaban los camarotes de los pasajeros, el puente de mando se imponía sobre la cubierta, las terrazas escalonadas en estratos miraban el agradable océano, y las dos chimeneas susurraban hacia el límpido cielo. Por la empinada escalera, asida a babor, desembarcaba despacio la larga columna de turistas, la mayoría pensionados de la tercera edad, curiosos por descubrir lo que el país les pudiera motivar sus decadentes realidades. El desfile de pasajeros terminaba en un torbellino de voces alrededor de la dársena. Cuando bajó el último turista, el desbarajuste se volvió a ceñir en filas, buscando los autobuses estacionados en la costanera. Los jóvenes, que habían esperado plácidamente en una esquina de la plataforma, comenzaron subir por donde la muchedumbre había bajado.

Desde que Vicente pisó la inmaculada cubierta percibió la opulencia; caminaba sorprendido junto a amigo, también cohibido, a pesar de tener la experiencia de haber trabajado muchos meses, buscando el camarote oficina de su jefe. Ante tal orden, pulcritud, exuberancia y tranquilidad contrapuso en su imaginación el sórdido ambiente del mercado Vega Central. Escuchó distante a un grupo de personas que agitaban las aguas de la alegre piscina. Era obvio que la mayoría de los pasajeros estaba a bordo, disfrutando el magnánimo día, caminando por las cubiertas, bañando, o jugando bajo el radiante sol. Las escasas personas que encontraban por el camino saludaban corteses en una lengua que los jóvenes no entendían. Mientras descendían a la planta baja, recibió el susurro de las turbinas de la nave; se las imaginó en la panza del navío.

«Dame tu pasaporte y tu cédula de identidad», dijo el uniformado en español, después de la presentación. Ambos jóvenes se encontraban de pie y frente al superintendente de aseo. El camerino mantenía el mismo orden, la limpieza y el sabor halagüeño del buque. «Espera a Vicente en el pasillo», se refirió a Antonio, mostrándole la estrecha puerta con la mirada. La entrevista de trabajo era una formalidad; el jefe la aprovechaba para aprender el nombre y facciones de sus nuevos subalternos. La conversación fluyó sobre los trabajos que había realizado con anterioridad el ingenuo muchacho, envuelto en zozobra ante la nueva experiencia. Cuando el superintendente mencionó que ganaría tres dólares por hora, la angustia del joven saltó por la pequeña cabina, salió por una de las escotillas entornadas y se perdió en alta mar. Él no era un versado en las matemáticas, pero una simple operación aritmética no se le escapaba.

Partirían el siguiente día y no volverían en seis u ocho meses; lo que tardaba el crucero en bordear América y Europa. Usurparían aguas internacionales, surcarían canales y estrechos, atisbarían desiertos y glaciales, atracarían en profundas y agitadas ensenadas, zarparían con pasajeros de varias nacionalidades, escucharían diferentes lenguas y dialectos, surcarían por los abiertos océanos, incinerarían miles de barriles de combustible por el limpio e infinito horizonte, y arrastrarían aves y peces durante el ávido navegar. La cabina, diseñada solamente para dormir, sería compartida con su amigo Antonio y dos personajes de otro país latinoamericano; tan estrechas las literas que, hubiera sido mejor colgar cuatro hamacas, pensó Vicente. Los baños, al final del pasillo, también tenían que compartirlos; sin embargo, estos eran amplios.

El crucero zarpó callado, para no despertar el sueño de los turistas, propulsado por las silentes turbinas, que tornaban la inmensa hélice, interrumpiendo la pacífica vida submarina. En alta mar, lejos de la alongada y agreste costa chilena, el emblema negro, amarillo y rojo, izada en el mástil de popa, ondeaba por el cielo pulcro, seguido por la interminable estela. Vicente despertó cuando el rumor de los pistones comenzaron a babosear diésel; estimulado por la energía juvenil y la costumbre campestre de erguirse antes del alba. Esa actitud y su entusiasmo por el trabajo lo retribuirían muy pronto. Era su primer día de labor. Uniformado de gris, botas impermeables y un birrete, todos con el reluciente símbolo de la nave, bordado en algún lugar estratégico de las prendas, bajó hasta las entrañas de la nave para recibir las instrucciones de sus tareas.

Allá a lo lejos, distante como un sueño, a través de una de las aberturas redondas, contempló Vicente por un segundo las inmensas montañas de hielo, acumulado durante milenios, de la costa Antártica, reflejando los moribundos destellos del poniente, configurado en la sencilla inmensidad con matices dorados y tonalidades celestiales. Los pingüinos, los manatíes, los lobos marinos y las ballenas, aterrorizadas por la gigantesca nave, buscaron protección en las profundas y gélidas aguas polares. Llegaban al extremo sur de América. El concierto de ecosistemas, descrito por la diversidad marina, se cerró en la mente del joven con la remembranza de Rocío y la nostalgia de su ausencia. Sería el último vistazo de las costas de su patria durante meses de ausencia, que, de periplo en periplo, se convertirían en años de navegación.

La incansable marcha de la cinta transportadora de vajillas rodaba despacio como un gusano de oruga, acarreando vasos, tazas, platos, escudillas, cucharas, tenedores, cuchillos, peroles, bandejas y toda vasija de vidrio y porcelana habida o por haber, mugrientas de grasa y residuos de comida. En la primera estación se botaban los desperdicios de comida: emparedados, pastas, carnes, panecillos, helados, tortas, frutas, vegetales, gaseosas, jugos. Vicente se preguntaba adónde iba a parar tanta basura. Las ásperas manos campesinas, que luego se acostumbrarían a asir las delicadas piezas, acomodaban las lozas en las cuadradas banastas plásticas, para ser estibadas en ringlera hacia el rectangular horno, donde eran sometidas a las altas temperaturas, y de ahí salían esterilizadas e higienizadas. El siseo del candente vapor de agua como una caldera de ferrocarril hacía insoportable la estancia, situación que el joven ignoraba estoicamente. Antes de llegar al final del recorrido de la estación, donde la cinta transportadora gira en movimiento vertical, otro empleado tomaba las cribas de utensilios de comer debidamente limpios y las ajustaba en los altos estantes.

El joven Vicente permanecería en esa labor durante varios años, saltando de un lugar a otro sobre el lomo del gusano, rotando de un turno a otro. La cíclica actividad del aseo era menos intensa en las horas extremas de las noches lunáticas, cuando los vejestorios deambulaban por las cubiertas llenas de insomnio, buscando una entretención o un pan para degustar. Para mitigar la monotonía de su ardiente trabajo, traía a su mente optimista, entre sus movimientos automatizados de su rutina, las imágenes de su querida Rocío y la de su padre. Además, los sueños arraigados a la tierra, entre el vapor de agua y el siseo quimérico del lavaplatos, animaba su euforia juvenil.

Durante los de años que Vicente anduvo navegando los siete mares, que a él le parecieron siglos, porque no salía ni en sus días de asueto, se casó con Rocío a los dos, su primer hijo nació a los seis, su segundo a los ocho, su amigo Antonio renunció a su trabajo a los seis, recibió una promoción en el último año, que no fue un incentivo suficiente para continuar en el crucero, como pensaron sus jefes, conoció una docena de puerto ciudades que ni siquiera memorizó sus nombres, aprendió un poco la lengua que la mayoría del personal hablaba, para nada porque en su país nadie la parlaba, ahorró la cantidad de dinero que había calculado para comprar lo que siempre había anhelado y planeó qué haría con su vida, dónde, cuándo y cómo.

CAPÍTULO V

LAS VIDES DEL CARMEN

El velatorio sería en casa del difunto, tal como lo dicta la tradición campesina. A la vigilia y al entierro asistiría todo la gente del caserío, las alquerías y las fincas conjugadas al pie de la montaña. Para el arreglo mortuorio fueron a traer a la partera de la aldea de El Carmen, quien también era amortajadora, ensalmadora y experta en hierbas. A la vieja cascarrabias le tendrían que aguantar sus excentricidades. Con toda pulcritud lavó el cadáver de pies a cabeza, lo vistió con la mejor muda y coloreo la rígida y arrugada tez. Todos los presentes se sentían raros: era el primer velorio en la comunidad. La única persona de los conocidos que no acudió fue su nieta Martina; no tenía vela en ese entierro, ya no era parte de la familia. Los chicos andarían jugando alrededor del féretro, como si se tratara de una fiesta de cumpleaños; Marcela ya no estaba para jugar, permanecería cerca del ataúd abierto a medio cuerpo, callada y pálida como los cirios de los candelabros, derramando de vez en cuando grandes lágrimas amarillas de pesar.

Vicente hijo llegaría a cambiar toda la vida de los Biscuña, excepto la de Martina, quien se mantenía alejada por cuenta de su padre, y que, al pasar el tiempo, el olvido rompería los lazos sanguíneos. Él se hizo cargo de todos los gastos del funeral. Las conocidas de Pilar rezaban al pie del ataúd, turnándose para tomar una taza de café negro, o para comentar las cualidades del difunto. En medio de cirios, veladoras, flores campestres, el olor a café, el aroma del vino tinto, el pan recién horneado, el sabor dulce de las tortas, la sazón de las empanadas, el murmullo célere de las oradoras y el entretenido juego de naipes llamado «carioca» miró Vicente entrar a la estancia en vigilia a don Clemente con sombrero en mano; más talludo, más adusto, más veterano, pero era el mismo personaje sincero, honesto, franco, al pan, pan, y al vino, vino.

El buen hombre sorprendido por el saludo cordial del extraño preguntó: «Y, tú, ¿quién eres muchacho?». Cuando escuchó que se trataba del hijo de Vicente, apenado se disculpó por no haberlo reconocido; después de verlo detalladamente se dio cuenta de que eran muy parecidos. Le agradeció la presencia, pues sabía que era un hombre ocupado; verdad a medias porque con los hijos ausentes y la vejez, la actividad de la finca se había reducido. Recordaron ambos cuando el finado llegó a la planicie, era la otra manera de llamar al caserío, hecho que no pudo visualizar bien porque era muy niño. Cavilaron los viejos tiempos del acopio de las vides de su finca; razón por la cual siempre estaba relacionado con las personas del caserío. Fueron interrumpidos por Rocío, quien desapareció entre los rezos, después de la presentación, para traer dos cafés, a petición de su esposo.

Salieron al solar con las tazas de infusión en mano. La noche clara por la fulgurante esfera celestial, rodeada de centelleantes luceros y estrellas en el espacio sideral, alumbraba nítidamente los árboles del patio. Los encumbrados mastodontes refractaban el poemario de destellos por las crestas del alongado y oscuro telón andino. El onírico escenario se terminaba de conjurar con las concatenadas ramas de los jorobados manzanos, las fecundas eras, inseminadas de fatuas florecitas, vegetales y hortalizas, cuchicheando por el terreno impávido. La cálida brisa del agreste estío suspiraba esa noche fatídica. Las luces artificiales, acompañadas con las avemarías y los padrenuestros, salían de la casucha, se proyectaban por el patio y morían en el firmamento.

«¿Dónde te habías metido, hijo?», preguntó paternal don Clemente con auténtica curiosidad. El joven Vicente le contó que había trabajado en Santiago, luego le dijo que anduvo varios años embarcado. Cuando aseveró que viajando se conoce mucho, contestó: «¡Qué va!, don Clemente, cuando se quiere hacer algo de plata no hay tiempo para ver nada. Tanto sacrificio para nada, ni pude ver con vida a mi papá». «No te mortifiques la vida; estoy seguro de que tu padre estaría orgulloso de ti. Además, llegas a tiempo», dijo don Clemente, recordándole a su hermana y a sus hijas. Las palabras y la brisa nocturna lo aliviaron. La mujer de Vicente se les acercó y tomó los dos tazones vacíos; pasó de la penumbra al brillo de los candelabros y la luz artificial. Cuando las voces se alejaron, dejaron un distante susurro, más tenue que las sombras de los árboles, conectados por el silencio y los recuerdos. Vicente evocó su niñez cuando iba a la finca a ayudarle en las labores de la cosecha. Despreciando las destartaladas bancas, arrimadas al tronco de la gruesa araucaria, reanudaron parados la conversación.

«La ciudad no es para mí. Aquí en el campo me siento mejor. Para eso he trabajado tanto, para comprarme un pedazo de tierra y cultivarlo. Pero cuénteme de usted, no ha cambiado nada», lo animó a platicar sobre él, tocándole levemente el brazo. «Mira, hijo, para serte franco a mí me ocurre lo contrario que a ti. Mis hijas y mi hijo ya no quieren volver al campo. Como ya se graduaron y están trabajando me quieren arrancar del terruño para llevarme a vivir con ellos a la ciudad. Imagínate que ya me convencieron. El amor a los hijos lo puede todo. ¡Qué puede hacer un viejo agotado y solo en la finca! Vivir de los recuerdos es morir en vida. Es mejor apartarme de los fantasmas de mi mujer y disfrutar de mis hijas que todavía están solteras. ¿Sabes que el mayor ya se casó?», la nostalgia de don Clemente no se separó de ellos hasta que terminó de desahogarse de la pérdida de su esposa. «Y, ¿qué va a hacer con su finca?», preguntó Vicente con los ojos más encendidos que la luna llena. «Pues no me queda otra que venderla. Lo peor es que no puedo encontrar comprador», se lamentó. «¡Pero don Clemente nosotros podemos llegar a un acuerdo! ¿Cuánto quiere por su propiedad?», inquirió Vicente sin tapujos. «¡Ah!, hijo, si tu me la compras, me iría tranquilo porque sé que va a quedar en buenas manos…».

Arriba de la medianoche, en el mismo lugar donde habían acordado el precio por la finca de don Clemente, habiendo cerrado el trato con un apretón de manos, para concluirlo en tres días, sesionaban los moradores de la comarca para convenir el lugar del sepelio. La discordia era porque no había cementerio en el caserío, nadie deseaba donar una porción de tierra, nadie se quería hacer cargo de organizar la comuna; querían permanecer en el anonimato, así como habían vivido siempre. Casi todos apoyaban permanecer como se encontraban. ¿Para qué se iban a organizar políticamente?, si nada ocurría en la población. El lugar crecía poco en población, cuando nacía un ciudadano otro estaba por marcharse; además, legalmente nadie había nacido en el lugar. Perdidos en las especulaciones, Vicente decidió enterrar a su padre en su terreno, con el acuerdo de todos los allí reunidos, envueltos en los recuerdos y la melancolía.

Impasible permaneció don Clemente durante toda la transacción en la oficina de un abogado de Chillán, conocido de una de sus hijas. Ella fue la que habló y acordó; él se limitó a firmar. La cantidad de dinero contante y sonante, que Vicente le entregó en un maletín de diez kilogramos de peso, después de firmar los documentos de compra y venta, no lo animó. ¿Cómo se puede compensar el trabajo de sol a sol de todo un ciclo vital? No lo sabía el anciano, porque lo era, aunque todavía tuviera la apariencia física de un mozo, cualidad que solo el campo puede dar. Para un alma campestre y sencilla la vida en la ciudad es incomprensible. Jamás se adaptaría al estrepitoso andar urbano, que entra sin invitación por los resquicios de los edificios, ni a la impaciencia impregnada en el ímpetu de los urbanos, ni a la rutina antrópica de los citadinos. La incertidumbre del pobre anciano, ocasionada por sus hijos, quienes lo había empujado a vender la propiedad, se manifestaría desde su llegada a la inmensa metrópolis.

Las parras vibraban de encanto cuando saltaban de los racimos verde tierno al morado púrpura; binomio sonoro de la armoniosa viticultura. ¡Corcovado vástago de redonda plenitud, fruto fulgurante de jugoso vigor, adornado de pétalos encrespados y manos de felpa, retorcido con brazos amorosos! Los hermosos sarmientos sombreaban el fecundo suelo con sus encumbradas cepas. El sembrado de vid se prolongaba en secuencia ordenada hasta perderse en lontananza, por el alto follaje de la virgen foresta, donde comenzaba el valle ñublense. Distanciados a dos metros corrían las hileras de vides al compás de una de las vertientes, que alimentan el río Itata, y se ensanchan hasta el sendero que va hacia la cordillera. Los emocionados ojos de Vicente se llenaron de lágrimas ante el esplendoroso paisaje. Tratando de ocultar la exaltación, se quitó el sombrero de fieltro. Recordó su pasado infantil cuando llegaba a ese mismo feraz terreno en tiempo de vendimia para ayudar a don Clemente en la recolección, selección y proceso del fruto maduro.

Su mujer, arrimada a su cuerpo, más ceñida que su cinturón, lo sintió suspirar. Rodeado de sus seres más queridos contemplaba lo que tanto había deseado desde la niñez. Carmen y Pascual quizás eran muy chicos para comprender a cabalidad lo que sucedía. Eran seiscientas cincuenta hectáreas de terreno: cuarenta enrolladas con cepas de varias generaciones de edad, unos barbechos y lo demás eran árboles nativos de la región. La inmensa vega se desplazaba entre el interminable borboteo del riachuelo y la vereda que va hacia los macizos montañosos. Rocío, también amante del campo, comprendió en ese instante la vehemencia de su esposo por ahorrar dinero, sacrificando su amor con las prolongadas temporadas de trabajo y la separación de sus hijos por años, al extremo de no estar presente cuando nacieron. Inmolación divina convertida en fecundo seno, austeras ausencias transformadas en feraces predios, desagravio realizado en aras de un sino benéfico.

Después de rememorar, y comprobar que no era un sueño, como los que tenía cuando andaba embarcado, sintió el aire puro acoplarse en sus pulmones al respirar profundamente. Rocío se le acercó más, complacida por la compra de la finca, quiso besarlo pero la cohibió la presencia de Pilar y sus niñas. Marcela, que por ese tiempo jugaba a no decir una palabra hasta que caía la noche, miró a su tío con orgullo y admiración, emociones que despertaron el recuerdo de su abuelo. Miró con los ojos grandes de satisfacción la casa donde su madre le dijo que viviría desde ese día en adelante. Era la primera vez que la niña se sentía protegida, no necesitaba que su tío le dijera que la quería, se lo estaba demostrando; se tragó las palabras que deseaba expresar, las diría por la noche. Su hermana no decía nada, seguía a su madre agarrada del vestido como una garrapata.

Vicente conocía perfectamente el parral, pues de niño había acariciado cada cepa al cortar los racimos; por años había sido el modelo de lo que deseaba conseguir. Él no era devoto de ningún santo, pero miró la inmensidad del despejado cielo, y agradeció a la madre naturaleza interiormente por lo adquirido. Sabía que el emparrado era viejo, pero no le importaba, traía ideas para plantar nuevos sarmientos, conseguir nuevas semillas para hacer energéticos viveros. Los descabellados injertos figurados en su niñez, cortando los retorcidos tallos en diferentes ángulos, ahora los pondría en práctica. Tenía la suficiente fuerza para talar, descombrar y arar, para aumentar la producción del bendito mosto, bebida de dioses y emperadores, que ya comenzaba a impeler la ecuménica demanda por los campos chilenos.

Lo primero que hizo fue cambiar el nombre de la propiedad. El letrero *Las vides del Carmen* coloreado de morado y verde y empotrado en el recio travesaño del portón de la entrada principal, decorado con racimos góticos colgantes y los postes retorcidos simulando una parra gigante, dejaría una impresión indeleble en la memoria de los visitantes. Las bombas de agua, acopladas a las alongadas mangueras para succionar el líquido del siempre vivo riachuelo, y las inmensas cisternas, elevadas sobre los techos

56

como antenas parabólicas para el almacenamiento y el tratamiento de agua potable, vendrían a dar otro aire al viejo parral. Para las construcciones de la cerca perimetral, la bodega, el quincho, las mediaguas, las cubas y los barriles, anduvo buscando ayuda; rastreó por los valles, subió colinas, cruzó caseríos, remontó rellanos, y no encontró; ofreció mejor paga que el salario mínimo, incluyendo la comida y la dormida por pueblos circunvecinos, tampoco resultó. Apresurado porque la cosecha se aproximaba, comenzó la construcción solo, trabajando doce horas diarias.

Las dos mujeres también andarían ocupadas limpiando, bruñendo, lavando, desempolvando, quitando, poniendo, encajando, desencajando, clavando, desclavando, reparando, enderezando, estibando, desechando los muebles viejos de la casona, que por generaciones había pertenecido a la familia de don Clemente. Los niños al ver la agitación quisieron emular a los mayores jugando a la limpieza. Marcela —frisaba en los trece años, flaquita como una tabla, la melena como un trigal maduro alborotado por el viento y los ojos grandes y verdes de alegría, tal uvas creciendo bajo el sol radiante del verano— era la encargada de cuidarlos. Los sacaba al patio, jugaba con ellos, los llevaba a la quebrada a mojarlos, a escondidas de su madre, porque no tenían permiso de hacerlo. Comunicándose con ellos con gestos, porque no hablaba, muda como un tronco de árbol durante todo el día. Pilar, acostumbrada a sus excentricidades y a su fragilidad enfermiza, trataba de explicar a su hermano y a su esposa, que pronto se le pasaría el mutismo. La madre olvidó decirles que, a lo mejor después de un tiempo, empezaría otra extravagancia.

El verano avanzaría célere como sucede en el sur del país: fugaz bandada de cotorras parlanchinas cruzando el firmamento austral, arreboles por los prolongados atardeceres criollos, cálidas ventiscas del místico estío, vigorizador chispazo de sentimientos terrenales. La chacra maduraba enroscada con los racimos verdes y azulados, coro de robustos sarmientos, empinadas cepas de crujientes vides, dispuesta al acopio del suculento jugo. La inminente vendimia se aproximaba a paso sediento: dádiva de la feraz llanura, solaz jornada de fructífero brebaje, irrecusable final de la cíclica añoranza, tiempo preciso de la deseada mies. Nadie podía evitar la madurez vitícola, pronto se debía aprovechar la fruta; caso contrario se echaría a perder.

Cuando Vicente se dio un respiro, para calcular el trabajo que había hecho hasta el momento, supo que no podría terminar las construcciones planeadas con anticipación; si avanzaba más, perdería parte de la cosecha que llegaba a su punto. Sabía, desde el momento en que compró la propiedad, que la viña estaría en su potencial de producción ese mes. Conocía cada racimo de la plantación. Había participado en cada vendimia de la propiedad durante toda su niñez: depositando los gajos en la despalilladora, enjuagando sus manos con el fruto de la vid, macerando con sus pies la uva estrujada, sintiendo el olor dulce del hollejo, probando el elixir fermentado. Su alma de viñatero se fermentó en esa inmensa malla hecha de savia que ahora le pertenecía. El agradecimiento de poseer la finca que lo estremeció, terminó de madurar la idea con la que despertó ese día.

Vicente optó por llamar a Antonio para que lo auxiliara en las tareas de su finca. Deseaba aprovechar la cosecha al menos para jugo de vid, ese año no llevaría a cabo sus planes a cabalidad, quedaban apenas semanas para la vendimia. Sabía que a su amigo no le había ido bien en las dos últimas cosechas —había plantado palta en terreno secano y la sequía de los dos últimos años lo había afectado—, era una oportunidad para ayudarse mutuamente. La amistad había perdurado aun después de que dejó de navegar, y se había fortificado aún más cuando desposó a su hermana Rocío. Ambos tenían el alma labradora, ambos amaban el acopio que el terruño proporcionaba. La retribución que ambos experimentaban al levantar la cosecha, solamente el amor por sus hijos la podía otorgar. El arraigo a la tierra, marcado en los surcos de las manos, era genuino.

Esas Navidades serían inolvidables para la familia Biscuña y para la familia Sambrano. La madre de Antonio se sentía orgullosa del esposo de su hija, ella había consentido y motivado a su hija a aceptar a Vicente en matrimonio, la felicidad de la familia saltaba como el verdor de las parras en terreno feraz. Los hijos y la mujer de Antonio también desgajaban gozo; la paz y la armonía se sintonizaba en el hogar. Las mejoras a la casa se había estirado hacia todos lados: nuevos baños, nuevas piezas, nueva cocina y un quincho ampliado, proyectado para reuniones y festividades. En la dulce cara de los chiquillos se dibujaban hoyuelos de picardías y regocijo; inclusive en la triste faz de Marcela, siempre con los ojos verdes callados de tranquilidad, simpatía y agradecimiento hacia su tío. Ella sí podía discernir la diferencia entre el ayer y el ahora.

El fuego destilaba la enjundia de la sabrosa carne. El paladar de la sazón, acelerada por el leve viento, recorría el ameno ambiente, atizando el apetito de todos los presentes, reunidos desde el atardecer. Los miembros de las familias, alrededor de la hoguera al aire libre, unos parados otros sentados, unos bebiendo vino otros bebiendo mate, unos conversando otros cavilando, esperaban pacientes el conocido punto del asador, estimulando la imaginación convertida en sabores. La tarde de colores estivales, inclinada sobre el grupo de personas, escuchaba las alegres conversaciones; y su joroba amarillenta se prolongaba lenta y jubilosa desde las inmensas montañas andinas hasta el bermejo y resplandeciente océano. El cordero al palo era la atracción central: reclinado sobre las brasas rojas y amarillas, con las costillas y las extremidades abiertas, amarrado al asador de metal en forma de cruz. A la fiesta se unía la festiva música de colorido rural, el corro de carcajadas, la algazara infantil y los gritos de las madres: «Estati quieta, niña», «Sentati, niño», «Te vai a quemar», «Por aquí sí, por allá no».

El inmaculado día finalmente llegó a su término, se vistió de oscuro añil profundo, salpicó el infinito de confeti fulgurante, y una colmada esfera incandescente se levantó por los encumbrados riscos. Los lengüetazos de calor redujeron intensidad, el crujido de los tizones cesó, la pavesa cubrió con su manto cenizo los ojos áureos y bermejos de puma montañero. La insignificante brisa, deslizada del gigante volcán, revoloteó por la agonizante fogata y se adhirió a las voces sueltas y a las pueriles travesuras. El festejo continuó entre mordiscos, masticaciones y degluciones de la tierna carne ovina: banquete ancestral, tradición mapuche, plétora de hermandad, cornucopia de vendimia. ¡Más vino y más pisco para la velada! Las luces artificiales de la estancia se volvieron agresivas, saltaron por las ventanas y puertas entornadas y se proyectaron por el abrasador suelo del patio.

Cuando los rescoldos se tornaron ceniza, la brisa se convirtió en perturbadora ventisca, las inocentes carreras de los querubines se apagaron, el conjunto de personas entró a la casa decorada con motivos navideños. La inmensa luna con la sonrisa de plata se quedó en el patio, dibujando garabatos con su resplandor argénteo por los jardines, las enredaderas, los frutales, las viñas, las plantas, los viveros, las cisternas y todo lo que podía deslumbrar. La debilitada energía infantil se tendió en los sillones, en el regazo de las madres y en los brazos de los padres; para acortar la espera del pascuero senil que, como siempre, llegaba atrasado. Al final solamente quedo Marcela despierta, arrimada a su madre, escuchando los planes y grabando las conversaciones de adultos, pretendiendo estar abrazada de Morfeo.

La inocentada llegó complaciente: ¡qué importaba que el viejito pascuero fuera un artificio comercial! Los rostros infantiles y el derroche de felicidad eran genuinos. El árbol de Navidad amaneció copado de juguetes. Los chiquillos apenas probaron el desayuno, se abalanzaron a desgarrar el envoltorio de los regalos; excepto Marcela, ella terminó de comer. De las cajitas felices aparecieron: un tren a pilas con sus rieles, muñecas hablantinas con conjuntos de vestidos, juegos miniatura de cocina y de sala, autos impulsados a control remoto, trompetas y trompetillas de juguetes, tamborines, soldaditos de plástico, figurines de peltre, pistolas de hojalata con sus fundas. La sonrisa de felicidad de los padres no tiene valor cuando los hijos están contentos.

Marcela no participó en la apertura de los obsequios navideños, entraba a la inquietante pubertad, por lo que su madre optó por comprarle unos zapatos de charol, un vestido rosa y una carterita negra. La realidad era que ella ya no jugaba con representaciones de objetos, se entretenía con personajes de su propia creación, metidos en su sofisticada mentalidad, extravagancia que comenzaba a ocultar. Pero su aberrante cerebro no era solamente capaz de torcer la realidad, sino que poseía el don de acordarse de todo lo que veía, de todo lo que tocaba, de todo lo que experimentaba, de todo lo que escuchaba. Tenía la capacidad de vaticinar, de predecir, analizando y deduciendo. Ella misma se sorprendía de su habilidad, como era el caso que en ese momento experimentaba: sin abrir sus regalos presentía lo que contenían las tres cajas marcadas con su nombre.

A finales de ese verano, cuando los bidones, las tinajas y los barriles de jugo macerado y separado del hollejo de la vid llegaban al final de la vendimia, Vicente se sinceró con su amigo Antonio, a quien ya consideraba como un hermano, proponiéndole que se quedara a trabajar con él como socio. No aceptó. Su argumento fue que ya tenía planeado vender la propiedad que tenía por el puerto de San Antonio. Tenía el plan de comenzar un nuevo negocio en Santiago con su esposa Belén, quien había estudiado cosmetología; además, estaba la responsabilidad de sus dos hijos, quienes debían volver al colegio. Vicente insistiría pero su amigo era más tozudo que él. Al final, después de contarle los detalles del emprendimiento de su esposa, quien tenía una intuición innata para los negocios, le prometió que si el proyecto de la capital no le salía bien, y si él todavía necesitaba ayuda, gustoso vendría a ayudarle en la finca.

Por esos años angustiosos, libre del avasallador adalid, célere avanzaría el país hacia el progreso, abriendo las alas del desarrollo por doquier. Comenzarían también las construcciones de las nuevas autopistas y carreteras de asfalto a lo largo y lo angosto de la nación, haciendo accesible ciudades importantes con ciudades menores de otras regiones, comunas rurales, alquerías, centros turísticos y vacacionales. Las líneas telefónicas, tejidas con puntada marina, acortaban las distancias de los hogares chilenos. Se fortificaron los centros y agrupaciones institucionales. Las voces, envueltas en las páginas de la información, mencionaban cambios políticos e ideológicos, estimulando así la inversión, la protección a las pequeñas industrias y asistencia a las familias necesitadas. Esta convulsión progresista también acortaría la distancia entre las metrópolis y la vida rural; obstaculizando la autonomía, la tranquilidad y el sosiego que da el campo. Los cambios favorecerían directamente el patrimonio de Vicente al construirse la nueva carretera hacia el complejo turístico Las Termas de Chillán.

CAPÍTULO VI

LA PUBERTAD DE MARCELA

Los cuatro chicos continúan sus estudios en dos lugares diferentes. Los que están en la educación básica van a Chillán, Marcela a un internado de Concepción, prestigiosa institución pedagógica de mirada exclusiva. En ese centro educacional va a forjar su carácter y su capacidad femenina, incoherencia desconcertante para su desmesurada mentalidad. Sin embargo, su personalidad excéntrica continuará siendo un enigma durante los primeros años. En el internado ya no pasará la vergüenza de vestir el uniforme remendado; ni usarlo por varios días porque solo tenía uno; tampoco va a sentir la vergüenza de andar en casa a pie pelado para cuidar sus únicos zapatitos; o la molestia de pedir prestado los textos a sus compañeritas para estudiar las tareas, que a veces la ofendían diciéndole que no, que comprara los libros.

Marcela se siente vindicada y protegida cuando llega su tío Vicente en su camioneta en compañía de su madre a recogerla de la escuela durante los días de asueto. El agujero melancólico por la falta de un padre, pesar que siempre la hostigó durante toda la escuela primaria, y que su abuelo no pudo aliviar completamente, lo reemplaza el cariño del hermano de su madre. El trayecto de la ciudad a la finca, con los ojos pegados al campo y la imaginación por las nubes, lo hace callada, pero contenta. La insatisfacción de no tener un modelo familiar completo, pena irrecusable e indiscutible, que la represente frente a sus compañeritas, desazón de sentimiento incomprensible para una niña de su edad, desaparece. El amor, la admiración, el orgullo, la devoción por la representación patriarcal llega a ser infinita. El afecto arriba a tiempo para estrujar y desechar de su tierna vida las pesadumbres y vicisitudes cuando más lo necesitaba: después de la muerte de su abuelo.

Desde el comienzo del segmento medio educacional se comprometió con ella misma a sacar las mejoras notas de su curso, para complacer de esa manera a su madre y en especial a su tío Vicente, que, como había dicho su progenitora: «Estaba haciendo un gran sacrificio pagando tanta plata en un colegio privado y exclusivo». Así fue. La chorrera de sietes en todas las direcciones pedagógicas enorgullece a sus familiares; al mismo tiempo crea competencia y recelos entre sus compañeritas. Lo que no entienden sus pares y el personal colegial es cómo se puede concentrar en los estudios tan pueril criatura de exigua apariencia y desconcertante designio. Porque al principio, es decir, en esos alucinantes primeros años del internado privado, parecía una escoba de cabezuela andando, especialmente cuando se amarraba en bucle la larga cabellera de mimbre, como su madre le había enseñado en capas oblongas. Las largas y escuálidas piernas como pértigas se balanceaban al compás de los siempre lustrosos zapatos. El cuerpecito lo zurcía la plegada falda color azul marino y la blanca blusa manga larga del uniforme siempre impecablemente limpio —había ocasiones que no se sentaba durante todo el día, excepto en clases, para no ensuciar o ajar su pulcro atuendo—. La carita pecosa, la naricita sonrosada y los inmensos ojos verdes de zapallo ya tenían otro tinte. Toda esa irregularidad y remedo juvenil emitía duda, desconcierto, incomodidad, pesadumbre y temor.

El colegio tenía un nutrido número de estudiantes, la mayoría externos, por lo que Marcela pasaba desapercibida durante el período de clases; no obstante, las demás chicas durante el tiempo que permanecía en el internado eran desconsideradas e inconsecuentes con ella. No lograban entender su extravagante personalidad. Era tal el miedo, hebra maliciosa e impertinente que tonifica la ignorancia y la crueldad, que un día una sus compañeras llegó al abuso físico, tocándole el pecho de tabla y burlándose de que no tenía mamas. Marcela ignoraba los insultos, las ironías y las guasas, pero esa vez respondió que para qué quería mamas si a esa edad ni pensaba ser madre. La antagonista no esperaba tal respuesta, la empujó dispuesta a pelear, momento preciso en que apareció Amparo en su vida, quien era tan desarrollada como la pleitista. Desactivó la querella interponiéndose entre las dos. Después de darle las gracias, percibió la energía cariñosa de Amparo, así como se sienten las vibraciones de la hermandad. Desde ese percance las dos jovencitas andarían juntas de un lado a otro como siamesas; el vínculo se profundizaría porque eran internas —la familia de Amparo vivía en una de las comunas distante de la gran ciudad; y por conveniencia pasaba internada los cinco días de la semana colegial—.

Inquietos e incesantes pasaron esos primos años de colegio, Marcela retraída y remontada en sus andanzas ecuménicas, tan lejanas que a veces ni sentía la presencia de su amiga. Impasible a la incomprensión y al sobrecogimiento de los demás, pasaban los días distantes de su objetividad, haciendo su insólito proceder difícil de entender. Fueron muchas las tardes cuando pegada a la lectura, perdida en un rincón de la biblioteca entre los pliegos esotéricos, escapaba al llamado de la campana para cenar. Fueron varias las veces, también, que se quedó dormida hasta alta hora de la noche en el mismo recinto del saber, mientras las inspectoras la buscaban por todas partes.

Esa mañana de susto, agitación, zozobra, angustia y alborote marcaría la pubertad de Marcela, sin saber y sin tener conciencia de ello. Sucedió que por la mañana al despertar estaba con una fiebre muy alta, razón por la que no comió nada, sin embargo, como no le gustaba ausentarse de las lecciones, acudió a clase temblando de frío interno. No había pasado media hora de clase cuando cayó al piso del aula, convulsionando como una epiléptica y pataleando como una poseída. Anonadados por el pánico, los alumnos y el profesor quedaron estáticos, reacción seguida por la curiosidad, que los motivó a rodear el cuerpecito restregándose por el piso y chocando contra los pupitres. La siguiente acción del profesor fue sensata; aunque la era de la comunicación instantánea ya había comenzado, el buen hombre tuvo que correr a la administración del colegio para llamar la ambulancia y reportar lo que sucedía. Cuando la congoja se convertía en preocupación de los profesores, y el fisgoneo y la crítica mal intencionada de los estudiantes circulaba sobre el cuerpo de la niña, los aullidos de la ambulancia llegaron al colegio. Dos camilleros levantaron el cuerpecito, todavía babeando, lo metieron en la ambulancia y partieron rumbo al hospital más cercano.

Por los pasillos de la clínica las convulsiones de la enferma se convirtieron en soliloquios, galimatías y circunloquios, que el personal de enfermería no logró entender. En la sala de emergencia Marcela se hundió en el océano de la quietud, donde las sensaciones, los estímulos, las pasiones y las motivaciones se juntan con el desacuerdo de los órganos vitales del cuerpo, para comenzar el ominoso viaje hacia los sueños. Empero, «Gracias a la Virgen de la Purísima Concepción —madre de todas las vírgenes— cayó en buenas manos», palabras de Pilar, porque el doctor en turno logró estabilizar a la niña; luego la sometió a toda clase de exámenes físicos internos hasta descubrir la causa de la desestabilización corporal. Gracias al avance tecnológico y medicinal del nuevo milenio el galeno logra salvar a la chica.

«Vea, señora Pilar, el padecimiento de su hija llegó a su punto culminante, el pulmón colapsó, razón por la cual el cuerpo reaccionó con fiebre y convulsiones. Ya la estabilizamos, ahora tiene que sanar por sus propios medios. El pulmón anormal ya no le sirve y eventualmente su hija va a quedar con solo uno». Hablaban en la oficina del médico, especialista en enfermedades pulmonares, quien atendió a la niña en emergencia. Vicente aguardaba en la sala de espera preocupado. Las lágrimas rebosaron de los ojos de la madre cuando escuchó al doctor decir un solo pulmón. «Pero no se preocupe señora, su hija va a crecer sana y saludable, va a poder funcionar como cualquier ser humano con un solo pulmón. Tiene una niña encantadora y súper inteligente; ella fue quien me notificó sobre su padecimiento», sonrió el doctor. Para terminar, garabateo en un papel las recomendaciones para la paciente: reposo absoluto por dos meses, un caro medicamento, el cual ayudaría a disolver la purulenta pulmonar, y masajes terapéuticos.

Durante los meses vedados a la actividad física de su paciente, el doctor visitó a Marcela dos veces, era su interés propiamente científico. Como era especialista en enfermedades respiratorias, causalidad que Pilar catalogó como una bendición, dio seguimiento a su diagnóstico y recomendaciones para poner en perspectiva su práctica profesional. Según sus estudios, la secuela de la rara enfermedad era la deficiencia cerebral por el impropio abastecimiento de oxígeno, pero la niña no mostraba esa anomalía; por el contrario, siempre lúcida, retraída eso sí. Las divagaciones y excentricidades eran causadas por su natural curiosidad y estimuladas por la lectura. Cuando el médico le dio el alta, notó el comienzo de una mejoría corporal y el desarrollo físico de una jovencita de su edad.

Después de la recaída Marcela ya no sería la misma niña débil e intrascendente. La metamorfosis sería notoria por el gran contraste del ayer y del ahora. Del capullo, botón de hilachas doradas, volaría una fulgurante mariposa, calamita de destellos masculinos. Sus escuálidas piernas, palillos orientales, varillas de tambor, se tornarían en dos elegantes y alongadas piernas de modelo en pasarela. Del achicado pecho, seco manantial, se levantaron voluptuosas olas de mar agreste. Los verdes ojos conservaron la cándida mirada, vistazo sapiente empañado por el ansia del saber. Las pecas palidecieron en un cutis sonrosado, envidia de mujer, perfume de flor de loto. Y por su perfil aparecerían con el tiempo las doctas gafas; que las reemplazaría por lentes de contacto.

Marcela cursaba el cuarto medio cuando culminó su femenil estructura, reflejo de Venus, síntesis de mujer, agravio de compañeras, añoranza de pololos. Ella continuó sumida en el fondo de sus excentricidades, ajena a su figura, apartada de los chicos de miradas furtivas, indiferente al criterio de los demás. Las intimidaciones, los acosos y los abusos terminaron sin hacer mella a su introvertida personalidad. Siempre del brazo, de la mano o del hombro caminaba con su amiga Amparo; juntas reían, juntas rezaban en la capilla del colegio, juntas comían en el casino, juntas estudiaban. Sería su amiga, la única conexión a esta realidad; el mundo de Marcela era otro, dimensión irreal donde cabía todo lo que se imaginaba. Sería su amiga quien le enseñaría a incursionar por este fútil universo; si habitaba en él era porque el instinto se lo dictaba, reciedumbre que la había acompañado desde su nacimiento.

Amparo le enseñaría a vestir, a ponerse algo adecuado después de clases, en vez del aburrido uniforme azul y blanco. «Tení que adornar y cuidar tu cuerpo, es el templo de Dios, que para eso nos lo dio», le decía persuasiva. «La ropa adecuada da seguridad, personalidad y atracción», palabras que Marcela entendía, pero no sabía para qué. Las lecciones de higiene corporal, que le dictaba a Marcela, las había adquirido de su madre, quien no tenía más tarea que gastar el dinero de su esposo en indumentarias, para recusar el paso del tiempo. Mientras la mamá de Amparo, con dos nanas a su disposición para todos los quehaceres de su residencia, tenía todo el tiempo del mundo para su hija; Pilar apenas conversaba con su hija, su tiempo lo dedicaba a ayudar a su hermano en las labores de la finca, para compensar el gasto que hacía su hermano en sus dos hijas.

Fue su amiga la que estuvo presta a tenderle la mano y explicarle en la primera menstruación, evacuación cruenta que le costaría mucho trabajo aceptarla, ocurrida en los pasillos del colegio, años más tarde de lo normal. «Es un precio barato comparado a la satisfacción que trae el ser madre», citó textualmente Amparo a su mamá, cuando Marcela argumentaba la injusticia de natura con el sexo femenino. Las palabras de su amiga no la persuadieron; pero calmó la consternación a la que sucumbiría cada vez que llegaba ese período nefasto para ella. Sin convencerse dejó grabadas las palabras para siempre, en caso de que en el futuro deseara procrear; proceso natural que lo había analizado como necesario para la conservación de la humanidad.

Durante este tiempo, Marcela también descubriría su primera pasión: la nueva tecnología. Había llegado la comunicación instantánea al colegio, a través de una docena de dispositivos gordos y cuadrados tal cual un televisor analógico, encerrados en un aula especial como el laboratorio de química, pero cubiertos por una capa de misterio. Los chicos al ver las blancas pantallas bromearon diciendo que mirarían un partido de fútbol.

El discurso del profesor diciéndoles lo afortunados que eran porque «la oportunidad que tenían enfrente no había llegado a ningún otro colegio de la región…» duró la mayoría del período de clase; el resto sería explicación sobre la numeración binaria, la computación, el internet, la comunicación instantánea, el concepto de la cibernética, los datos, los archivos. Cuando saltaron las aplicaciones a la arena informática de los monitores, dispuestas a proveer información, la curiosidad de Marcela se deslizó por el marco de sus gafas, entró por uno de los iconos, se diseminó por la corriente de los semiconductores y se mezcló con los despliegues de energía de los circuitos.

Esa noche dormiría unida en conexión inalámbrica a los libros de informática que había leído esa tarde en uno de los rincones de la biblioteca, lejos de la mirada inquisidora de la bibliotecaria, quien, acostumbrada a estar sola en su recinto, sentía un pequeño encono ante la presencia callada y solitaria de la chica. Marcela jugaba en su imaginación que su abuelo era el profesor y ella la única alumna en el aula de computación. En sus sueños miraba los componentes de un procesador de datos dispersos sobre una amplia mesa cubierta por una manta gris: el procesador central compactado por los microprocesadores, la placa base, que llamaría siempre por el nombre en inglés, *motherboard*. Parecía una pequeña ciudad con sus calles de circuitos por donde transitaba la comunicación. Los edificios eran las memorias en forma de cuchillas afiladas. El disco duro donde anida la información y los algoritmos, y que controlan los movimientos a través del teclado y la cámara, representaba el centro de la comuna. La tarjeta gráfica donde se almacenan los colores, las paletas y las tintas y los enchufes, que la nueva tecnología los llama fuentes de alimentación, era el cinema. Escuchaba la voz del viejo explicando las funciones de cada elemento como lo había hecho con la radio, cuando ella tenía tres años, hablándole como si fuera una muñeca o una mascota, pensando que no entendía lo que le explicaba.

En menos de un mes ya tenía más conocimientos de informática que su profesor, quien ya había notado la chispa vivaracha de su estudiante por la tecnología, desprendida de los grandes ojos silenciosos de mirada ávida de curiosidad. En la clase de tecnología mostraba aprecio, interés y respeto por su instructor; nunca lo confrontó, ni argumentó. No le gustaba jactarse, por tal razón cuando el maestro preguntaba, ella callaba; cuando se dirigía a ella contestaba directa y explícitamente, sencillez campesina. Esa actitud le valió la simpatía del buen profesor de computación, quien, al ver el legítimo interés de la joven por el sujeto que profesaba, le recomendó continuar los estudios universitarios en esa disciplina.

De relevancia para su personalidad sería la circunstancia que, mientras ayudaba a su amiga en las tareas de computación, se le fueron arrimando otras compañeras para estudiar juntas; lo que abrió el camino para socializar con las demás chicas. En una de esas tardes mientras repasaban el *hardware*, explicando cada componente, empezó a desarmar pieza por pieza una de las computadoras del laboratorio, separando las partes por su relevancia e importancia, tal como su abuelo le había enseñado en su ardoroso sueño. Desenmascarando así el velo místico de las nuevas máquinas que aceleraban la comunicación instantánea. Entre el perplejo de sus pares y las interjecciones: ¡qué ducha!,

¡te pasaste!, ¡qué bárbara!, ¡qué «seca»!, salió la expresión ¡qué *nerd*! de entre una de la muchachas; sobre nombre que se le pegaría mientras terminaba la educación secundaria.

Otro hecho significante en la pubertad de Marcela fue el concurso de belleza en aras de la Virgen Purísima de la Concepción, patrona de toda la región. Era tradición que el alumnado del cuarto medio organizara la elección de la reina del Colegio; la cual participaba en el evento de la elección del certamen «Señorita Concepción». La participación de las jóvenes del último año era voluntaria; razón por la cual Marcela rehusó involucrarse. Sin embargo, su amiga se encargaría de convencerla, aduciendo que era una buena oportunidad para adiestrar su vida social. Para que cambiara de opinión, tuvo que ir varias veces a visitar a la señora Pilar, a quien le pareció una idea excelente. Añoranza de madre, dejo de juventud lacerada, proscrita por el destino irracional. Fue tal la exaltación materna que, después de ser persuadida, anduvo por toda la ciudad «penquista» buscando los atuendos adecuados para su hija; hasta la proveyó de anteojos de contacto, que en el futuro los alternaría con los regulares.

Durante la presentación y la selección de la representante del colegio a la competencia de belleza en el gimnasio, que en ese tipo de eventos se convertía en auditorio, las hormonas masculinas y femeninas se derramaron por todo el alumnado allí reunido. Los gritos, silbidos, vítores, aplausos, alaridos de orate y la aclamación unísona de «Marce, Marce, Marce, Marce, Marce, Marce», seguido de un taconeo ensordecedor e impetuoso en las graderías de madera, retumbando por el techo abovedado, de todos los presentes mientras caminaba la joven, ya más segura por la motivación de su madre y de Amparo y el apoyo escolar, se sintió otra persona, su impasibilidad se convirtió en ambigüedad, quería ser parte de la turba de chiquillos en algarabía. El jurado compuesto de una porción del profesorado ante tanta conmoción no tuvo otra alternativa que votar a favor unánime de la alumna vitoreada.

Los ramos de flores, los papelitos con «…cuánto te quiero, mi amor…», los cuchicheos por los pasillos, los silbidos por los pasillos, las insinuaciones a «pololear» y los flirteos varoniles hacia Marcela, convertida en la chica más popular desde el momento en que ganó el concurso de belleza, andarían circulando por el colegio hasta el final de ese año escolar. Incómoda de tanto revuelo, nerviosa por tanta atención, avergonzada de los piropos y los amartelamientos, azorada por los fríos encontrones de ciertas compañeras, luchaba por ignorar tales actitudes. Nunca se había sentido tan fuera de lugar, este no era el mundo donde deseaba vivir, ahora lo tenía que soportar. Allá, dimensión serena, espacio callado de donde salió, las aguas no se disparataban.

La final de la competición de belleza sería en noviembre, alrededor del cumpleaños de la ciudad de Concepción, en uno de los coliseos de baloncesto de la municipalidad. Justo cuando el alumnado se prepara para los exámenes finales; excepto los estudiantes de cuarto medio. Ellos ya habían terminado las pruebas, incluyendo la de aptitud universitaria, de esa manera estarían libres para concentrarse en los actos de graduación. El certamen ya se había arreglado, ya se sabía quién sería la reina, antes de comenzar la competición. Los padres de la chica ganadora habían aceptado cubrir los gastos de los fuegos artificiales y el de la celebración patronal de la ciudad. Las demás participantes servirían para engalanar el ambiente y satisfacer las lascivas miradas de los jueces y los espectadores. A través de su participación en el certamen, Marcela entraría al mundo que no conocía; lugar lleno de mentiras, engaños, intrigas, maldades, falsedades. (La experiencia no se encuentra en los libros; para adquirirla hay que vivirla).

Desde que pisó el escenario para ensayar, Marcela sintió los libidinosos ojos sobre sus esbeltas piernas de un andar sensual, como le enseñaba la instructora. Otras veces era la coreógrafa, tomando medidas para la indumentaria, palpándola con manos salaces, justificando que debía mantener el cuerpo derecho y la parte trasera erecta, recorriendo

72

sus suaves contornos de ajustada talla, devanándose hasta la tierna comisura de hembra, poblada apenas de inseguros vellos aterciopelados. Otras veces sentía la lujuria sobre sus turgentes pechos, acopio de la imaginación, tertulia de pasiones. Durante la prueba del desfile en traje de baño, tacones punzantes de largo estilete, curvas sensuales, ramillete voluptuoso de jovencitas, el teatro se llenó como si fuera la misma final de la competencia. Los fisgones lúbricos, vejestorios aberrantes con espejuelos furtivos, invitados por la Ilustre Alcaldía Municipal, y una multitud descabellada, llenaron la sala de espectáculos para ver el último ensayo.

Macerada su alma y extenuado su corazón, Marcela se hundió en una mar de depresión. En cama se juró a ella misma jamás participar en esa clase de concursos, trivial y mundano ejercicio, retribución de egos. Continuó con la patraña hasta terminar el concurso, abatida de la misma manera que cuando enfermó, porque le había dado su palabra a su madre y a su única y gran amiga. En el campo, panorama confortante, céfiro de todos los males, lograría recuperarse, aunque le tomaría buena parte de ese verano. Pilar, preocupada porque creyó que había recaído en su verdadera enfermedad, la colmó de atenciones a pesar de las protestas de su hija. Decepcionada se debatía entre volver a su mundo introspectivo, donde la mayor conmoción era alimentarse del saber, o quedarse en esta disparatada realidad, llena de sensaciones que no lograba entender.

Durante la convalecencia de Marcela, Amparo siempre estuvo pendiente de ella, llamándola, animándola y motivándola a seguir adelante. Luego la acompañaría un tiempo en la finca del tío Vicente. Haciendo planes universitarios pasaban las horas juntas. Durante ese tiempo fue cuando experimentó por primera vez la atracción física que sentía por su amiga. Ya se había desconcertado cuando los demás chicos se interesaban por Marcela; sin embargo, el pequeño recelo lo atribuyó a que había ganado el premio del certamen colegial. Amparo también sabía que Marcela no prestaba atención cuando hablaba sobre los chicos, se lo había confesado en una de esas conversaciones de chicas; no le interesaban, no sentía ni la más pequeña atracción por el sexo opuesto.

Gracias a Amparo, Marcela logró volver a encajar en la sociedad. La primera señal fue la participación a la ceremonia de graduación, luego la fiesta familiar para celebrar el término de los estudios secundarios en *Las vides del Carmen*, donde se conocerían los padres de las jóvenes. El olor del asado se prolongaría hasta la medianoche, saltando del pisco a los vinos producidos en esas tierras, animada la fiesta por las conversaciones de los adultos y los bostezos de los jóvenes. Las graduadas se perdieron en las pláticas del futuro universitario. Las dos chicas habían pasado la PSU (Prueba de Selección Universitaria) con galardones en ciencia, tecnología y matemáticas, acreditándolas a estudiar en cualquier centro de educación superior que ellas desearan.

El plan de Amparo era continuar los estudios en Concepción, ciudad universitaria donde estaban representadas casi todas las facultades de las instituciones educacionales más prestigiosas de la capita, pero no en internado. La idea de Amparo era arrendar un apartamento para vivir juntas, para eso tenía que convencer a Marcela, quien se oponía al principio por la responsabilidad y el temor a la nueva experiencia. Al final pudo más el fuero de la amistad. Pilar no necesitó mucha plática para darse cuenta de la oportunidad que tendría su hija de independizarse, para formar su personalidad y para liberarse de sus aprensiones. Vicente también estuvo de acuerdo. Así fue como Marcela emprendería el camino hacia la adultez…

CAPÍTULO VII

LA PROSPERIDAD DE *LAS VIDES DEL CARMEN*

Terminada la primera cosecha de la vid, trabajando de sol a sol, cuando lo permitía el clima, los Biscuña lograron preparar los invernaderos, inmensos toldos de material sintético, arrimados al arroyo como elefantes sedientos. Las bolsas de semillas llegaron cuando terminaban de abonar la tierra de los viveros. El proyecto para ese nuevo ciclo agrónomo, fraguado desde la infancia de Vicente cuando laboraba en ese mismo terruño, era inseminar los inmensos almácigos con la nueva variedad de semilla en los barbechos que el antiguo dueño nunca tuvo tiempo de atender y que tanto dinero y tiempo le costó talar, destroncar y desraizar. Durante esos sueños infantiles el chico también se figuró nuevos injertos, nuevos sistemas de riegos y la altura adecuada sobrecabeza de las nuevas viñas, para evitar doblar la espalda al momento de recoger el fruto. Estrategias que compartía con su hermana; no solo porque laboraba intensamente como él, sino porque ya conocía la intuición labrantía innata de Pilar. Las antiguas vides, que la familia de don Clemente había cuidado por generaciones, las dejaría para hacer vino: entre más viejos los frutos mejor saldría el vino, fórmula que traía entre sus venas de viticultor.

Avezadas manos con sabor a tierra, labranza de corazón, eras de amoríos feraces, pasión grumosa de fruto maduro, resplandeciente fuego de dorados cabellos, arrebol místico de sensaciones: tal vez así se podría describir el apego a la tierra de los Biscuña. El amor que sentían por el campo se podría igualar al olor lozano del cultivo cuando caen las primeras lluvias, rocío primaveral, refulgentes sarmientos en perpetuo crecimiento, bendita aura mañanera, lampo de alimento cotidiano, especiosos esquejes de saludable verdor. Cada mañana tempranera, después del desayuno, gozosos empezaban el ardua labor del campo con sonrisas ensortijadas de satisfacción y miradas atentas a los retorcidos tallos, interrumpida por el descanso del almuerzo allá por el mediodía. Después de la fatigada faena, cuando los últimos suspiros celestiales daban paso al purpúreo ambiente de sonrosada mirada, la esposa de Vicente los esperaba con suculenta cena, para completar el día entre planes y observaciones.

Gracias a las conexiones de don Clemente ese primer año pudieron vender el jugo de la uva a una compañía vitícola del área; que llegaba a recogerla con la condición de comprar al precio que ellos creían «conveniente». Guardó una parte del jugo en unos antiguos barriles herrumbrosos, que encontró embodegados, y que con ímpetu y dedicación lograron limpiar. La ganancia del mosto no era mucha, pero supliría los gastos de ese año. Vicente no esperaba vivir de la renta de su recién adquirida finca. Había planeado que, durante los primeros años, el capital que le quedaba lo emplearía para los gastos de toda la familia. «Cuando comencéi un negocio, no te vayas a embrollar durante los primeros años queriendo vivir de las ganancias, ese es el fracaso de muchas inversiones», palabras de don Ricardo alias El Patrón, su antiguo jefe, siempre en su mente, así como su meticulosa libreta de apuntes.

Por ese tiempo, el vino del país ya había pasado por las pruebas de fuego de los famosos catadores, quienes, impresionados por la calidad y la sazón, lo homenajearon con cinco estrellas. El producto chileno había demostrado el orgullo en los estantes de las licorerías de Nueva York, había competido en las bodegas de los más refinados restaurantes de las capitales europeas, había deleitado el sabor de los más entusiastas paladares y también había agitando el Valle de Napa. El mercado mundial, esa bestia insaciable e irrazonable capaz de llegar al lugar más distante para satisfacer su lujuria, pedía más y más. Como resultado de la creciente demanda del regocijador elixir, bálsamo de todos los males, el valor del producto aumentaba, así como la competencia. Sutil e inesperado sino con el cual Vicente no había contado, ni jamás imaginado.

Durante las primeras y cruciales temporadas vitícolas, Pilar desempeñaría el importante papel de seleccionar la semilla y las estacas para iniciar los inmensos viveros. Sus experimentadas y rurales manos arrullarían por varios meses el terrón de los almácigos; lugar donde dormiría plácidamente las nuevas variedades de parras. Las estaquillas comenzarían a enraizarse al comienzo de las lluvias, ingrávido crecimiento, que ella podía percibir por su intuición bucólica. Luego saltaría a limpiar el parrón, a liberarlo de la mala hierba, a inspeccionarlo para deshacerse de los perniciosos y pequeños insectos. Aunque las plantas ya no requerían tanta atención, estaban habituadas a las calamidades del ambiente, ella las consentía como si se tratara de sus propias hijas.

En el otro extremo de la propiedad, Vicente y sus ayudantes terminaron de construir los estantes bifurcados, a manera de que los barriles descansaran sobre las placas de madera en forma de V, alineados al final de la bodega, donde apenas llegaba la claridad en un día soleado. (Vicente había logrado persuadir a dos jóvenes de los alrededores a trabajar para él, recompensándolos con un buen salario, alimentación y los fines de semana libre). Cuando envasaban el líquido agitado por la fermentación, el galpón se llenaba de fragancia enzimática, embriagaba el olfato de los ayudantes y estimulaba la imaginación del jefe, por la excelencia de esa cosecha. Intuía que, de las primeras cosechas de las parras que habían plantado, obtendría un vino de primera clase.

Los toneles, donde haría reposar el preciado líquido para la fermentación, él mismo se atrevería a construirlos con tablas de roble importadas. Vicente era de ese raro perfil que la gente llama autosuficiente, cualidad desarrollada por el distanciamiento campestre. La paciencia de labrador, las manos acostumbradas a aprisionar la tierra, la destreza para cortar y moldear, usando cualquier herramienta, no fueron suficiente para confeccionar las barricas de la manera que había visualizado en su memoria. Para tal labor necesitaba una mano experta; por lo que se aventó a la búsqueda por todo el país. Urgía a Vicente conseguir ese mismo año los barriles para que la madera se fuera acostumbrando al ambiente de sus bodegas: sombra, temperatura, humedad.

Cuando las intensas lluvias comenzaron a escasear y el sol empezó a estimular la vegetación con sus frecuentes salidas, bordando las montañas, las mesetas, las vegas y el extenso valle con los colores primaverales, saltaron los cogollos de las simientes y los vástagos de las cepas respingaron enardecidos. Las inmensas carpetas verdes nacida de un día a otro, protegidas en el vientre de los invernaderos, enternecieron a Pilar y la motivaron a tararear canciones que denotaban su fuero satisfecho. Dentro de unos meses estarían listos los retoños para el trasplante, justo cuando los niños empezaban las vacaciones escolares, para ayudar en esa labor, de esa manera aprender y conservar el amor y la tradición del campo.

Vicente entonces prepararía los nuevos emparrados con la ayuda de sus trabajadores, quienes después de varios meses, propiciados por el buen trato, la remuneración y otros beneficios, brindaban lealtad y determinación en los quehaceres que ordenaba el jefe. La gran armazón consistiría de postes curados, enterrados a un cuarto del porte y elevados a metro ochenta, conectados entre sí por un entretejido de cables distanciados a dos metros, capaz de sostener el peso de la planta trepadora y los racimos de vid, de manera que el fruto colgante se pudiera cortar fácilmente sobrecabeza. Así era como se dibujaba en su mente agraria. Las mallas vitícolas correrían a la par de la corriente de agua fresca por varias hectáreas, separadas por los sotos sonrientes de arbustos, escuchando el canto de la vertiente. Calculaba que con los nuevos retoños cubriría la misma cantidad de hectáreas ya sembradas. Repetiría el proceso cada año hasta cubrir el ochenta por ciento de su propiedad con el fruto bendito.

El aniversario de la muerte del padre de Pilar caía un sábado, víspera del Día de Todos los Santos, anticipado y planeado para celebrarlo como él se lo merecía. No había vuelto a la alquería desde que se mudaron a la finca; sin embargo, no sentía culpa ni remordimiento. Había ignorado el pasado vivido en la población, como había hecho con los recuerdos de su hija mayor, encerrándose en el trabajo campestre, y dejándolo en manos de la virgencita. Temprano el viernes hizo que su hermano la fuera a dejar a la choza con los manojos de flores, adornos, telas blancas, enseres y la figura grande de la Virgen de la Inmaculada Concepción en sus brazos por todo el camino, de la misma manera había acarreado a sus hijas cuando eran unas guaguas. Los niños, todavía en el colegio, llegarían con su hermano el día siguiente. Como todos estaban invitados, los trabajadores dormirían en el cortijo de la finca, para salir con el patrón.

Después de descargar los bártulos, y antes de comenzar los arreglos, Pilar se dedicó a visitar a los vecinos. La invitación a la ceremonia sería en persona para hacerlos sentir importantes; estrategia que daría resultado porque todos acudirían. El altar lo armó en el patio barrido y regado, donde pondría la virgencita milagrosa, con los brazos abiertos, usando una mesa arrimada a una de las paredes de la covacha, decorada con cortinas blancas como bambalinas. Frente a los árboles frutales ordenó sillas, sillones, bancos y todo lo que pudiera servir para sentarse, como si los invitados fueran a presenciar una obra de teatro. Entendía muy bien que no iba a llover el fin de semana: lo leía en el ambiente y lo sentía en sus entrañas. El día siguiente por el mediodía cuando su hermano se presentó con los chiquillos, los trabajadores y los víveres para la fiesta, ya todo estaba listo para el rito, que ella planeaba volverlo una tradición.

Marcela, por ese entonces era una niña flaquita con el cuerpecito de tabla y los mechones largos de trigo maduro, se sumergió en la nostalgia de los recuerdos de su abuelo cuando deambuló por las casuchas donde se había criado. Llorando por dentro se perdió entre los árboles frutales que arrojaban los frutos por el suelo para seguir el curso de la naturaleza. Ese día no hablaría con nadie, incluyendo a su madre. Con los ojos abiertos como chirimoyas, miraba llegar a los vecinos, quienes se arrimaban a su madre para saludarla. Sintiendo la hipocresía de la población, que un tiempo atrás no había aceptado completamente a su progenitora por ser madre soltera, y que en ese momento la saludaban como una gran señora, decidió continuar metida en sus recuerdos de niñez feliz...

Antonio llegó cuando los sarmientos rebosaban de grumosos botones verdecitos, semejantes a los colores de los viveros geminados, erectos y vivarachos, siguiendo la función natural. El rumor del automóvil y el olor de la bencina se prologó por el cortijo y los parrales. Las apiñadas florecitas blancas, a punto de convertirse en el fruto de la vid, inspiración pura del sarmiento, lo recibían contentas. La visita, aprovechando las vacaciones escolares, trajo más alegría a la finca. Vicente los recibió con los brazos abiertos y una sonrisa de satisfacción. Todos sabían lo mucho que extrañaba la vida rural; no podía vivir sin el aire impoluto del campo. Antonio carecía de conocimiento sobre la viña, pero no se necesitaba ser experto para ver la lozanía de la siembra, contagiando a todos los seres de la estancia. Arribaba en compañía de sus hijos, había llamado a su amigo para informarle su visita, la sorpresa era la ausencia de su esposa Belén.

La esposa de Antonio dijo: «¡Ay, Dios mío, cómo voy a dejar el negocio en manos de estas lolas!», cuando su esposo la invitó. «¡Cómo me van a cuidar el negocio si ni siquiera se pueden cuidar ellas mismas!», terminó de describir a sus empleadas. Ella llegaría unos días antes de Navidad cargada de regalos para todos. Belén había logrado en poco tiempo establecer un sólido negocio en uno de los centros comerciales capitalinos; hermoso edificio en el centro de Santiago que la gente llamaba *mall*. Comenzó vendiendo cosméticos en un pequeño local, luego arrendó un establecimiento mucho más grande; lo que propició realizar uno de sus sueños: una peluquería con seis sillas para corte de cabello, lavado, secado tratamiento, tintes, «texturizados», pedicura y otros servicios. El personal de la peluquería trabajaba por comisión, aportando su propia cartera de clientes y sus enseres de trabajo. Dos jovencitas la ayudaban en el almacén cosmetológico y a la limpieza de ambos negocios.

Pilar engalanaba el cortijo y las nuevas construcciones con árboles nativos, arbustos y jardines revoltosos como los canes de la finca, saltando por la alegría de vivir, cuando llegó Antonio; no notó su arribo hasta que escuchó la algazara de los niños, corriendo por el frondoso patio cubierto de frutales en flor. No logró ver el automóvil hasta que llegó a la bodega de vinos, entre la estructura principal y las dos cabañas para los invitados; todas las habitaciones tenían agua potable y servicio sanitario. Mientras caminaba hacia los dos hombres en amena conversación, se quitó el sombrero y los guantes embarrados, al mismo tiempo gritaba al corro de niños: «¡No quiero que vayan al río sin un adulto!», y se unió a Antonio y a su hermano.

Las vides del Carmen se encuentra en un rellano, que se forma como un gran escalón de tierra entre la falda de Los Andes y los riscos, poblados de pinos centenarios de difícil explotación por las pronunciadas pendientes. Por ese rincón pasan alegres las aguas vertientes que enaltecen el caudaloso río Itata, serpiente hídrica que abastece los fecundos valles, las poblaciones, haciendas, fundos, fincas, parrales, comunas, ciudades, hasta perderse en el gran océano. Frente a la finca de Vicente, en la otra mitad de la planicie, dividida en dos por el camino que busca las montañas, se encuentra un bosque frondoso y virgen de árboles de ñire, «lenga», «notro» y araucaria. La meseta de unos quince kilómetros cuadrados es única por su fertilidad, debido a los nutrientes volcánicos que allí se acumulan y el caudal natural que corre despacio en esa superficie plana, agarrando fuerzas para formar los saltos, antes de meterse a las caudalosas aguas dulces, acequia del feraz valle. El ecosistema de la altiplanicie, con el ciclorama teatral compuesto de las espigadas montañas andinas y el volcán siempre nevado, pintado de colores verdes, azules y blancos celestiales, se había mantenido latente por muchísimos años hasta que cambia a manos de Vicente, quien, junto a su hermana, va a convertir en un edén de vides en pocos años.

La replantación de los pámpanos, la siembra de los pimpollos de la nueva especie de uva y la injerta se lleva a cabo con la ayuda de Antonio y sus hijos, quienes pasan todo el verano juntos. Belén vuelve a la gran ciudad acompañada de la nostalgia, deja a sus seres queridos y la campiña, sentimiento desplazado a mitad del camino por el recuerdo de su negocio. Al escuchar las risas de los querubines, con las manos llenas de tierra y los cachetes lodosos, Antonio levanta la mirada triste al recordar que él se había criado de la misma manera. En la ciudad se siente como una trucha saltando sobre la arena; pero no tiene otra alternativa, primero se fue a la ciudad para ayudar a su madre, y ahora a su esposa. En el campo todos participan y se divierten en la labranza. Pilar canturrea a sus retoños verdecitos, los niños entre carreras juguetonas riegan el sembrado, Vicente, entre conversaciones con su amigo, labora con entusiasmo y dedicación, y los dos jóvenes ayudantes de la finca también hacen su parte con alegría y determinación. Esta excursión campestre de la familia de Antonio para visitar a su amigo Vicente se va a volver una costumbre.

La vendimia de ese año fue mejor que la anterior y el precio del mosto se duplicó. La ambición de Vicente era convertir toda la cosecha en vino. La bodega del fermentado jugo recibió el doble de barricas que el año anterior. Siempre que entraba al galpón y percibía el aromático sabor de la fermentación de la uva, reposando en los toneles de madera, su alma de viticultor se embriagaba de inspiración. Tenía la capacidad de mirar en su mente el estado de acidez, de dulzura, de amargura del jugo. Luego le llegaban los pensamientos para mejorar la cava: ¿habría cortado antes de tiempo?; no, la madurez de la fruta había sido perfecta. Sabía sin lugar a dudas que el traslúcido color del vino tinto y del blanco se veía firme y sin alteraciones.

La hacienda de Vicente fue prosperando al pasar los años, su fama de enólogo fue aumentando y el pequeño parral era ahora una finca seria y respetada. Su rectitud, integridad y su bondad le valió para seleccionar un buen número de trabajadores temporales para acopiar las vides anualmente. Usando la fórmula de densidad de plantación de la vid de 300 plantas por mil metros cuadrados, Vicente fue cubriendo su propiedad con nuevos parrales, sembrando cada año un poco más. Su idea se concretó cuando las vides que sembró, durante el primer año de haber adquirido la propiedad, dieron los jugosos y crujientes racimos. Esa vendimia le serviría para amortiguar los gastos, vendiéndola como «vid de mesa», la cual daría una ganancia inesperada. Mientras tanto la cosecha del antiguo parral, siempre utilizada para hacer vino, llenaba el galpón con toneles de licor.

Ese año aceptó la invitación de participar en el certamen llamado «La selección del mejor vino de la región», que todos los años le hacía el comprador del jugo de sus vides, pues, había probado el vino que Vicente mantenía en secreto, esperando la maduración perfecta. La realidad era que Vicente no había aceptado porque dudaba de la integridad del evento: «Lo que parece gratis, lleva escondido un precio mayor», recordaba las palabras de El Patrón, y la reciente experiencia de su sobrina en el concurso de belleza. Esa clase de situación siempre estaba arreglada; los patrocinadores escogían de antemano el ganador que a ellos le convenía. Sin embargo, ya era tiempo de dar a conocer su producto. La competencia de vinos se organizaba en Chillán; ciudad que había crecido en población y en importancia regional, siendo la viticultura uno de los parámetros de ese desarrollo.

Vicente descorchó por el lomo una de las barricas, almacenada desde la primera cosecha, y acercó su nariz al agujero. El aroma puro, seco, maduro y dulzón penetró hasta el bulbo olfatorio, se desparramó por el paladar y escaló hasta el cerebro en forma de imágenes abstractas, que él sabía interpretar a cabalidad. Con la serenidad campesina y la ayuda de una pipeta empezó a succionar del barril el elixir de los emperadores, para luego verterlo en recipientes de vidrio. Mientras llenaba las botellas, etiquetadas con el sencillo nombre «Vinos del Carmen», le llegó la idea de añejar el zumo en toneles construidos de madera nativa. Según su cálculo y su gusto, la reacción de la madera de cedro con la fermentación había dejado muy dulce el vino; sin embargo, había quedado delicioso, así que terminó de preparar varias cajas de vino para el concurso.

Carmen, Pascual, e Ignacia saltaron a la camioneta y se arrimaron a un rincón de manera que Pilar cupiera en la parte trasera; adelante iría Vicente manejando y su esposa Rocío a su lado. El vino lo pusieron en la caja de la carrocería, asegurado con el toldo. Iban a Chillán a participar en la competencia de vinos regionales. Marcela, quien ya había terminado el cuarto medio y se recuperaba de la secuela del concurso de belleza, prefirió quedarse enredada en la internet o leyendo; además, tendría la visita de su amiga Amparo para conversar sobre la futura vida universitaria. Pilar ni intentó persuadirla a ir con ellos; sabía que cuando hacía planes nadie la podía hacer cambiar. Cuando el auto partía de la estancia, la jauría de perros los siguió hasta el portón, saltando, latiendo y rezongando, como si protestaran la partida de los amos.

La familia Biscuña llegó con una hora de anticipación, como decía la invitación, para acomodarse en el espacio asignado y evitar contratiempos. Debido a que no habían participado en el evento, ni habían asistido a presenciarlo, se sorprendieron de la cantidad de personas congregadas en el centro de la ciudad. La multitud los obligó a estacionar a varias cuadras de la plaza y a acarrear a lomo las cajas de vino. El espacioso lugar, donde tenía lugar el concurso, estaba abarrotado de gente, pululando por las adyacentes calles sin un destino aparente, parecía un rodeo por la cantidad de guasos y la banda tocando música regional. El quiosco estaba adornado con colores patrios, afiches, pósteres y un gran letrero con el eslogan del acontecimiento: «El mejor regalo para el día del amor es una botella de vino regional». Inmediatamente alrededor del pabellón octagonal circulaban las estaciones de los participantes. Las mesas, aderezadas con una guirnalda sobre dos pilares al estilo grecorromano, donde aparecía en una de ellas el nombre *Las vides del Carme*, cubiertas con un mantel blanco, vestían faldones morados, largos y plisados, y sobre ellas una cantidad de copas para el vino que se iba a catar.

Las pisadas de los remolinos humanos, las voces y gritos de los concurrentes, la estridente música de los instrumentos de viento, que en ese instante interpretaban una marcha, se silenciaron. La suave brisa agitaba sigilosamente el follaje de los viejos cedros, olmos, araucarias, causando el movimiento de las hojas, las cuales motivaban el espejeo vibrante del abrasante sol del atardecer. La voz del alcalde salió del altoparlante, dando la bienvenida a la multitud; el eco reverberó por los edificios cercanos a la plaza y asustó las bestias. El discurso se prolongó por varios minutos. El edil, vistiendo un arrogante traje gris, pasó a presentar con un visaje a la chica que se encontraba a su lado derecho; portaba una cinta en diagonal por su largo atuendo azul que decía: REINA DE LA FERIA DEL VINO, CHILLÁN. Los aplausos ruborizaron a la jovencita, a pesar de eso, levantó la mano y aventó un beso a los presentes. El hombre alto con sombrero de guaso, al lado opuesto de la reina, lo presentó como el patrocinador del certamen de ese año.

Los jueces empezaron a meter las narices en los traslúcidos cristales, luego levantaban el zumo de las vides hacia el cielo, saludando a los dioses de los bacanales, y por último lo saboreaban con lengua de picaflor. El alcalde, parte de la comitiva judicial, así como el padrino de la competencia, presentaba a los concursantes con el nombre del parral, el lugar, el del vino y otras características. Los vítores de la gente callaba el sonido de la banda cuando el alcalde micrófono en mano terminaba la pequeña introducción. Cuando concluyó la primera ronda, que era la del vino tinto, los juristas y el personaje benefactor del torneo vitícola, ya tenían el estómago fermentado. El vino blanco sin lugar a dudas los llevaría a la embriaguez; solamente el alcalde permanecía sobrio.

Cuando el plácido, límpido, ardiente y fulgurante día se alargó hasta las aguas pacíficas del océano, una tenue corriente de aire fresco revoloteó por el centro de la ciudad, envolviendo la Plaza de Armas, la Ilustrísima Municipalidad, la catedral y los negocios, cerrados por el asueto. Después de determinar el ganador de la competencia, el alcalde se dedicó a anunciar el famoso baile popular, amenizado por la mejor orquesta de Concepción: «Traída especialmente para ustedes como un regalo de la alcaldía…». Como era año de elección, no dejaría de recordarles a los votantes las mejoras que había hecho y los planes que tenía para el futuro de la capital regional. El gentío empezó a aumentar cuando la banda fue sustituida por la orquesta y la luz blanca de los faroles led se encendieron. Los afiches con la cara sonriente del edil, promoviendo su reelección, circuló por las manos de los chillanenses…

Vicente logró poner la camioneta entre los frenéticos paisanos que cercaban la plaza y el atrio de la iglesia. Ignacia, con la carita de adolescente y la sonrisa de su madre, y los hijos de Belén comenzaron a repartir vino, usando vasos de plástico, encaramados en la parte posterior del auto, a los transeúntes que pasaban cerca. La noticia de que *Las Vides del Carmen* estaba regalando vino, rodó rápido; repentinamente ya tenían una fila de lugareños deseosos de probar el aromoso licor. La promoción, estrategia y razón por la que Vicente había aceptado competir, le brindaría utilidad y fama. La orquesta tocaba una de las melodías populares, la multitud se animó a bailar por los amplios pasillos del parque y las calles que lo acorralaban, cuando la familia Biscuña retornaba a la finca.

CAPÍTULO VIII

CAETANO, ALIAS EL GALLEGO, LLEGA A LA VIDA DE LOS BISCUÑA

Finalmente la construcción de la carretera hacia los altísimos nevados llegaba a la explanada *El Carmen*. La gente de las alquerías, chacras y pequeñas granjas alrededor del parral había comenzado a llamarla así por el nombre de la finca de Vicente. Sin embargo, fueron los trabajadores de la obra civil los que terminaron de cimentar el apelativo con un suntuoso rótulo de metal con letras fosforescentes. Después de batallar durante varios meses en los peligrosos riscos, convertidos al final en inmensos farallones, serpenteando hacia arriba y hacia abajo por las cobrizas curvas, la empinada franja de carretera se terminó. La sección de la vía pública que corre por la planicie se completó en semanas. Después el ruido de los motores, las palas, las gravas y las rocas en desnivel, se atascaron al pie de las montañas durante todo el invierno, llorando a gritos por la inclemencia del tiempo. Al completarse la obra, *Las vides del Carmen*, antes una insignificante finca perdida entre las montañas y los despeñaderos, quedaría expuesta a la vista de los viajeros, porque la nueva pista asfaltada se desplazaba por un lado del cortijo y los extensos parrales.

Mientras tanto en Chillán la elección edilicia se había tornado espinosa para el titular actual de ese cargo. En las encuestas que mostraban los periódicos de la ciudad lideraba un joven y novato abogado. Los rumores de corrupción y expoliación de la autoridad municipal, solo insinuadas por los medios de comunicación, porque no se podían comprobar, eran las razones de la reticencia de los residentes de la comunidad. Caetano Domínguez, alias el Gallego, acudió presto a las oficinas de la Ilustrísima Municipalidad; tenía mucho dinero invertido en ese lugar, y no estaba dispuesto a perderlo por una paupérrima votación. Pasó airado por la recepción, dejando una estocada de fermentación rancia en el aire, sin esperar ser anunciado por la secretaria, como si entrara a su mismísima casa. «Cálmate, cálmate, Caetano, que es muy temprano...», dijo el alcalde. «¡Joder!», cortó el aludido, arrastrando el fonema fricativo hacia fuera de sus fauces, llevando consigo una llamarada cruda de vino rancio, «¡Cómo quieres que me calme, carajo, si ese abogadillo te está madrugando el cargo!», terminó. «Es cosa de tiempo y estrategia, Caetano. Siempre pasa lo mismo, al final la gente de Chillán me elige de alcalde: es mejor viejo conocido que nuevo por conocer», terminó recitando el adagio, sin mucha convicción.

Los gritos y las injurias continuaron reverberando por las gruesas paredes y el refulgente piso de baldosas, deslizándose claramente por los resquicios de la puerta de la oficina, hasta los oídos sordos de la secretaria. Las llamaradas de ira y frustración que salían por los amplios ventanales entornados del segundo piso, mirando hacia la plaza, las aventaba el viento impetuosamente contra el follaje de los vetustos árboles. Las interpelaciones de Caetano exasperaban al alcalde, pero nada podía hacer, su amigacho lo tenía en el bolsillo, junto a su cartera llena de plata y su cuenta bancaria. Hablaban abiertamente sin importarles mucho ser escuchados, porque los empleados municipales cercanos al edil estaban comprometidos con los subrepticios negocios y transacciones, o habían obtenido el trabajo a través del célebre «pituto».

Los rumores sobre la identidad de Caetano corrían como los vientos otoñales de la pequeña ciudad hacia todas las direcciones. Unos decían que había llegado a la ciudad en busca de ampliar sus negocios. Otros que había heredado una gran fortuna y que compraba negocios por placer. Había muchos que aseguraban que era un millonario y que había llegado al país a por diversiones. La verdad no la sabía nadie, ni su socio el alcalde de Chillán. Lo irrefutable estaba a la vista de toda la ciudadanía: tenía mucho dinero; lo gastaba a toda hora y en todo lo que se le antojaba. El casino era su pasión: siempre jugando póquer. Tragaba vino, su bebida favorita, como derrochaba dinero, pero raras veces se le veía embriagado. Presumía de no tomar agua porque le afectaba su paladar. «La bebida de los Césares se ha hecho para disfrutarla todo el tiempo», solía decir, hinchando su ego. Otro hecho irrefutable era que sabía mucho de vinos y del arte de la viticultura; él lo consideraba así; no una artesanía.

Sus negocios eran: un bar en el centro de la ciudad llamado *El as de copas*, el club de billares, conectado a la cantina, con doce mesas, un terreno secano cerca de la ciudad, su mansión y el motel en las afueras de la comuna. Este establecimiento lo manejaba una tercera persona, él trataba de mantenerse lo más alejado, porque era un «revolcadero de sexo», según las palabras de los vecinos. Se sentía superior a toda la gente de la comuna porque era extranjero; estaba orgulloso de serlo porque sabía que le daba un aire de misterio y respeto. Cuando le convenía, hablaba pronunciando las letras ce y zeta sacando la punta de la lengua por los dientes, como si fuera a probar una pizca de sal, y usando en cada momento expresiones netamente peninsulares. Su hijo, más guapo y más mujeriego que él, según Caetano Domínguez, era imagen y semejanza del padre.

Caetano había llegado a la ciudad con su hijo, apenas entrado a la pubertad, y se instaló en el mejor hotel, donde vivieron por más de seis meses, hasta que se mudaron a la casa que se construyó bajo su estricta supervisión. Nadie supo de dónde venía, él nunca mencionó su procedencia, por el acento y su manera de hablar la gente asumió lo más obvio, suposición que jamás rechazó. Su apodo el mismo lo insinuó diciendo que procedía de esa región. Los negocios que había adquirido fueron circunstanciales; excepto el terreno. Él no desaprovechaba una oportunidad para hacer más plata. A su hijo, después de terminar el cuarto medio, lo andaba colgando como un llavero hacia todas partes, enseñándole, según él, el oficio de inversionista. Hasta el momento no había realizado su verdadera finalidad, razón por la que había llegado a la región: procurarse de tierras para la viticultura, los barbechos que había comprado no lo satisfacía.

Después de verter el líquido a temperatura ambiental en dos vasos, para bajar la temperatura de la conversación y los ánimos, el alcalde le pasó uno de los recipientes rebosado de tinto a Caetano, diciéndole: «Toma, bebe, no te sulfures, hombre». Sabía que no rehusaba un buen vino; además, ya se aproximaba el almuerzo. Ambiciosos, inconsecuentes, ególatras, machistas, abusivos, ingratos eran ambos. Los dos eran divorciados. El alcalde tenía dos hijos, quienes vivían en Santiago con la pérfida esposa, razón por la que nunca le alcanzaba la plata de su salario; sangrándole como una sanguijuela, según su repertorio de excusas y explicaciones. La mujer del otro había huido abiertamente, de acuerdo a su versión, dejándole el hijo; lo cual usaba como arma para acusarla de madre perversa. La realidad era que ambas mujeres no soportaron el maltrato y la violencia de sus maridos. Después del reconfortante elixir, los gritos y los alaridos se convirtieron en cuchicheos furtivos, deslizándose por los mismos intersticios como serpientes siseando en busca de la presa.

Se habían conocido cuando Caetano gestionaba la licencia para vender licor en su recién adquirido negocio. Había entrado a la oficina municipal con la seguridad que da el poder, falsa porque está llena de petulancia, pero esa vez había pedido audiencia y había esperado en la recepción más de una hora. Para ganarse la amistad del funcionario público, lo empezó a invitar a almuerzos en los mejores restaurantes de la ciudad, luego pasaron al restaurante del casino donde a menudo cenaban entre chistes y largas conversaciones. Como el alcalde no era muy aficionado a la bebida ni al juego de cartas, lo sonsacó presentándole ciertas «amigas», que él mantenía solapadas en el motel. Era experto en ese tipo de estafas, presentía como un detector de metales cuando alguien estaba en apuro económico, intuía así como el carterista sabe a quién robar. Seis meses fueron suficientes para que el edil se sincerara con su nuevo amigo del apuro económico que tenía.

El Gallego continuó cebando al funcionario público hasta que la añagaza resultó. El primer «favor» que le pidió no era descabellado, solo tenía que propiciar la voluntad de la dueña de la propiedad —donde en la actualidad operaban el bar y el salón de billares— para que se la vendiera; lugar céntrico y de poca plusvalía en el tiempo que la adquirió. Luego el asunto se complicaría porque le pedía que intercediera en la reducción de la condena de dos sujetos, que según su versión estaban en prisión injustamente; que él los conocía y atestiguaba su inocencia por la tumba de su santa madre. En esa jugada el edil se dio cuenta con la clase de persona que estaba lidiando, las cartas estaban en el tapete, todo dependía de él. El alcalde comprendió que no tenía nada que perder; además, tenía amigos en la fiscalía, en el juzgado y en la policía. El compadrazgo se fue fortaleciendo a medida que la ambición fue creciendo.

En la oficina municipal la gresca se había convertido en discurso. Había que ganar la reelección a como diera lugar, enunciaba el Gallego. La premura era porque si perdía la elección el alcalde, el proyecto que traían entre manos se complicaría. Mientras saboreaba una de las estimulantes copas del tinto licor, Caetano dijo: «Carajo, a la gente hay que tenerla contenta con algún regalito para que esté a tu favor». El edil no entendió a cabalidad lo que su compadre quiso decir, sin embargo, la palabra «regalo», le trajo la idea de organizar una gran fiesta de inauguración de la nueva carretera. Aunque la vía pública no estaba terminada completamente, era una excelente treta para ganarse el voto de sus correligionarios. «Sos un genio, Caetano, deberías estar en la política», le dijo, después de explicarle su ocurrencia. El aludido miró perplejo al funcionario. Se tragó la sorna con el licor pensando: «¡Qué carajo me importa la política!».

El viaje hacia las montañas andinas por la carretera nueva, con un permiso especial para circular en ella, emitido por el mismo alcalde, tenía dos intenciones: primera, inspeccionar la obra civil, ya sabían que andaba circulando por el macizo de Chillán; segunda, conversar con el ingeniero encargado de edificar el gran hotel *resort*, como lo llamaba el Gallego. Desde el momento en que llegaron los planos, la orden y los recursos para la construcción de la nueva pista asfaltada, habían comenzado a proyectarse para construir el complejo hotelero. El sitio donde construían era terreno de la municipalidad; ellos se habían apropiado del lugar, haciendo un cambalache, que lo delegaron a un leguleyo de la ciudad. (Siempre delegaban a otra persona para hacer el trabajo sucio). Lo que no visualizaban en ese momento era el gran costo en que incurrirían en el futuro; para completar la obra recurrirían a dos amigos del alcalde para que se asociaran minoritariamente al proyecto.

Cuando recorrían la explanada *El Carmen*, Caetano quedó extasiado al pasar por *Las vides del Carmen*; inmediatamente imaginó los cambios que haría en la propiedad si fuera suya, pensamiento inyectado por la codicia. Tuvo la intención de decirle a su amigo que parara, pero se contuvo; era mejor a la vuelta, tendrían tiempo. El alcalde también se sorprendió al ver la bella finca, pues las veces que había subido a los Nevados de Chillán, para reconocer la nueva pista y las terminales de los autobuses públicos, lo había hecho por la carretera vieja, atravesando los caseríos, alquerías, cortijos y granjas, diseminadas por la ladera; y que pronto quedarían olvidadas para darle paso a la modernización. Después de virar por unos segundos las cabezas de duendes, continuaron sumergidos en sus reflexiones concupiscentes, encumbradas en las montañas donde se construía el regio hotel, sintiéndose ya dueños.

La carretera andaba por terminarse, pero faltaba la parte más complicada por las pendientes; las cuales debían salvarse por precarios recodos, donde cada cien metros de avance significaba días de trabajo. No importaba, el plan de los bribones avanzaba; era lo importante. Para allanar el terreno donde se construiría el hotel extorsionaron con dinero en efectivo al jefe de la obra civil. Le mostraron con el plano en mano el lugar exacto y la dimensión de la parcela. Las cajas de licor eran para los empleados de la construcción, que, de acuerdo a ellos, tanto necesitaban por la altura y los fríos andinos. Lo que coordinaba el dúo fullero era comenzar a transportar el material para la construcción del *resort* tan pronto como la vía pública estuviera completada. Aprovechaban los recursos de la alcaldía sin miramiento.

Los alaridos y los latidos de los canes alertaron a los dueños de la finca: «¡Ve, abre el portón!», comandó Vicente a uno de sus trabajadores. Cuando el automóvil entraba a *Las vides del Carmen*, los gruñidos y refunfuños de la sarta de animales, enhebrados en los ardientes neumáticos, reverberó por el vidrio de las ventanillas y penetró hasta los tímpanos de los dos hombres. El instinto animal rechazaba a los intrusos; empero, la familia esperaba a la inesperada visita en la entrada de la residencia. Como es natural en el campo, el recibimiento de Vicente y Pilar fue cordial, afectuoso, acogedor y sin ningún dejo de contrariedad. De inmediato reconocieron al alcalde, la otra cara quedó en vilo por unos minutos en la cabeza de Vicente, quien recordó cuando llegaron a la sala. Rocío salió de la cocina con una cesta de pan recién horneado, y, poniéndola en la mesa, dijo: «Han llegado a tiempo para la colación». «¡Oh, no; no queremos importunar!», repuso el Gallego; mintiendo porque el olor del café y la masa horneada motivaron más el hambre de los recién llegados.

Era verdad; estaban a punto de tomar el pequeño descanso que les permitía continuar trabajando hasta que el sol se cobijaba con las sábanas azules del frío océano. Las quejas, las protestas y los reniegos de la jauría, tal barrunta de protección quedó fuera sin escucha, se perdió entre los frutales y la pesadumbre animal. El alcalde reparó en los cuadros, decorando las paredes blancas de la sala, donde aparecían fotografías de Vicente con una variedad de paisajes en el fondo que no pudo entender. Al Gallego no le gustó la estancia, para su gusto la botaría completamente y construiría una nueva casa de ladrillos de dos pisos con corredores largos, tejado rojizo, una pileta… Los mórbidos pensamientos se perdieron en el alma de Caetano cuando el dueño de la finca dijo: «¡Rocío, pon el café, los berlines y el queso de cabra en la mesa del comedor porque ahora somos cinco!» Después de presentarse formalmente, Pilar señaló el baño e invitó a los visitantes a lavarse.

La colación estaba tendida en el centro de la mesa cuando se sentaron anfitriones y visitantes. De los bollos recién freídos, asperjados de azúcar, saltaba el dulce olor, rivalizando con el sabor del *kuchen* de frutilla, recién horneado y cortado en trozos simétricos, que Rocío había preparado para el postre de la cena. El punzante aroma caprino provenía de las porciones de queso, sobre una bandeja decorada con una holanda blanca, digno de un banquete real. La inconfundible fragancia salió del líquido, acelerando los ávidos paladares, cuando Pilar comenzó a verter la bebida en las tazas de auténtica loza china. El agasajo, auténtica tradición campestre, donde el visitante es atendido igual o mejor que el dueño de la casa, que todavía prevalece en los interiores más alejados de las grandes urbes chilenas, no se podría representar de mejor manera.

«¡Qué gran pastelera es usted! Seguro que su esposo pasa en la gloria con estas golosinas», comentó impertinente Caetano, dirigiéndose a Pilar. El rubor de la aludida fue de desdeño y repulsión, pues, había percibido las miradas libidinosas del interlocutor, desde el momento en que la vio de pantalones y sombrero. Pilar con el alma todavía sensitiva conservaba la figura lozana, firme y esbelta por el rigor del trabajo corporal, a pesar de pasar la cuarentena de años. Su hermosura no había sido acariciada por años, haciéndola sensitiva a aquellos ojos agrios de lascivia, posados en sus caderas cuando caminaba y en sus senos ahora sentada. El inoportuno comentario de Caetano, pues era obvio que Rocío había hecho la colación, se contrapuso a la amabilidad de los dueños de la finca. El insolente, pronunciando su acento foráneo, con el afán de alimentar su ego, ni se dio cuenta de la tensión que causó.

Pretendiendo curiosidad, Vicente desvió sutilmente la charla, preguntado qué hacían por el lugar. La inquisición motivó la conversación, dominada por la visita, sintiéndose importante al explicar la construcción de la nueva ruta. Las mujeres permanecían calladas, no por discriminación, ya que, en el campo no existe tal contrariedad, sino por prudencia. Las funciones camperas son desempeñadas por capacidad: Rocío se dedicaba a preparar los alimentos porque era su fuerte, como había dicho Pilar, era «seca» para esos enseres; pero cuando se requería otra mano en la tierra, sin duda ni reniego se dedicaba a ayudar. Además, si se vive realmente de lo que produce la tierra, no hay tiempo ni espacio para que entren los males del alma: pereza, envidia, ego. Ni tampoco se tergiversan las emociones, como suele ocurrir en las urbes, donde el individuo cae presa del agobio, la depresión, la desconsideración, la poca estima, debido a la rapidez para alcanzar el tren de vida. El verdadero campesino no solo depende del terruño, sino de los que lo rodean, así como estos necesitan de aquel; círculo inquebrantable y vital.

Entre el coloquio salió el tema de la inauguración de la nueva Ruta 624, momento que aprovechó el alcalde para invitar a la familia. El cabecilla se excusó explicando que estarían muy ocupados con el trasplante de los sarmientos. La conversación de sobremesa continuó por más de media hora, saltando de un tema a otro. Cuando llegaron al inevitable tópico de la política, Vicente se recusó admitiendo que sabía muy poco; lo cual aprovechó el edil para dar una lección de civismo y para recomendarles que votaran por él en la elección venidera. La curiosidad de los visitantes por las fotografías de la pared forzaron a Vicente a explicar las travesías por los siete mares. A insistencia de Caetano pasaron a la bodega de vinos, evadiendo así continuar hablando de los viajes, tema que a Vicente no le gustaba tocar. El momento fue propicio para que Pilar se alejara de la persona que la perturbaba con la mirada.

La ambición de Caetano se desbordó cuando entraron los tres hombres a la gran cava y tendió la mirada fruitiva por los estantes ordenados con barriles de madera. Allí no pensó en lo que haría con el mosto si la finca fuera suya. Estaba frente a una persona que sabía cómo se manejaban las barricas. Volvió a revivir el agravio, la humillación, el ultraje de su madre al privarlo de lo que le correspondía. Recordó en un instante su vida anterior llena de vicisitudes por culpa de su progenitora. Esos recuerdos, entrelazados en su alma, saltaban por sus consternados ojos, mordiéndolo con los colmillos de la envidia. Se controló; así como se domina un perro bravo con bozal, tirando con fuerza la correa de los resentimientos. La adulación, la labia y su encantadora personalidad eran las herramientas para disfrazar las remembranzas constreñidas en su inconsciente.

El buqué salió en forma de espíritu sin volumen ni color, mezclado con el sabor a madera tierna y recién cortada, cuando Vicente destapó uno de los barriles panza arriba, conversando con el alto techo. Las dos figuras femeninas interrumpieron la escasa luz, aglomerada como una inmensa pantalla gris en el portón de acceso; las sombras se proyectaron alargadas por el suelo de pino Oregón y se esfumaron cuando las mujeres alcanzaron el lugar donde se encontraban las demás personas conversando. Pilar traía una bandeja con un jarrón y tres vasos de vidrio, Rocío la pipeta para extraer el elixir, madurando plácidamente en el vientre de los barriles. Afuera, como si las mujeres hubieran bajado un telón asperjado de gotas, comenzó a llover, obstaculizando la luz solar que escasamente entraba al galpón por el portón abierto.

Hacia uno de los rincones de la bodega, diseñado como una pequeña oficina, se dirigió la comitiva de hombres y mujeres, después de llenar la jarra de vino. Allí, después de catar el añejado tinto, Caetano ensalzó a Vicente por la calidad del producto que había logrado. Si había algo auténtico en él era el conocimiento sobre los derivados del zumo de la vid. Pero los halagos no eran legítimos, llevaban un sabor agridulce, tenían la intención de embaucar, eran señuelos para atraer a su presa. El propósito de las adulaciones cuajó cuando el licor le llegó a su mórbido cerebro, lleno de tristeza y melancolía por el deseo de lo ajeno, ansia malévola, desperdicio de la razón. El alcalde, ajeno a todo lo que borbollaba en el cerebro de su camarada, disfrutaba de la bebida, apurándola porque la lluvia y la noche se aproximaban.

Después de servirse sendos vasos de vino, en particular Caetano, quien tomaba más de lo normal, jactándose de que dominaba la bebida porque había nacido en una barrica de vino, para demostrar gratitud, el edil volvió a invitar a la familia Biscuña a la fiesta de inauguración de la carretera; además, si deseaba usar la vía en cuestión, él mismo le traería el permiso de circulación. «Todo favor que te hacen, vuelve acompañado de obligaciones», se acordó Vicente de uno de los dichos de El Patrón, al tiempo que rehusaba la oferta amablemente. Lo que no pudo evitar fue la promesa de que el par de amigotes los visitaría muy pronto, «Tenéis un corazón grandísimo», dijo el arrojado Caetano, besando el cachete de Pilar, acción que tampoco pudo esquivar por el arraigo de la costumbre chilena al despedirse.

La fiesta de apertura de la nueva carretera fue un éxito. El edil tenía una excelente habilidad para gastar el dinero de sus conciudadanos, poseía una intuición innata para saber lo que el pueblo deseaba y una gran capacidad para promover su candidatura. La invitación a la ceremonia y el nombre del alcalde salió por las ondas cortas y largas de las radioemisoras; se dispersó por las calles asfaltadas y polvorientas de la ciudad, por los caseríos, por las aldeas y por las pequeñas comunas circunvecinas a través de los altoparlantes de las unidades móviles; se diseminó con pancartas y volantes pegados por las paredes de las casas y postes del alumbrado público. La Plaza de Armas, donde se organizó el festival de vino, no fue suficiente para recibir la cantidad de asistentes. Los grupos musicales y las orquestas hacían esfuerzos para que la alocada multitud los escuchara. La gente se divirtió hasta el amanecer y prometió votar por el edil. Los grandes carteles con su sonriente figura, esparcidos por donde circulaba la música, también se divirtieron promoviendo las grandes obras que había realizado en beneficio de la ciudad.

Como Vicente no asistió a la fiesta de inauguración, aunque era uno de los invitados especiales, de acuerdo a la misiva que envió el edil, Caetano se presenta a la propiedad de Vicente. Está obsesionado por los parrales y por la hermosa Pilar. Trae consigo varios regalos, verdaderos compromisos en los planes de Caetano, que la familia acepta con reticencia. Mientras toman la cordial once sureña, lanza el verdadero propósito de su visita, tan brusca y pesada que cae como roca en las aguas tranquilas y placenteras del seno familiar. La oferta por la finca es suculenta, una verdadera fortuna comparada con lo que pagó Vicente, transacción sabida con anterioridad por el Gallego, porque se encuentra en los libros públicos de la municipalidad. La refutación fue amable, delicada y amigable, y las razones para no vender admisibles. El Gallego no escuchó los motivos, porque pensaba en ofrecerle más dinero, ya que, esperaba el rechazo. Cuando Vicente escucha la sarta de argumentos para convencerlo a vender su propiedad, quiso indignarse; pero no, el insano era Caetano. La reunión continúa tensa por el lado del comprador; apacible por la parte del que nunca ofreció vender. La furia de Caetano crece por el camino de regreso hasta alcanzar más decibeles que el ronroneo de su camioneta.

CAPÍTULO IX

LA HECATOMBE

Lo que comenzó como una broma, traspasando los linderos de un capricho, era ahora una obsesión —tenaz desajuste temperamental, camarada de la demencia— en la vida diaria de Caetano. Se prometió obtener *Las vides del Carmen* de cualquier manera. La chanza se integró a la conversación de los compadres cuando volvían a la ciudad, durante la primera visita a la familia Biscuña: «¡Qué te parece, alcalde —que así lo llamaba para sentirse superior—, si compro esa propiedad con la hembra incluida!», los dos celebraron con sendas carcajadas. La furia de Caetano se había suscitado desde el primer rechazo, aguijón ponzoñoso para las almas arrogantes, porque contiene el ingrediente que intoxica la razón. El resentimiento saltó cuando Vicente le dijo, ya cansado de tantas visitas e insistencias, que ni por todo el oro del mundo vendería su finca. La contradicción ya no lo dejaría en paz; el rencor volvía con más intensidad cuando pensaba en las vides. El edil desistió de persuadir a su socio, sabía lo porfiado que era; calló, le convenía seguir el juego, esperaría a que cometiera un error para luego manipularlo.

La toxina del rencor comenzó a dilatarse en la sangre del Gallego cuando se abrió al público la carretera hacia los Nevados de Chillán, que usaba dos o tres veces por semana para supervisar la construcción del hotel, acompañado de su socio o de su hijo. La propiedad de Vicente era notoria a todo conductor, por consecuencia comenzaron a parar con la excusa de tomar un descanso. La realidad era que los conductores se detenían para ver el parral. Lo mismo ocurrió con la transportación pública que al cabo de un tiempo convertiría el lugar en un paradero de autobuses. En cada ida y venida la ira bullía con intensidad, especialmente cuando miraba el cortijo rodeado de autos. Su resentimiento distorsionó todo lo relacionado con la situación; eran ellos los culpables por no vender. La obsesión llegó al paroxismo: donde ya no cabe más rencor, que es cuando el odio controla la razón, punto sin retorno.

Las cortinas de hierro del salón de billares corrieron verticales por los grasosos rieles hasta chocar contra el suelo embaldosado, produciendo tres estruendosas descargas, separadas a intervalos de pocos segundos. El estrépito, que salió a las calles desiertas, se escondió entre las sombras de los oscuros edificios y los pálidos árboles, y rebotó por la noche fría. La conmoción que quedó atrapada en el interior de la gran sala zumbó entre los pesados muebles y se introdujo en el tímpano de los individuos allí reunidos. La persona que generó el escándalo apagó las luces de la gran estancia, caminó entre la penumbra hasta alcanzar la silueta sentada al bar, de donde salía la pálida luz amarillenta de la bombilla remanente del local. El tercero salió del pasillo, que conecta el salón de diversión con el patio, cerró la puerta y se unió a los demás. La exigua claridad, favorecida por el reflejo del enorme espejo y los cristales de las botellas de licor, desplazadas a lo largo del anaquel, apenas llegaba al mostrador, por donde se anudaba el murmullo de los aparatos de refrigeración.

«Os he citao a esta hora y en este lugar porque quiero que todo lo que se diga aquí, aquí tiene que quedar, entendéis», dijo Caetano en voz baja como el rumor de los artefactos, reclinado sobre el mostrador, a modo de que las palabras no se propagaran. Levantando la vista hasta el espejo, miró en claroscuro la imagen de sus dos secuaces, uno a cada lado, sentados en las altas butacas del bar. Los dos asintieron en silencio moviendo las cabezas de badajo. El de la izquierda lo miraba de canto, exhibiendo el perfil recortado entre los frascos de espíritu y el negro fondo del salón. Al personaje flaco y alto, con la cara proyectada por encima de la línea quebradiza que dejaban el cuello y el pico de las botellas, le bastó mover los ojos unos centímetros para toparse con los ojos grises y duros de su jefe. Llevaban todos indumentarias para el frío. El jefe de los rufianes usaba una boina leonesa, de donde salían mechas largas del color que queda al mezclar la sal y la pimienta, enredándose con sus patillas de chivo cuando impartía las instrucciones. Las sombras tremebundas se confundían con el agonizante zumbido de los aparatos refrigerantes y las palabras sibilantes de los ahí presentes.

Afuera, los fríos ventarrones, desprendidos de las nevadas montañas andinas, mordían las calles solitarias, irritaban las disparatadas ramas de los árboles y amordazaban las casas de los habitantes de la ciudad, que a esa hora dormían el quinto sueño. Una ráfaga cortante zarandeó al unísono las cortinas de metal, interrumpió la furtiva reunión por unos instantes, puso en guardia a los sujetos, se metió por las requisas, aminoró la velocidad de los átomos del aire de la estancia, y como consecuencia bajó la temperatura. El petiso, era quien atendía el salón de juego, metió dos troncos en la estufa de hierro fundido, aceleró las partículas de oxígeno y nitrógeno y volvió al mostrador. La pequeña sesión había terminado, los planes habían sido claros y específicos, solo faltaba ejecutarlos. El flaco alto, era quien manejaba el motel, mandado por Caetano rodeó al bar, asió una botella de licor y se la pasó a su jefe; la sostuvo fuerte por el cuello, de la misma manera mantenía agarrado a todos los que manipulaba. Bebieron y usaron falopa hasta el amanecer sin importarles el frío, el calor, el viento…

Debían esperar el invierno, temporada que llega a arropar el sur del país con las alas frías del viento, tornando la ausencia de luz en largas noches durante las constantes tormentas. El plan de los criminales era intimidar, escarmentar, darle una lección al dueño de *Las vides del Carmen*, quien había ultrajado al capo con su rotunda negativa a vender, según su ego. Era el *modus operandi* de Caetano para obtener lo que se le antojaba; así había obtenido su fortuna, esta no sería la excepción. La desmesurada codicia no lo dejaba dormir, pensando en el ajuste de cuentas, en la venganza; conciliaba el sueño pensando: «¡Esta vez se va a joder! Le voy a pagar lo que yo quiera». Se revolcaba en el resentimiento cuando recordaba la voz burlona y sarcástica de Pilar al decirle: «¡No sea pesado! ¿Quién cree que soy?», las veces que la cortejó. Si había algo que lo desquiciaba era que lo despreciaran; sentimiento enraizado en su alma desde la niñez, que volvía cada vez más punzante cuando lo humillaban con un reproche o un rechazo.

Los animales olfatearon la camioneta dos kilómetros antes de aproximarse al cortijo: a esa hora de la noche el tráfico es nulo. Escucharon con las agudas orejas, erectas como antenas de radares, cuando cesó el rumor del motor de combustión interna. Sintieron en las narices húmedas los gases íntegros y consumidos y detectaron la ropa y el cuerpo de los personajes cuando bajaron del automóvil. Una nube alta y oscura obstaculizó el reflejo selénico, cubriendo de tinieblas la explanada, momento que aprovecharon los sujetos para acercarse al vallado. En los planes no habían contado con la luna llena; tenían que apresurarse mientras duraba la oscuridad. Era una de esas raras noches invernales de claros destellos. La cabalgata lunar comienza por el espinazo de las colosales montañas andinas, salta por los vientos cargados de frío insidioso y termina el recorrido en la gélida inmensidad oceánica.

Activados por los desconocidos hedores, el territorialismo y el instinto de protección, los canes se aproximaron en silencio a la cerca de alambre de púas, por donde los fulanos saltaron a la propiedad privada. (El Gallego había advertido a sus compinches sobre los animales). Agazapados bajo la inmensa nebulosidad esperaron; entonces, antes de que la jauría comenzara a ladrar, uno de los malhechores los encandiló con la linterna de mano, el otro abrió fuego. Los fogonazos salieron acompañados de silenciosos chasquidos, los gases saltaron agitados de la candente recámara, por donde volaron también los cartuchos quemados hasta reposar en el húmedo suelo. El sabor a pólvora lo revoloteó la ventisca. Los perros cayeron sin emitir ni un gruñido; uno de ellos, con el estómago latente y un estertor amortajado por el hocico, lo enfocó la silueta alta y flaca y

102

lo terminó de acribillar. Las sombras se alejaron de la cerca perimetral. La inmensa capa fluida apagó la luz: todo quedó en tinieblas. El viento silbante, bajando de los perennes nevados, mordía con tenaza frígida lo que encontraba a su paso. Las viñas eran los únicos testigos de lo que ocurría en esa soledad.

La silueta baja y jadeante llevaba un bidón de plástico que, a pesar de ir herméticamente cerrado, despedía el olor penetrante de la bencina. La figura alta y flaca llevaba la delantera; se movía encorvado con la lámpara a la altura de sus rodillas, alumbrando las pisadas por el terreno saturado de agua. En las distantes y oscuras proyecciones de los edificios, como a cuatrocientos metros de donde había ocurrido la matanza perruna, dormían apacibles los moradores, como cualquier otro rutinario sábado placentero a punto de convertirse en el séptimo día de la semana. El oscuro nubarrón cerró más la oscuridad; entonces las tenebrosas figuras se acercaron hacia el objetivo. Las tinieblas cubrían la gran franja de terreno desde los farallones hasta la falda del volcán y las montañas, por donde se devanan los ventarrones. El negro nimbo decidió posarse sobre la llanura, intransigente fenómeno de la naturaleza, y despacio comenzó a girar como una galaxia.

El olor del combustible se expandió inmediatamente al chocar contra el portón de madera de la bodega. El fluido, esparcido por ambas hojas a la altura de la perilla, formó chorreos que descendieron hacia el umbral empujados por la gravedad. El chispazo de la cerilla irrumpió la oscuridad, pero no logró encenderse; el segundo intento logró mantener la minúscula llama, vibrando por la ventisca. Cuando la pequeña flama tocó el carburante, martilló la veloz ignición; la temperatura se precipitó, arropó la madera con el rojo y amarillo manto, atizó la oscuridad y corrió por los resquicios del portón en borbollones. Adentro, la lumbre mordió con los candentes colmillos la madera seca que encontró, saltó por los barriles de licor, agitó el fermento, caldeó el alcohol, y se armó el infierno. Los anaqueles se incendiaron, los muebles de madera agarraron fuego, la leña estibada detonó las llamas hacia arriba hasta alcanzar las vigas.

El chaparro pirómano y su cómplice el pistolero flaco y alto huyeron cuando la fogarada saltó hacia ellos. Sin percatarse de lo que sucedía dentro del galpón, corrieron hacia el lugar por donde habían allanado la propiedad. Todo marchaba de acuerdo al plan que habían anticipado. En la desaforada corrida la luz de la linterna, zigzagueando por el negro manto, no era capaz de alumbrar el terreno que pisaban. Uno de los incendiarios trastabilló al pisar uno de los canes muertos. El impulso lo aventó a la cerca, de la cual se asió para evitar la caída libre de bruces, cortándose una de sus manos con una de las púas. El bidón rodó por el suelo y se perdió en el espesor de la noche.

Las sibilinas figuras entraron a la camioneta, la espigada, quien parecía comandar, encendió el motor, tornó la perilla del interruptor de la luz y partieron. La oscuridad borraba las huellas de los conos de luz con la velocidad del automóvil. «¡No vayas a sangrar el auto, aweonao, culiao!», dijo el conductor. El rechoncho bribón lloraba de dolor. La preocupación por las gotas de sangre derramadas en el asiento y la alfombra del vehículo exacerbaba la angustia, pues sabía cómo cuidaba su automóvil el Gallego. Repentinamente escucharon una explosión distante. La imagen del inmenso fogonazo se levantó por el aire, respingó por la fría atmósfera, se desplazó hasta el espejo retrovisor de automóvil y se perdió en una centésima de segundo.

La gran llamarada se originó en el estanque de combustible de la camioneta de Vicente, estacionada en la bodega, cuando se derrumbó parte de la techumbre. El salto parabólico, como el arco de fuego que sale de un lanzallamas, llegó hasta la estructura principal del cortijo. El incendio de la casa se inició en la cocina, donde estaban dos bidones de bencina, que mantenían de reserva, para infortunio de los Biscuña. Cuando estallaron, convirtieron instantáneamente la residencia en un averno. Los dos bombazos consecutivos despertaron a toda la familia. Aturdidos comprendieron de inmediato lo que ocurría. Azorados buscaron a los niños, durmiendo en el segundo piso. Por todo el interior de la vivienda se regaron los flamantes perdigones después de los estallidos.

Vicente corrió hacia la segunda planta como el mismísimo diantre entre las llamas, gritando desaforadamente el nombre de sus dos hijos, saltó las gradas y logró entrar a la habitación de los chicos sin que las llamas lo alcanzaran. Pilar corrió al oír los gritos de su hermano, sintió las llamas y, consciente de lo que ocurría, se precipitó al dormitorio de su hija Ignacia, durmiendo en el extremo opuesto al de sus primos; la tomó del brazo, la levantó del lecho y la arrastró hacia el pasillo. Cuando cruzaron la puerta de la pieza, el fuego se propagaba por el primer piso, incinerando lo que encontraba. El pánico detonó los gritos de desesperación: «Fuego, fuego, fuego…». Entonces, el intenso calor subió por la escalinata y paralizó a madre e hija; las dos lograron abrazarse en busca de protección. Vicente escuchó los aterradores alaridos, pero no cabía otra reacción en su mente más que salvar a sus hijos, instinto más fuerte que el amparo a sí mismo. Tampoco pensó en su esposa, desmayada en el piso de su aposento. La reacción del padre fue como la de su hermana: asir a sus hijos por los brazos; los levantó en vilo y los cargó hasta el pasillo, donde se encontraban Pilar y su hija mirando con terror las llamas. El fuego consumía rápidamente las gradas inferiores, los postes y las paredes de soporte; la escalinata cedería de la base y el rellano se desplomaría en cualquier instante. El fuego se atizó por el pasillo del segundo piso, levantó los incineradores lengüetazos y prendió en llamas el lugar donde se encontraban los hermanos con sus hijos. Pasmados de terror corrieron hacia la ventana del final del pasillo, reacción tardía que se perdió en la caída libre del segundo piso sobre la planta baja, convertida en una inmensa pira.

Antes de caer a la hoguera, Vicente se aferró al cuerpo de sus hijos, protegiendo lo más preciado de su existencia. Era tal el pavor de los gritos de los chicos que enfriaba el nervio de las candentes llamaradas. La impotencia de los cuerpos facilitó el enrojecimiento de la tierna piel y la hinchazón reventó las ampollas. La inevitable incineración comenzó con los alaridos avivados por el dolor, causado por las quemaduras térmicas. Cuando los cuerpos cayeron al suelo, revolcándose de dolor, de angustia, de desesperación, los encarnados aullidos fueron extinguidos por la extrema temperatura y la crepitación de la madera. Las últimas chispas de energía de los cuerpos se perdieron entre las llamas y el chisporroteo y entraron a la dimensión de los recuerdos, dejando por el piso de madera quemada los cadáveres calcinados.

Solamente Rocío no sufriría el intenso dolor producido por las llamas, ya estaba más muerta que inconsciente, por la contusión sufrida en el cráneo. El fuego desintegró el atuendo primero, envolviendo las prendas con una fugaz llamarada, tal si fuera de petróleo, para terminar con la misma rapidez el cabello negro y largo. El cuerpo macerado, quemado, inflamado, tumefacto y con la piel desollada desprendió el olor a carne achicharrada. Los órganos vitales reventaron por el intenso calor. La sangre se destiló hasta volverse negra y se compactó por las venas y las arterias. El fluido corporal se evaporó con tal facilidad que no logró subir, se desintegró en el acto. Las maderas, tablas, tablones incandescentes que cayeron sobre la deforme masa de mujer, crearon un rugido escalofriante

En lo alto de las montañas, sobre el cimiento del hotel en construcción, un grupo de trabajadores se calentaba alrededor de la fogata. El olor del asado, agarrado de la mano con el frío y las sombras tambaleantes de la noche, se expandía entre el hierro, la madera y las bolsas de cemento, apiñadas en la improvisada mediagua. El licor agitaba las conversaciones, las llamas y el espíritu. Uno de ellos, mientras empinaba el codo, logró ver la majestuosa hoguera desgarrando la inmensidad del sombrío firmamento. La pintura surrealista, dibujada en el lienzo nocturno, contorneaba las rutilantes llamas, saltando de un lugar a otro como un incendio forestal. Pensaron, por un momento de vacilación, que se trataba de una quema controlada, pero no era la época de labranza; además, las llamaradas no salían de los distantes valles: salían de la finca *Las viñas del Carmen*.

Los teléfonos celulares, lejos de las altas torres de la maraña de comunicación, no podían contactarse con la ciudad de Chillán; apenas aparecía una de las barritas de la señal de recepción, tan lejana que desaparecía en el momento de marcar los números de socorro. Después de intentar varias veces, se le ocurrió a uno de los trabajadores, ya con el fermento del alcohol evaporado de su mente, llamar al ingeniero encargado de la construcción por el *walkie-talkie* que uno de los celadores portaba para comunicarse en caso de emergencia. El revuelo despertó a todo el personal, quienes miraban perplejos, impotentes desde esa altura el incendio voraz, como una herida sangrante en la pantalla de la oscuridad.

El espectáculo se volvió inverosímil cuando las luces de los dos camiones de bomberos aparecieron por la desierta carretera alumbrando el oscuro asfalto de la planicie, rompiendo las ominosas sombras de los árboles con los característicos haces de colores y el ulular de las sirenas, buscando a toda velocidad las llamas y el humo que todavía no lograban percibir. La muda y distante audiencia no lograba escuchar los gritos, pero se los imaginaban; miraban en vilo con angustia y desesperación las incesantes llamas altas y furiosas. Mientras tanto, la luna llena con su inexorable paso llegaba al frígido océano, se despojaba del nebuloso manto, tendía la mirada por las crestas de las nevadas montañas e ignoraba la horripilante hecatombe. Por fin llegaban los bomberos, por fin respiraron esperanza los circunstantes, por fin salía el reflejo celeste, por fin *Las vides del Carmen* se liberaba de la envidia, de la codicia y de la desconsideración de un ser macabro.

Antes de que Carabineros de Chile reaccionara, antes de que el sol saliera y antes de llamar a los medios de comunicación, el matrero edil envió a la policía municipal al lugar de los hechos. Él se haría cargo de la investigación; le correspondía, según su aviesa intención. Las dos radios patrullas llegaron al parral cuando los tizones todavía chorreaban agua, y el inmenso resplandor del astro rey batallaba escalando los imponentes Andes. Mientras tanto, el funcionario público argumentaba: «El desafortunado accidente cae en nuestro derecho municipal por estar en el área rural de la comuna; además, de acuerdo al criterio jurídico, la jurisprudencia del caso...», persuadiendo al carabinero que contestó la llamada telefónica a esa hora. Después del circunloquio, y para calmar al reticente representante de la ley y el orden, le dijo que él se haría responsable de lo que pasara en la investigación. Le recordó, para remachar el argumento, que era amigo íntimo del jefe de la delegación.

Los primeros paisanos en llegar a la catástrofe fueron los periodistas. Los vecinos también se fueron acercando poco a poco con las caras largas de incredibilidad, preocupación, tristeza y melancolía. Se instalaron distantes del extinguido incendio, separados por el cordón amarillo enredado en el portón de acceso al viñedo, justo bajo el singular rótulo. La fría mañana había amanecido despejada, como si la inmensa nube de la noche anterior se hubiera llevado todo indicio de lluvia, favoreciendo a los distantes mirones a observar lo ocurrido. Las dos patrullas, con el elegante nombre de la ciudad a ambos lados del vehículo, y los colorados camiones de los bomberos eran los únicos permitidos en los escombros calcinados, adjudicando la necesidad de mantener la investigación nítida. Los chicos de la televisión y el periódico tuvieron que ajustar los lentes para hacer tomas detalladas de los ruinosos edificios. A medida que avanzaba el sol, mancillado por la condensación de agua todavía fresca en la atmósfera, los tardíos curiosos se aglomeraban en la curva de la carretera.

Un acucioso periodista comenzó a preguntar entre los curiosos presentes si había alguien que conocía a la familia. La casualidad quiso que uno de los trabajadores de la finca, en su día de asueto se dirigía hacia Chillán en transportación pública, ya muy frecuente en ese trecho de carretera, al ver el remolino de personas aglomerada en la finca, se bajó de la micro para ver lo que sucedía. Esta persona fue la que dio toda la información de la familia Biscuña, proporcionando incluso fotografías tomadas en tiempo de vendimia; para esto último fueron expresamente a casa de dicho sujeto. Así se conoció de una fuente fidedigna la verdadera identidad de todas las personas que convivían en el lugar donde ocurrió el fatal accidente.

La noticia de la catástrofe salió ese domingo por la TV a todo color y en vivo desde el lugar de los hechos, pero sin mucho impacto noticiero por la poca cobertura del canal, por la temprana hora y por ser día domingo. El revuelo lo armaron las portadas de los medios gráficos de la Región, mostrando las fotografías de los cuerpos incinerados a medias, otros achicharrados, irreconocibles, revueltos por la presión del agua, embadurnados. Los tizones aún chorreando agua y la evaporación las lograron captar las cámaras fotográficas. La TV nacional comenzó tarde pero con más intensidad, mostrando las ruinas desde todos los ángulos, exhibiendo el galpón calcinado, los barriles de vino carcomidos por las incisivas llamas, la casona, donde, según los medios de comunicación, se había originado el fatal accidente, especulación que las autoridades afirmarían con determinación, haciendo énfasis en descubrir cómo sucedió tan horripilante infortunio. En el fondo de las tomas fotográficas, a un lado de las humeantes ruinas, aparecía la policía del municipio, coordinando lo que los medios de comunicación podían o debían mostrar o informar, debido a que la investigación estaba en marcha. Hasta ese momento no se podía descartar nada; sin embargo, todo indicaba un fatídico accidente debido a la negligencia de la familia Biscuña.

En el reporte de la policía municipal, corroborado por la brigada de bomberos, aparecería claramente la causa del terrible accidente: «Una estufa a combustión de leña

109

que permaneció encendida para calentar la vivienda, cuando la familia Biscuña se fue a dormir, fue la que hizo saltar el chispazo, dando así el inicio del terrible incendio con pérdidas materiales y personales. Siete cuerpos calcinados se encontraron en el recinto consumido por las intensas llamas, que alcanzaron varios metros de alto, pertenecientes a padres e hijos. Las muestras de los restos corporales serán llevados a los laboratorios correspondientes, donde se analizarán por muestras de ADN, y, de ser posible, se examinarán las dentaduras de los occisos». El informe terminaba con un tono pesimista al describir que varios miembros de la familia se encontraban abrazados mientras el fuego los convertía en cenizas.

Los medios de comunicación continuarían informando el desventurado accidente, calificándolo como un fatal infortunio de la familia, una desgracia de fatales consecuencias, una tragedia familiar, durante toda la semana. Al final a la gente no le quedó duda de que se trataba de un acaecimiento desgraciado. Lo que no salió a la luz por los faros de la veracidad, por el pensamiento de la libre expresión, por la transparente fuente de comunicación de los medios, por la opinión bien informada de la prensa fue que el incendio se origino en el portón del galpón, donde había huellas de botas embarradas que iban y venían de la cerca perimetral de alambre de púas, violada a 400 metros de distancia, ni el rastro de sangre ni el bidón, conteniendo todavía residuos del químico inflamable usado en el acto pirómano, ni los caninos muertos a tiros, ni mucho menos los casquillos del arma mortal. Por supuesto que no salió porque los agentes municipales encubrieron estas pistas y las mantuvieron en secreto y alejadas de la radio, la prensa y la televisión.

CAPÍTULO X

LA INCAUTACIÓN DE LAS VIDES

El Gallego abrió la boca, tal si fuera una serpiente cascabel, hasta mostrar los dientes incisivos; el veneno salió como una estampida de corceles desenfrenados cuando gritó: «¡Agüevonaos, culiaos, conchasdesumadre, en vez de ayudarme, más problemas me traen!». Los gritos se revolvieron en el mismo recinto donde habían planeado la aviesa intimidación del dueño de *Las vides del Carmen*. Esta vez, sin embargo, las palabras volaban injuriosas, arremetiendo los oídos sordos de sus secuaces; las que lograban evadir la acalorada furia, se perdían entre los objetos sombríos del salón de billares. La riña continuó severa; mientras allá, distante como si no tuviera nada que ver con lo que ocurría en esa estancia, ardía con menos intensidad el cortijo de los Biscuña, convirtiéndose en cenizas.

La llamada telefónica de su asociado despertó el aparato móvil reposando como siempre en el bolsillo izquierdo de su pantalón de mezclilla, en el otro portaba la abultada cartera, como las alforjas de un mulo se veían cuando caminaba. Los ojos enrojecidos por la falta de sueño y el consumo de estupefacientes, mezclados con alcohol fermentado, destilaron contrariedad cuando sacó el celular. Levantó la vista turbia hasta el reloj de pared, en posición opuesta al bar, donde había pasado la noche en vela inhalando y chupando solo, mientras sus esbirros protagonizaban la coacción. El tictac marcaba apenas las seis de la mañana. El incontenible andar de la esfera se sumó al fastidio de Caetano: la noticia de la catástrofe recorrería la ciudad en poco tiempo. Se motivó un poco al darse cuenta quién lo llamaba.

«¡Ya supiste lo que hicieron estos conchasdesumadre!», descargó. El edil ya lo sabía, el cuerpo de bomberos lo había llamado hacía poco tiempo para informarle los detalles de lo ocurrido. Calmó a su compinche indicando que él ya se estaba encargando de la «embarrada», que no se preocupara, que le iban a sacar provecho. La sonrisa cerca al auricular no la vio Caetano, pero la sintió en el tono de la voz, se conocían muy bien. El reporte preliminar de los bomberos decía que nada pudieron hacer, que llegaron tarde, ya todo se había quemado, que el fuego arrasó con toda la familia. Ya nadie quedaba vivo. Lo engatusó recordándole que el camino quedaba abierto para adquirir la propiedad; que después de todo era lo que quería. Pero tenía que decirle al comandante de Carabineros que se mantuviera alejado de la investigación. Las dos instituciones públicas tenían jurisdicción para hacer la investigación; pero en caso de haber mano criminal, correspondía a la policía. Como era un accidente, la alcaldía se haría responsable. Respiró con tranquilidad.

Convencer al comandante, quien le debía varios favores, a no participar en la indagación, sería una tarea fácil. Llegaba el momento de la cobranza. Caetano había gastado un capital en forma de regalías, préstamos, incentivos y otras coimas, que llamaba inversiones a largo plazo, en el máximo representante de la ley. Después de sobornar al alcalde, buscó a las demás autoridades para conocerlas, para amigarse, para analizarlas. «Toda la gente tiene su precio», decía, como si se tratara de una mercancía. Después de analizar la situación, se empinó el vaso hasta derramar todo el líquido en sus fauces. Entendía que lo dicho por su compinche era la realidad. ¿Cómo diablos no se le había ocurrido? Entonces se metió en su mundo de drogas.

Enseguida de llamar al máximo representante de carabineros, como se lo había recomendado su camarada, y con el mal humor de la madrugada estrujado en la cara, agravado por el sopor de las drogas, el Gallego se echó sobre la cama matrimonial en el dormitorio del salón de billares, junto a los ronquidos de sus subalternos, quienes ya dormían la borrachera. Tan pronto como se adormeció el cuerpo drogado y angustiado, despertaron de su inconsciente demacradas imágenes, encarnadas en los rincones de las neuronas, donde los insospechados filamentos forman las redes de las emociones. Las frustraciones, las amarguras, las angustias, los resentimientos, los rencores, las humillaciones y las tribulaciones saltaron al espacio para contemplar aquel ser ardiente de miedo. La estantigua se sentó alrededor de la fogata y, entre el chisporroteo y los lengüetazos de fuego, comenzaron a conversar sobre el sujeto anestesiado.

Las adustas imágenes llegaron a la niñez de Caetano, se proyectaron hacia las palizas que recibía de su padrastro por ir al río, a vagar por el centro de la pequeña ciudad, o a perderse entre las parras en vez de ir a la escuela. Detestaba el colegio por las burlas, las ridiculizaciones y las mofas de sus compañeros de clase. Su alma campestre como la de su progenitor, a quien conoció poco porque murió cuando era un infante, era significado de libertad. Quería ser viñatero como su padre: nadie lo entendía. Como todavía no se habían inventado los fármacos para tratar los «trastornos emocionales», el palo era el inhibidor usado para reprimir el carácter hiperactivo de los chicos como él, fundamento del crecimiento normal. Las peleas y los altercados continuarían hasta la adolescencia, sinónimo de rebeldía, reacción natural y necesaria para la creatividad humana.

La marejada de peleas constantes con su padrastro y la pasividad su madre, mujer de carácter endeble y enfermiza, quedaron atrás cuando el joven fue enviado a estudiar a uno de los institutos de Baiona, la ciudad con internado más cercana a la hacienda de su familia. Allí se refugió en la soledad y el mutismo. Los constantes altercados, el poco rendimiento en los estudios y la flojera del chico determinó a que los hermanos jesuitas enviaran una carta de advertencia a la madre, explicando su inminente expulsión de no cambiar la actitud de su hijo. El mensaje llegó a empeorar la enfermedad psicosomática de la pobre mujer. Fueron pocos los meses de sufrimiento, padecimiento que ningún doctor pudo diagnosticar, pero suficientes para aumentar el odio y el resentimiento del chico hacia el segundo marido de su madre, quien, de acuerdo a su rencor, era el causante de todos los males e inquinas de su progenitora.

Los fantasmas atormentadores del pasado no se atrevieron a entrar al camposanto, cuando enterraban a la madre del joven Caetano, donde juró venganza mientras bajaban el ataúd. Siempre creyó que las decisiones de su madre habían destruido su vida. Más la odió al saber que toda la hacienda había quedado a nombre del ser que más detestaba en esta tierra. La finca que su padre había heredado de su padre, y que había pertenecido a varias generaciones de su casta, esto lo supo por boca de su madre y de los vecinos, ahora acababa en manos de un desconocido. Tenía que marcharse de esa casa, pero antes debía destruir todo. Esa misma noche, con las exequias todavía rondando la casa, las plegarias rebotando por las paredes y el olor de los lirios entrelazados con el sabor del ciprés, planeó la huida.

Esa noche no durmió, la zozobra, la emoción, el rencor lo mantuvieron en ascuas, pero logró empezar a caminar de madrugada. Tomó la trocha que conocía a cabalidad, la que lo llevaría hasta el empalme de la vía principal, donde tomaría el autobús hacia la ciudad más importante de la región, y comenzó a subir los suaves oteros. Vio de lejos, desde lo alto del sinuoso camino, los lengüetazos de infierno en que se convirtió el cortijo y todo lo que lo rodeaba; las sombras de la madrugada aumentaban la intensidad de los colores amarillos y rojos. Sería la última imagen en su mente del lugar donde nació. Iba solamente con lo puesto y unas pesetas, extraídas de la cartera de su difunta madre, y con la satisfacción de haberse vengado quemando lo que le pertenecía. El joven frisaba en apenas dieciséis años. Cuando los rayos solares borraron la oscuridad de las sombras, el tráfico hacia ambas direcciones de la carretera asfaltada incentivó al joven caminante, resuelto a recorrer la mayor distancia posible ese mismo día.

Llegó a Vigo, todavía con vestigios de alquerías regadas por la bahía y unos incipientes pasos a la modernización, por el mediodía radiante en autobús, donde pasó desapercibido por su apariencia de joven adulto. Merodeó por el centro buscando qué comer y dónde dormir. Tenía que ser cuidadoso con el dinero que poseía. En el camino pensaba gastar lo mínimo en alimentación, pues, en Santiago de Compostela, su destino incierto, porque no conocía ni tenía a nadie, no sabía cuánto tiempo le durarían las pesetas. Pasó la noche a la intemperie en una esquina de los mohosos edificios romanos descuidados en ese tiempo. Se palpó la zamarra, única indumentaria para protegerse de la brisa marina que, a pesar de ser verano, ventilaba con un quisquilloso frío todos los rincones de la antigua ciudad.

Lo despertaron los susurros provenientes de la esquina, impulsados por las suaves corrientes ventiscosas, donde las siluetas del corrillo de personas se movía entre el pálido fulgor del alba y las sombras de los voluminosos muros de los edificios. (Siempre sería ligero de sueño, aun cuando empinaba el codo y se embarraba la nariz de falopa, era como si la luz y los sonidos le alivianaran los párpados). Cuando llegó a la bocacalle, siguiendo las voces, logró ver el microbús aparcarse y el grupo de personas corriendo hacia el vehículo, distante como a cincuenta metros. La voz que salió del asiento del conductor gritó: «¡Corre, carajo, no veis que se hace tarde!». Como era el único en la calle empedrada, se dio por aludido y corrió hacia el auto, el cual arrancó a toda velocidad mientras entraba, haciéndolo volar por el estrecho pasillo hasta topar con los pasajeros de los asientos traseros. Las carcajadas y los gritos de camaradería siguieron al incidente para luego convertirse en susurros y conversaciones.

Durante el camino, por las conversaciones de los pasajeros, se dio cuenta de que eran recogedores de fruta, y que iban rumbo a la finca *Las rosáceas de Vigo* a pocos kilómetros de la ciudad. Comenzaba el acopio de la frutilla. Después de bajarse los jóvenes braceros, todos ellos de los alrededores de Vigo, en busca de unas pesetas más en trabajos temporarios, hicieron fila. En la cabeza de la hilera se encontraba una persona, sentada en una silla y usando una mesa de madera para escribir, anotando el nombre de cada persona. Cuando le llegó su turno, combinó la identidad de su padre y su abuelo: Basilio Caetano Domínguez Gaitán. «Número ocho», dijo el capataz, señalando el inmenso invernadero de plástico con el brazo extendido. Caetano se dirigió hacia el lugar indicado, tímido por la incertidumbre.

«¡Vamos, hombre, que se hace tarde!», lo empujó levemente el joven que venía detrás. Caetano se incomodó, tornó su cuerpo y vio a un joven de su misma edad con una sonrisa afable en su cara campechana; de inmediato entendió que era mejor entablar amistad, le convenía. «¿Vos no sois de acá?», preguntó, estirando el brazo con la mano abierta. «Soy de Baiona», contesto serio. Se presentaron. El alba se volvía amarilla. El resplandor cambiaba el color del material sintético, el cual absorbía la energía de los rayos solares, estimulando la temperatura en el interior del inmenso invernadero. Una vez dentro de la carpa, la sorpresa fue tal que su reciente amigo tiró la risotada por el ambiente húmedo. Conocía el cultivo de la frutilla en campo abierto; pero nunca se imaginó una plantación como la que miraba embelesado. La uniformidad de las plantas era perfecta, todos los escaques tenían la misma dimensión, cada frutilla era de igual tamaño, todas estaban aptas de madurez y excepcional armonía de colores rojo y verde.

Amadeo sería de una gran ayuda para Caetano, a pesar de su renuencia. Jamás confiaría en nadie. El recuerdo de su infiel madre, de acuerdo a su entender, se interponía entre él y la reciente amistad. Nunca entendería la razón por la que le enseñó a recoger la frutilla, a acomodarlas en la caja de madera, a usar los brazos en el manejo de las frutas para no partirse la espalda. La generosidad venía disfrazada de algún interés personal. Ese día hasta compartió su almuerzo, porque él no traía nada. Además, lo aleccionó, mientras

116

descansaban después de la merienda, que el corte de la añada de esa finca solamente duraba unas semanas, que enseguida saltaría a otra cosecha en otro lugar hasta que se terminara la temporada de las frutas. Caetano permanecía hermético, lacónico, huraño, como si todas las miradas de los recogedores de fruta estuvieran pendientes de él.

El prolongado atardecer lo llevó a su realidad: era un fugitivo, estaba en una ciudad extraña y necesitaba hospedaje. Él no era ningún idiota, necesitaba a alguien como Amadeo para continuar con sus planes; además, si deseaba tener una relación de camaradería, debía contarle su situación. El balón de la conveniencia le rebotó en la cabeza. Tan pronto como se bajaron del vehículo, después de la jornada de trabajo, le preguntó dónde podría encontrar un lugar para dormir. También le contó que se había fugado de su casa, que no deseaba regresar y que iba rumbo a la capital. «La señora Tencha tiene habitaciones para trabajadores de temporada, ahí nos hospedamos los que no somos de por aquí», enseguida se tiró la carcajada y lo empujó diciendo: «Hombre, tío, te vienes conmigo, te presento a la dueña, alquilas una pieza por la temporada y asunto arreglao». Así fue como todo se acomodó para el joven prófugo.

Al término de la recolección de la fresa, que perduró parte del verano, saltando de una masía a otra, a Caetano se le terminó el dinero. Como la amistad con Amadeo se estrechó un poco, a pesar de su reticencia, se atrevió a contarle que no había cambiado los cheques porque no tenía documentación. Riéndose y palmeando su espalda, expresión amistosa que volvía loco a Caetano, le dijo que no se preocupara, que si venía con él, resolvería el problema. Amadeo también tenía su conveniencia. Para su proyecto, marcharse del país, era mejor viajar acompañado. Ya sabía la debilidad de Caetano. Conseguirle una nueva identidad solo fue cuestión de tiempo: los tíos que trabajaban en el ayuntamiento se encargaron del proceso.

117

Mientras esperaban el documento de identidad, Amadeo empezó a persuadir a Caetano para que lo acompañara a Barcelona, diciéndole que era una ciudad más amigable que Madrid. La idea original de Caetano era perderse en la capital; la del otro joven era embarcarse hacia América, Los Ángeles, donde sus sueños con Hollywood se harían realidad. El joven Caetano se había resistido, era parte del ardid, pero la realidad era otra; desde que escuchó «cruzar el océano», el balón volvió a rebotar para su conveniencia. Aprovecharía la oportunidad para poner más distancia de por medio. Además, viajando acompañado levantaría menos sospechas, en caso de que lo buscaran, eventualidad que siempre tenía pendiente; es decir, si el señuelo que había plantado en el incendio no había funcionado, seguro que la justicia lo perseguía.

La aventura juvenil se iniciaría en Vigo, subirían hacia el norte hasta Santiago de Compostela; ahí pasarían la noche en la estación de buses para ahorrar dinero. De madrugada partirían rumbo a Barcelona, cruzando la Península Ibérica a través del santísimo sendero, por donde miles y miles de peregrinos habían pasado durante centurias desde la santa muerte del apóstol. En ese tiempo el viaje duraba muchísimas horas. Los jóvenes bordearían los peligrosos riscos formados por los imponentes Pirineos, saltarían de una arcaica ciudad a otra más antigua, seguirían el negro asfalto dividido por una línea blanca tan larga como la carretera. Dormirían acuclillados en los duros asientos, jugarían con los ensueños de la joven imaginación, se figurarían la fabulosa ciudad puerto llena de embarcaciones…

El sonido sólido de marfil despertó a Caetano. Las bolas cromáticas rodaron azoradas por el verde paño y rebotaron en las bandas de hule; las que retozaron en las troneras motivaron la codicia de los apostadores. Las risotadas, los tacazos, la música estridente, que salía de las paredes por los adustos parlantes, y las conversaciones de los beodos, arrimados a la barra de la cantina, terminaron de despabilar el agotado cuerpo, y espantaron las reprimidas remembranzas del subconsciente. Por las sombras de la estancia, la ventana entornada y el sol poniente supo que anochecía, por el hedor de la pieza comprendió que se encontraba en el salón de billares, por el ardiente deseo de beber líquido recordó la noche anterior, por la borrachera rememoró la conversación con su camarada. Sin decir una palabra salió del «boliche», que así llamaba el salón de billares para restar importancia al lugar donde se transaba todo tipo de droga. Se dirigió hacia su casa, sita en uno de los lugares más privilegiados de la ciudad, con las palabras de su socio en la mente turbada.

En su automóvil del año manejaba cavilando: «La cagada ya está hecha, ahora hay que sacarle provecho...». La llamada telefónica cortó los irresolutos pensamientos, sacó el teléfono móvil, levantó el aparato para percibir quién llamaba, y lo conectó a los parlantes del auto. Era su camarada para quejarse de la torpeza de sus compinches: dejaron la cerca cortada, no enterraron los perros que mataron y el bidón de bencina lo dejaron botado en la propiedad. Continuó con el reclamo explicando que sus hombres tuvieron que limpiar la «embarrada» antes de que llegaran los periodistas. Caetano se limitó a decir: «Ajá», y colgó. Sabía que lo había llamado para quedar bien con él; empero, había otra intención que no lograba entender, pues, ya eran dos veces que mencionaba los errores de sus compinches. Lo conocía muy bien, sabía hasta dónde le llegaba la avaricia, similar a la suya, pero su ego no lo dejó comparar. Los pensamientos de su juventud volvieron a aparecer; sin saber cómo habían arribado en su corroída mente, los dejó fluir...

En Barcelona las cosas no serían como Amadeo se las había pintado, un poco más coloridas y exageradas, para lograr su compañía. No fue fácil encontrar los gigantescos muelles: la maraña de calles y avenidas, por donde circulaban los autobuses públicos los desorientó. Localizar a la persona que reclutaba aprendices de marineros fue una aventura porque anduvieron preguntando por todos los desembarcaderos. La otra inesperada realidad era que debían aguardar un mes para tomar el buque con las plazas vacantes que buscaban. La buena fortuna fue que el reclutador les proveyó hospedaje: un armatoste hecho de contenedores inservibles, donde vivirían mientras esperaban el embarque. Para poder enfrentar los elevados gastos de la ciudad tuvieron que trabajar como peones cargando y descargando los camiones que entraban y salían de puerto. Fueron los días más miserables de Caetano; juró nunca más realizar trabajo corporal.

Las ominosas remembranzas se desvanecieron cuando entró a su suntuosa vivienda, colmada en ese momento de sombras, moviéndose entre destellos y susurros provenientes de la sala, donde se encontraba una pareja besuqueándose sobre un gran sofá en forma de U con el televisor encendido sin volumen. Cuando se hizo la luz, Caetano quiso quitarse la tribulación con su hijo, pero logró contener su hostilidad cuando vio a la jovencita. Siempre que sentía un malestar lo arrojaba a los que se encontraban a su alrededor. Esta vez entró callado a su dormitorio a bañarse, a cambiarse, a tirarse en la cama, a esperar en vela el nuevo día. Cada vez que consumía drogas y alcohol su temporizador biológico se desconcertaba, el insomnio y la inapetencia le duraba un par de días, era lo que le esperaba esa noche. Sin embargo, había mucho que planear, de acuerdo a lo que le había dicho su colega y socio, sobre la incautación de la propiedad.

El plan fraguado esa noche en la mente calcinada del Gallego era infalible. En sus aberraciones las neuronas le funcionaban a cabalidad. Su camarada tenía que ejecutarlo a la perfección. Después de recuperarse de su borrachera leyó el reporte de bomberos, proporcionado por el edil. La explosión ocurrida en la finca *Las vides del Carmen*, cuando el cortijo se incineraba, descrita en el reporte, serviría como prueba de que dicha propiedad era un laboratorio de drogas ilícitas. Habría que agregar un apéndice explicando lo que era un laboratorio de esa clase. Además, la plantación de vides de la

120

finca era un camuflaje para ocultar la verdadera función: la elaboración de anfetamina y la siembra de la planta cannabis. La prueba de la acusación llegaría en un camión cargado de plantas de marihuana, traídas desde su propiedad, donde tenía su cultivo personal. El hallazgo sería reportado a carabineros, quienes llevarían a cabo la investigación, porque ya era un caso criminal.

La noticia voló por todos los periódicos y la televisión. Los peritos del ilustre ayuntamiento explicaron con todo lujo de detalles lo que la familia Biscuña realizaba en la propiedad rural. La infografía del supuesto laboratorio, coloreada en un inmenso cartel, fue montada y arreglada por expertos diseñadores santiaguinos; para que la ingenua población pudiera entender el tipo de droga que se traficaba en dicho lugar. Las plantas de la bienaventurada hierba, amontonadas en uno de los corredores del patio de la municipalidad, única prueba de los estupefacientes que ahí se manipulaba, estuvieron en exhibición durante todo un día a la disposición de la población, de manera que se pudiera percibir su autenticidad. Además, con el afán de rematar la confabulación, haciéndola melodramática, los arbustos de mariguana fueron incinerados el día siguiente de la presentación en uno de los campos de la Ilustrísima Alcaldía Municipal. Las imágenes a todo color, captadas por las cámaras televisivas y los dispositivos de las redes sociales, mostraban a los empleados públicos entre las llamas y el humo, portando mascarillas como las que usan las cuadrillas antimotines para protegerse de los gases tóxicos.

Después del espectáculo, los rábulas, empleados a sueldo y allegados del Gallego, redactaron la expropiación; la cual ejecutó la policía municipal. Al no haber reclamos ni herederos ni deudores; no hubo arrestos. El rótulo, explicando la sanción con letras grandes, a manera de que se pudiera leer desde la carretera, se plantó sobre el nombre del viñedo, cubriendo lo que había sido una vez la próspera finca. Mientras transcurría el tiempo acordado por la ley para rematar la propiedad, Caetano encargó la planificación de los edificios de la propiedad, empleando el mismo arquitecto que construía el hotel, el cual finalizaba. El nombre *Las parras del río sur* no se lo había quitado de la cabeza desde que vio la preciosa vertiente corriendo y saltando por el terreno.

Al terminar el período de incautación de *Las vides del Carmen*, estipulado en los cánones legales que el mismo edil preparó, para escarmentar a la población, llegaba la esperada subasta. Para evitar percances, equivocaciones, confusiones y arbitrariedades, el remate se dio a conocer en el periódico oficial de la autoridad competente, en letras tan chicas que era necesario una lupa para leer la nota informativa, y en el diario de menor circulación. El martillero, cuyos títulos, experiencias y conocimientos en la venta pública ocupaba mayor espacio publicitario que la descripción de la propiedad, venía de Santiago específicamente a esa función. Las albricias, le dijo el edil en el momento en que se presentó, serán depositadas en su «cuenta RUT» cuando la persona indicada adquiera el inmueble.

Los tres golpetazos repercutieron por las paredes de la sala. Los presentes arrastraron la vista hacia el lugar de donde provenían y guardaron silencio. El flaco y anteojudo martillador estaba de pie, detrás del escritorio de madera; permaneció serio con el pequeño mazo en mano como un inspector de disciplina hasta que la audiencia se sentó. Satisfecho con el orden impuesto procedió a darles la bienvenida, a explicar el motivo de la reunión, la descripción de la propiedad en remate y el envite inicial. La falaz subasta debía ser expedita y ordenada. Las apuestas creíbles y recatadas. La última postura debía ser la de Caetano, quien sería el ganador indiscutible. Todos los concurrentes, amigotes pagados por él, estaban invitadas a celebrar la adquisición en la propiedad adjudicada; la cual desde ese momento llevaría el nombre de *Las parras del río sur*.

122

CAPÍTULO XI

APOPLEJÍA

En Concepción, la ciudad estudiantil, Marcela atendía su segundo año universitario de ingeniería en computación; pasión que compartía con Amparo, su única e íntima amiga y compañera de cuarto. Las jóvenes habían arrendado un estudio, donde apenas cabían las dos camas y los dos escritorios, diseñado para estudiantes que, como ellas, desaparecían los fines de semana para volver a sus hogares. La felicidad estudiantil salía de los ojos juveniles; fugaz responsabilidad repartida entre el estudio y la diversión. Lo atractivo e importante del hospedaje para los estudiantes como ellas era el rápido wifi, capaz de entrar en el universo de la informática para bajar y subir información nacional e internacional. Ambas chicas congeniaban más ahora que eran universitarias. Había veces que Amparo se turbaba por el amor y la atracción que sentía por Marcela; afectos recusados por el compañerismo y la amistad. Marcela profesaba la misma afinidad, pero en su mente pueril no cabía una pizca de malicia; su intención era leer, estudiar o pegarse a la internet.

Transcurría la vida de Marcela saltando de la U a su pequeño apartamento, de las aplicaciones de su computador a las de su teléfono móvil, de los libros a las redes de comunicación. Llevaba una vida estudiantil holgada; su única preocupación era obtener la excelencia académica que le había prometido a su tío Vicente. La rutina la interrumpía el fin de semana, dedicado a visitar a su familia y su amado campo; lo amaba tanto como a su familia. Su sueño era vivir como sus seres queridos. Las dos horas de viaje en autobús, metida en la lectura, de donde saltaban las letras como una red inalámbrica a su mochila llena de imaginación, no le molestaban. Sin embargo, ese fin de semana fatal para la familia Biscuña, permaneció en la ciudad «penquista», ajena a todo lo que ocurriría en la finca de su tío. Se había dejado convencer por su amiga a asistir a una fiesta de la facultad; la cual había sido un desastre para ella. Los chicos como abejorros alrededor de un panal se turnaban para invitarla a bailar, para comenzar una conversación, para invitarla a una bebida; insinuaciones evadidas con una sonrisa. Atraía a todo joven que percataba su belleza; ella siempre impasible a todo avance amoroso.

Con la aprensión en los trémulos dígitos, sosteniendo la copia del periódico de ese día lunes fúnebre, que cambiaría completamente la vida de su amiga, Amparo se acercó todavía indecisa a darle la noticia. Marcela barruntó de inmediato la mala noticia, no por el pálido semblante ni por el periódico oscilando en las manos de su amiga, sino porque tenía en su alma ese sexto sentido que da la humildad, la pureza y la honestidad. Pero jamás intuyó lo que encontraría en la primera página del diario. «FAMILIA BISCUÑA MUERE EN FATAL INCENDIO...», logró leer el titular y mirar a media página la fotografía de su familia, sacada en la última vendimia; todos sonriendo, todos contentos, incluso los trabajadores. Recordó precisamente esa imagen, todos felices porque la cosecha había sido benévola, porque el fruto del campo había resultado jugoso, porque el sudor de su madre y el de su tío no habían sido infructuosos. El fárrago de sentimientos no la dejó reaccionar, permaneció parada con el periódico entre sus manos, muda como una estatua; la blanca languidez de su rostro extenuó el brillo de sus ojos verdes, grandes y expresivos.

Amparo nunca había presenciado a alguien desfallecer de esa manera, temió que fuera a caer al piso, la tomó de un brazo y la llevó hasta la cama, como quien lleva a una niña exhausta hacia su lecho. Le quitó el diario de los crispados dedos, le quitó el calzado, la tendió, la arropó y la quedó mirando por un buen rato, sentada en la cama. Había salido a por leche a la pequeña tienda del barrio y se encontró con la foto del siniestro en la portada del periódico. Se preparaban para ir a la universidad, rutina que hacían juntas, así como muchas otras actividades. Sintió compasión por su amiga: sabía lo débil que era físicamente. Las lágrimas que corrieron por sus mejillas, se convirtieron en un quejido de ternura. Marcela entonces sufrió la parálisis cerebral. Tendida en el lecho parecía una persona comatosa. Era que sufría una apoplejía.

El miedo entró en Amparo al ver los bellos ojos de su amiga, abiertos y cimentados en la nada como un orate. El destello intelectual había desaparecido. ¿Qué hacer con ella? ¿Saldría del trance? ¿Se recuperaría? ¿Qué hacer mientras tanto? Ella no podía estar pegada a la cama. Claro que tenía que reportar a sus padres; no podía llevarla al hospital, era una responsabilidad muy grande. Quiso llorar de la impotencia. Ella era la única persona que la podía ayudar. Recordó cuando la visitó en el campo, cuando se recuperaba de la recaída, después del concurso «Señorita Concepción», tan frágil, tan débil, tan pálida, tan fuera de sí. Sí, tenía que llamar a sus padres inmediatamente, en ese momento recordó que Marcela tenía unos parientes en Santiago, también a ellos contactaría.

Después de hablar con su madre, Amparo buscó en la cartera de su amiga el teléfono celular; sí, allí estaba. Lo abrió presionando el pulgar de Marcela contra el botón central del aparato. Agobiada empezó a buscar el nombre de la tía que vivía en Santiago; en la lista de contactos repasaba los nombres en orden alfabético, segura de que al leerlo se acordaría. Belén, sí, así era, un nombre bíblico. Recordó que la llamaba tía Belén, que en realidad era la esposa de su tío político Antonio, hermano de la esposa de su tío verdadero, exactamente como Marcela se lo había explicado. (El vínculo había llegado a través de los compartimientos durante los veranos en la finca y las conversaciones telefónicas; la belleza y la inteligencia de Marcela había inspirado el cariño de los tíos políticos). Al terminar de poner al tanto a los familiares de Marcela, escuchó los pasos apresurados de su madre y el aullido de la ambulancia, tratando de estacionarse cerca del edificio de la calle donde vivían las chicas.

«Gracias a la Purísima Virgen de la Concepción», dijo la madre de Amparo cuando uno de los doctores encontró la ficha médica de Marcela. Sucedió que era la misma clínica donde hacía diez años se había internado con el colapso de uno de sus pulmones; coincidentemente el chofer de la ambulancia decidió llevarla a ese centro hospitalario porque era el más cercano. El antecedente que encontraron ayudaría a diagnosticar la razón del trance en que había caído. Al examinarla físicamente, se dieron cuenta de que su cuerpo se encontraba en perfectas condiciones, que su estado mental había sido restringido por el impacto causado por la muerte de su familia. Por lo tanto, había que acudir a la psiquiatría, que la paciente podía permanecer en la clínica, que ellos podían proveer a un profesional para que la tratara, que no existía ningún riesgo vital, o que bien podía ser tratada en casa, pero que no garantizaban su recuperación, porque todo dependía del ánimo de la enferma.

Antonio llegó a casa de la madre de Amparo varios días después del colapso de Marcela. Sintió compasión al verla prendida a una bolsa de suero, medio para mantener con vida aquel bello cuerpo, único recurso que la conectaba a esta realidad. Su mundo estaba en el cúmulo de recuerdos familiares, donde podía vivir serena. En ese instante, alejada del mundo real, recordaba su niñez, felices momentos en compañía de su abuelo y sus juguetes de madera. Para justificar su arresto emocional, rememoró su ingrato nacimiento, lleno de angustia y desesperación. Su imaginación no le permitió penetrar en la gestación, pero sentía el sabor salado del líquido, como el que entraba por sus venas. Luego volvió a la covacha de su niñez a continuar jugando, era preferible estar allí, se sentía tranquila, en paz, en armonía con todo lo que la rodeaba, ver a su abuelo con la cabeza gacha desarmando y armando los aparatos que le llevaban a reparar…

Escuchó la voz de su tío Antonio. Sí, era él; lo reconoció sin verlo. Sentía la presencia de todas las personas, de todos los objetos, los olores de la pieza, el resplandor que entraba por el ventanal y el murmullo distante de la calle. Era como si fuera parte de todo lo que se podía imaginar. La presencia del recién llegado le recordó a su madre. El recuerdo de su madre y la voz de su tío causaron la tribulación de aquellos ojos verdes, que se tornaron amarillos por la palidez de la tristeza. Las dos lágrimas se resbalaron internamente por el final de las comisuras. No debía llorar por la memoria de su madre y la de su tío Vicente, que tanto hizo por ella y que siempre fue como un padre, porque estaban en sus recuerdos, junto a sus hermanas y sus primos. No quiso continuar con esos pensamientos dolorosos, tampoco quiso salir del espacio donde estaba guarnecida; era mejor estar en su niñez con su abuelo laborando y ella traveseando por el piso y las paredes torcidas de la choza.

Escuchó la conversación salir del dormitorio: «La psiquiatra dijo que iba a depender de ella, que fue tanta la impresión…». Luego, enredada en las pisadas del pasillo, la voz de su tío dijo: «Yo me haré cargo de los gastos…», no terminó de oír porque Amparo entró y cerró la hoja de la puerta, puso el libro en una esquina del lecho y se sentó a su lado en una silla mecedora de madera. Sintió las cálidas manos de su amiga arropar su diestra, acto seguido, como si hablara con una chiquilla, musitó: «Tienes que recuperarte. Dice la doctora que posiblemente nos escuchas, que tu situación es momentánea, que todo va a depender de tu esfuerzo para recuperarte». Estaba determinada a ayudar a su amiga, sabía cómo penetrar en su fuerte carácter, capaz de desplazarse a otras realidades. Tomó el libro y empezó a leer en voz alta.

Los días se fueron encadenando en la tristeza, los eslabones se fueron convirtiendo en semanas de zozobra y los meses pasaban desesperanzados para las personas que cuidaban a Marcela. La niña tumbada en la cama se desvanecía, se extenuaba como un lirio sin un sorbo de agua, sin un rayo de luz, lánguida ternura sin deseos de seguir viviendo, marchita decepción de esta vida injusta. Nada hacía mella en aquel temperamento férreo, ni los mimos, ni los ruegos, ni los rezos, ni los llantos, ni las lecturas, ni el psicoanálisis, ni la confraternidad, ni la luz de la pieza, ni la oscuridad. Seguía encerrada en su psiquis. Las enfermeras ya estaban agotadas, las nanas no soportaban la limpieza, la psiquiatra ya había perdido la expectativa de una recuperación y quienes habían aceptado la responsabilidad de cuidarla buscaban una salida ecuánime.

Por allá, cuando todo parecía indicar que Marcela permanecería en su mundo irreal para siempre, cuando la esperanza de una recuperación desaparecía en el desvarío, cuando el deber y la obligación moral de sus allegados llegaba al límite, cuando los recursos de sus tíos comenzaban a menguar, cuando los cabecillas de la familia empezaban a cuchichear los desacuerdos en las esquinas del hogar, Amparo, armada de coraje y empujada por el vínculo del amor, iniciaría una nueva estrategia para activar a su amiga. Recordó las palabras de la psiquiatra: «Así como una fuerte impresión encerró el ánimo de la paciente en el estado de apoplejía, existe la posibilidad de que otro choque anímico pueda resquebrajar ese férreo temperamento de la chica». Ella también tenía que volver a su vida normal; no podía estar viajando tanto a casa de sus padres.

«Presta atención, porque yo sé que me escuchas; lo puedo ver en el color de tus ojos. Tus tíos ya no tienen plata para pagar los gastos de tu enfermedad, como bien sabes ellos tienen otras responsabilidades, y no es justo que se dediquen todo el tiempo a tu recuperación. Mamá está de acuerdo conmigo a que continúes aquí con nosotros el tiempo que sea necesario; pero papá se opone. Además, hay algo más serio por lo que debes dejar la cama, tienes que salir de tu trauma por el amor y por la memoria de tu familia desaparecida. Tu tío Antonio fue a Cabrero para hablar con tu hermana mayor, para ver si podía poner la propiedad a tu nombre; se le ocurrió que de alguna manera podía salvar la vendimia, que quedó intacta después del incendio, o vender la propiedad para costear tus gastos. Tu hermana no tiene ningún interés en lo que te sucede; es más, ni sabía lo del accidente…

»En Chillán tu tío se dio cuenta de muchas irregularidades de la propiedad y del incendio. No te quería decir nada, ni comentarte sobre este asunto porque yo pensé que te podía causar más daño; pero la doctora dice que un golpe fuerte te puede reanimar a salir de donde te encuentras recluida y darte ánimo a seguir viviendo. La propiedad ya fue vendida en subasta. ¡Imagínate que solo han pasado tres mes del accidente y ya se vendió! Lo extraño es que nadie se dio cuenta del remate; no apareció en los periódicos, no se informó al público, como lo dicta la ley. Cuando tu tío llegó al departamento de títulos de propiedades de la municipalidad, no encontró nada. Tu tío Antonio tiene todas las irregularidades anotadas; como se quedó unos días en la ciudad, descubrió, por ejemplo, que Carabineros nunca llegó a investigar, que nadie sabe que estás viva…

»Tienes que investigar lo que pasó realmente —pausó unos segundos la joven, en espera de una reacción, y a punto de rendirse—. Solamente tú puedes reclamar tus derechos, lo que te pertenece, tienes que encontrar la verdad tú misma, para tu bien y para los tuyos. Tu tío tiene la barrera de no ser de la familia, nadie lo va a escuchar, no tiene derecho a preguntar, a curiosear; ¡a ti te corresponde! Aprovecha la oportunidad del anonimato para averiguar si hubo mano criminal. El asunto no está claro. Además, y esto no te lo quería decir para no causarte más daño, acusaron a tu familia de ser distribuidores de drogas y estupefacientes. Yo te puedo ayudar en todo lo que pueda. Hazlo por mí, por nuestra amistad, por los momentos felices que pasamos juntas, por nuestro amor, por el tiempo agradable que compartimos con tus familiares, por el campo que tanto amas. Despierta porque si no lo haces te vas a llevar parte de mí.

Mientras Amparo recitaba la letanía, lloraba con melancólica y fraternal entonación. Asida de la escuálida mano de su amiga, postrada en el lecho, la acariciaba con ternura infantil. Por la estrecha ventana entornada de la apesarada pieza, entraba una porción del deslumbrante cielo. La disparatada escena: el abatido ser desintegrándose entre las sábanas blancas y la otra persona en penitencia, rogando desconsoladamente, partía el corazón. Las lágrimas de Amparo descendieron gota a gota, como bajaba el suero medicinal que penetraba en la amoratada vena, haciendo un triste contraste con la voluntad indómita de Marcela. El sabor acerbo del encierro y el hedor juvenil de la inacción forcejeaban con los rayos solares, ofreciendo una cálida esperanza, una frondosa salida, una hermosa cofradía.

Amparo sintió la leve presión, una parva indicación, un minúsculo movimiento de la mano oprimida. ¿Comenzaba a despertar aquel decrépito cuerpo de la prolongada inconsciencia?, ¿terminaba el letargo?; o quizá era su imaginación jugando con su ferviente deseo de ver a su amiga recuperada. No era una treta; era la realidad. Las letanías, los ruegos, las plegarias surtían el efecto deseado. La mano de Marcela movió los decrépitos dedos, sus grandes y abatidos ojos parpadearon y de su boca salió la palabra «agua», tan débil como un suspiro. La amiga acata la orden de inmediato: se abalanzó a la cocina y trajo un recipiente de cristal rebosante del preciado líquido. La enferma cerró los cegatos ojos.

Levantó el torso de su amiga, la sostuvo por la espalda con su trémulo brazo, le dio de beber, callada sin saber qué decir. Las blancas sábanas se deslizaron por el cenceño cuerpo, delicado como el cristal, apagado por la falta de calor humano. De uno de sus antebrazos, lívido por los pinchazos de la aguja, subía el cordón umbilical de plástico, conectado a una botella de alimento líquido. La joven daba más lástima que la Piedad. Después del exiguo sorbo, salieran de los grandes ojos secos y marchitos dos chispazos de lucero matutino, pero no fueron de alegría, no fueron de esperanza, no fueron de amor, no fueron de congoja; llevaban una carga de odio, unos dardos de rencor, un cúmulo de repudio, una llamarada de ponzoña. El infinito resentimiento se desvaneció cuando Marcela formó el remedo de una sonrisa con sus labios resecos y los hoyuelos de sus flácidas mejillas. Luego volvió a caer en el ensueño.

Cuando despertó, después de varias horas, se vio rodeada de las personas que la cuidaban. Reconoció la voz de la doctora cuando daba indicaciones sobre la dieta a seguir para mejorar físicamente. Logró escuchar que en caso de reincidir había una probabilidad muy alta de quedar en coma para siempre. «Todo está en tus manos, mi amor», dijo cariñosamente, inclinándose para tocarle la frente con el envés de la mano. Las primeras frases de Marcela, todavía tan desnutrida, fueron de agradecimiento para Amparo, su familia y para las nanas que la habían asistido en su mal. A la psiquiatra le prometió no volver a recaer y llevar la dieta a cabalidad. Como inyectada con una vitamina anímica, se comenzaría a restablecer rápidamente, segura de sí misma y ávida por accionar.

Antonio se presentó dos días después de la revivificación de su sobrina política. Amparo no fue capaz de cambiar la opinión de Marcela de ir a vivir con sus tíos a Santiago. Mirándole a la cara le prometió visitarla frecuentemente, mantenerse en contacto, volver durante las Navidades, fiestas y feriados; promesas vanas porque con anterioridad había decidido mantenerse alejada de su amiga, ella no estaba en sus planes. Su mente obsesionada ya no tendría reparo, no deseaba involucrar a su amiga en su afán, no sabía contra qué fuerza maligna se enfrentaría. Lo único que sabía era que para su empresa, nombre que le convenía utilizar para realizar su venganza, debía tratar ese corrosivo sentimiento como un negocio para mantener el control.

Deducía que la perversidad a la que se enfrentaría era poderosa. Manipular la venta y la compra de una propiedad como la de su tío Vicente requería mucho empeño, dinero e influencia. Como en todo emprendimiento, el dinero es la energía que impulsa todo propósito, la meta de Marcela no era la excepción. En ese momento, todavía en casa de los padres de Amparo y a punto de ser dada de alta, no tenía una idea de dónde obtendría la plata. Lo poco que tenía ni lo podía llevar: libros, un estante, una mesa, la cama de una plaza y la ropa, porque sería más el costo del flete que el valor real de los objetos. En el pequeño inventario que hacía mentalmente figuraba la mesada que no logró gastar y los ahorros estudiantiles. El computador portátil y el teléfono móvil no eran parte del recuento, eran parte de ella, sin ellos no podía vivir. No importaba, se enfrentaría con las manos vacías; así, la satisfacción del éxito sería placentera.

Mientras se recuperaba invertiría el tiempo en discernir, porque su mente nunca dejó de funcionar, tal cual un ordenador en reposo durante el coma. Las ausencias de Amparo y las de su familia las aprovechaba leyendo, a hurtadillas como si se tratara de un material pornográfico, los periódicos que hablaban de la tragedia de su familia, coleccionados por su amiga, incluso la patraña sobre los narcóticos. Esta vez, sin embargo, mientras leía y miraba las imágenes claras, como las vio por vez primera, no corrieron por su espina dorsal, ni lograron congelarla; dominó el odio y el reproche con una dosis de raciocinio, combustible imprescindible para mantenerse en control. Debía poner en su mente toda la escena de la tragedia, para eso contaba con la nueva realidad tecnológica: ¡todo queda registrado en las redes informáticas!

Después de analizar los hábitos de su madre y los de su tío Vicente, concluyó sin duda alguna que no había negligencia ni descuido, como mencionaban los medios de comunicación. Su ausencia durante el incendio nunca se encontró, es decir, el examen anatómico de los cuerpos calcinados había sido ordinario, como si hubieran tenido prisa por terminar, como si hubieran tratando de ocultar algo. Ella no existía. La ausencia del personal de Carabineros no concordaba con una catástrofe de tal naturaleza. Ya tenía dos cabos para comenzar a tejer su propia indagación: el reporte policial y el dueño actual de lo que fue *Las vides del Carmen*. Mientras repasaba los hechos, también ejercitaba sus emociones; restringiéndolas y controlándolas, eran una mercadería que debía mantener en buenas condiciones.

Miró en la pantalla de su mente la jauría de perros, que con tanto anhelo y devoción cuidaba, porque ella misma encontró algunos vagando por las calles perdidas de la urbe «penquista» y los llevó al campo, donde correspondían, donde la libertad corre hacia todas las direcciones. Les construyó con sus propias manos enguantadas, usando el ingenio campesino, la caseta donde dormían anudados, y que ningún reportaje los mencionaba ni vivos ni muertos; era como si nunca hubieran existido. Ese detalle, que para ella era una prueba más, y que se debía agregar a su lista, no se podía escapar: los caninos hubieran detectado cualquier anomalía esa noche traicionera. Contaba con la lealtad de los animales; jamás habrían huido ante tal peligro. Quiso llorar, pero ingirió otra porción de la amarga medicina; endulzada con la esperanza de encontrar al causante o causantes de tanto dolor, algo así como la comida agridulce que al final es sabrosa.

En la capital del país había mucha fortuna; tenía que encontrarla de cualquier manera. Dinero era lo que necesitaba para el emprendimiento de su proyecto. No lograba visualizar la manera de generar guita, ya se le ocurriría alguna manera: «En el camino se acomodan los melones», pensó en el adagio campesino, ya casi olvidado. Ese pensamiento le trajo el hecho de que en la gran urbe iba a perder su independencia. La vida autómata de Santiago digeriría su autonomía, la inmensa maquinaria cosmopolita destruiría su cándido espíritu liberal, sería un diente más del inmensurable engranaje, moviéndose a hacia todas direcciones y a la vez hacia ningún lado. Los dados ya estaban tirados sobre el tapete verde de la vida, estaban trucados, ella había perdido. Pero ¡qué más podía perder si su existencia ya estaba comprometida!

Debía aprender a subsistir en la bastedad, en el desasosiego, en el insomnio, en los oídos sordos, en la rutina de la urbe. Era cierto que viviendo en Concepción, ciudad

133

creciente cada día más, se había contaminado un poco con el aturdimiento, el vaivén, el rumor y la celeridad del tiempo; sin embargo, esa exposición había pasado desapercibida.

Su rutina siempre había sido de la universidad a su pieza a estudiar, a leer, a reposar en su mundo irreal, mientras esperaba la primera ocasión para saltar al campo. Su pensamiento siempre había estado en la finca. Ese día fatídico, que una vez odió, pero ahora se volvía a su favor, había sido una excepción. Sus planes siempre habían estado en la campiña, su ideal era la libertad que da la tierra de labranza, sus modelos eran su abuelo Vicente, su madre y su tío, labradores empecinados en producir lo que ofrece la bendita tierra. Toda su idiosincrasia, convertida ahora en una ilusión, debía erradicarla, sacarla de sus entrañas. La objetividad y el pragmatismo serían sus normas. El adiestramiento era la clave para gobernar sus emociones y para educar su mente: todo acto disciplinario requiere ejercicio como un músculo.

Pensó en cambiar su identidad, no sería una tarea complicada, porque su verdad era otra. La calamidad que había sufrido su familia había despedazado su ser, ahora era cuestión de volverlo a armar, como un rompecabezas de mil piezas, pero con la ventaja de tener una imagen diferente. Solo ella determinaría la distancia y el tiempo de la aventura que comenzaba a trazar. Su juventud, su belleza y sus conocimientos era lo que llevaba a Santiago. La promesa de sus tíos de ayudarla a comenzar una nueva vida no le ajustaba; pero de alguna manera tenía que empezar. Él no era una persona adinerada; es más, el parentesco no era sanguíneo. ¿Cuánto tiempo tardaría en romperse ese vínculo? Ellos tenían hijos que mantener, era la prioridad de ellos, la asistencia que su tío Antonio le había dado era en memoria de su tío Vicente.

Ya recuperada Marcela, esbelta belleza de inmensos ojos consternados, partía en la zozobra de lo desconocido, sino impredecible de promesas vacías. El vínculo de amistad con Amparo terminaría lleno de esperanzas falsas y con un último beso fraternal.

134

Lo que sí quedó muy claro en tan impasible despedida fue su inmenso agradecimiento. Afuera, el impaciente automóvil esperaba listo para salvar la distancia de tan alejada ciudad, con la boca hambrienta, dispuesta a triturar a cualquier individuo que osara entrar entre sus fríos y acerados colmillos. En esa corriente indiferente de seres, en esa carrera alocada de almas, en ese sórdido péndulo de gentes, en esa sarcástica caterva se perdería ella. Lo sabía, lo aceptaba …

CAPÍTULO XII

LA *ESCORT*

La tía Belén tenía su almacén de cosmetología en La Plaza Comercial Alameida de Santiago. Había crecido tanto que necesitaba cinco empleadas para atenderlo. Luego abrió el salón de belleza, adyacente al negocio de cosméticos, con seis sillones arrendados por trabajadores sin contrato, pero cada uno de ellos contaba con una sólida cartera de clientes. Ella era de esas personas encantadoras en el trato con los demás. La delicadeza, el cariño, la amabilidad y el respeto por su clientela era el fundamento de su éxito. A sus empleadas las llamaba «niñas» o «chiquillas», a Marcela desde que llegó a vivir a su casa le comenzó a decir «Marcelita»; jamás tuteaba a sus clientes. La única regla del negocio era la consideración. En ambos locales había una atmósfera de camaradería y jovialidad. Sabía con naturalidad la manera de aumentar la belleza mujeril. Su instinto como el de un escultor le indicaba cómo y dónde cincelar para mejorar el cutis usando los productos que vendía. Como un experimentado pintor combinaba los colores para exaltar y embellecer los ojos femeninos. Sus concejos para avivar el cabello de mujer y su gusto para armonizarlo con el atuendo, según la ocasión y el evento a asistir, siempre eran acertados.

«Ay, Marcelita, mi amor, pero que decaída y pálida se ve, venga, mírese en el espejo», sentenció un día la tía Belén. Era verdad. La joven todavía tenía la cara larga por la pena, el dolor y la congoja. Para animarla, la sentó en una de las butacas de su casa. Entonces comenzó a jugar con el cabello largo y lacio de la chica; el champú que aplicó lo volvió terso y revivió el color natural, de manera que, al cambiar de posición, resplandecía con la llamarada de un trigal maduro. A continuación procedió a cortar las puntas achicharradas por el estrés, la fatiga nerviosa, la tensión, hasta emparejar la amarilla cascada, que se aquietaba bajo la altura de los delicados omóplatos. Reanimó los grandes ojos verdes corriendo el lápiz negro por la base de las pestañas, y engrosó estas con rímel; en contraste aplicó una tenue capa de cosmético esmeralda en los párpados superiores. Los arcos ciliares no necesitaban decoración: el color natural de los vellos arqueados extendían el fulgurante primor de las dos fuentes luminarias. Las cremas y los polvos se los aplicó en el lozano cutis de la faz para encubrir las atenuadas pecas, diciéndole que todavía parecía una gatita. La joven se dejó llevar por el afán de la tía, sin resistencia ni oposición, sino más bien aprendiendo de la situación.

La llevó al comercio y le compró ropa, mucha ropa interior, zapatos y otras prendas de guarnición. Marcela obedecía sin objeciones, tal si fuera una niña alistándose para ir al colegio por vez primera, y callada se medía los atuendos. La incomodidad venía de la muchedumbre deambulando por la calles, saltando de un local comercial a otro, gritando por el teléfono móvil, empujándose para hacerse paso, jugando malabares con las bolsas de compras. Tenía que acostumbrarse al bullicio, a los atropellos, al estrés, al tráfico, a la inseguridad, a la violencia de la metrópoli; era parte de la inmolación. En Concepción no había sentido tanta confusión debido al relajamiento de los recesos campestres de los fines de semana; además, aparte de no salir, sabía que era una estadía pasajera. Debía tener paciencia para desarrollar sus habilidades sociales. Tenía que desarrollar uno de los tentáculos de la supervivencia: la adaptabilidad. Su tía le estaba proporcionando una oportunidad para empezar una nueva vida; quejarse sería una ingratitud.

«Vámonos, Marcelita», dijo la tía, después de ataviarla a su capricho. Saltaron al auto: se hacía tarde. Los tacos, los cuellos de botella y las largas filas de tráfico comenzarían a presionar el Gran Santiago. Partían de la distante casa de los tíos, en uno de los desarrollos habitacionales llamados satélites, ubicado en las afueras de la capital.

La hora de camino para llegar al centro se triplicaba una vez que los engranajes se atascaba en la circulación de los vehículos de la hora pico. Solo los atrevidos, a los que no les importaba invertir dos o tres horas diarias viajando, vivían en esas remotas circunstancias. Mientras se desplazaban hacia la ciudad, Marcela atisbaba la novedad de su realidad. Iba callada, mirando de vez en cuando las piruetas que hacía la conductora con el volante y los pedales. Escudriñaba el paisaje, las curvas, las calles. Sacó su teléfono móvil, abrió la brújula, y se orientó por los puntos cardinales.

Eran las primeras salidas desde que llegó a la inmensa urbe. Los rayos candentes del mediodía retorcían la amarilla atmósfera, percutían entre los altos edificios y distorsionaban el bullicio. El rugido de los motores de combustión interna dilataba la inmundicia. Cuando llegaron al destino, entraron al colosal edificio por la calle Valencia, y se metieron en la boca negra del amplio sótano. Un robot con dos largos brazos amarillos las detuvo, una voz automatizada les dio la bienvenida, abrió la boca y con la lengua entregó una tarjeta con la hora de entrada, subió la barrera; luego dijo algo que la tía no escuchó porque subía la ventanilla. Recorrieron despacio los estrechos pasadizos, formados por interminables filas de vehículos sin conductor, sin movimiento, durante varios minutos hasta encontrar estacionamiento.

Caminaron hacia el ascensor del subterráneo, ahí esperaron unos minutos, otras personas se arrimaron, llegó el aparato, entraron, y la tía pinchó un botón. Durante el camino ascendente, el elevador abría y cerraba las puertas en cada piso como un pizpireto acordeón; los pasajeros salían y entraban, así como la algazara, hasta alcanzar la octava planta. El estrépito de las pisadas, las conversaciones de los clientes, las voces sueltas, el mercadeo y la perorata, que salía de los parlantes de los anuncios publicitarios, corrían por los pasillos atestados de personas, desplazándose como una fenomenal voluta sin dirección aparente. «Tiene que alzar la cabeza, caminar segura y con pisadas fuertes, sin

138

hacer contacto visual con nadie, que la miren a usted», instruía la tía, adquiriendo la postura que comandaba. Marcela seguía las instrucciones, tenía que confiar en alguien si quería continuar con sus planes; además, estaba en lo cierto. Las miradas curiosas, lascivas y contemplativas se enredaban en su adorable rostro, en su atractivo cuerpo, en las esbeltas piernas de coquetas pisadas.

Entraron al negocio por la peluquería llena de clientes: los que se encontraban sentados en las butacas giratorias, cubiertos con mantos negros desde el cuello hasta los pies, parecían monjes en penitencia, y los que esperaban turno, impacientes en los cómodos sillones, trataban de acortar el tiempo jugando con sus teléfonos móviles. El silbido de las tijeradas y el siseo de las afeitadoras eléctricas se enlazaban con la música y los triviales coloquios de los peluqueros. «Hola, Fer, ¿cómo sigue tu madre?», dijo Belén, levantando la voz sobre la música a medio volumen. Se refería al joven estilista con el cabello anaranjado; las raíces crecidas y negras marchitaban la corona rizada, el pequeño tatuaje alrededor del cuello y la oreja decorada con un aro de plata terminaban de adornar su testa. El aludido se volteo, suspendió su labor y, levantando la voz más estridente que la bachata, dijo: «Hola, querida —se acercó y la besuqueó—, mamá ya está mejor. ¡Ay!, eres un primor al acordarte de ella». Los demás empleados vieron a la dueña haciendo rebotar las miradas en los espejos de vestir, cubriendo las paredes del local y multiplicando las imágenes, y la saludaron también. Acto seguido los presentes posaron sus miradas, directa o indirectamente, en la figura de Marcela, pero solo el llamado Fer se atrevió a exclamar: «¡Dios mío, qué belleza!».

Belén pronunció el diminutivo de Marcela para introducirla como una nueva empleada. La mujer rechoncha de delantal negro y largo como el de los clientes en las butacas la saludó, mientras se acercaba a las dos damas con las cabezas metidas en sendos cascos. Las otras chicas, sin cesar sus actividades, levantaron el brazo con tijera en mano como señal de bienvenida. Mientras tanto, el guapo se acercó a la ninfa, la tomó de las manos, abrió sus brazos en abanico para mirarla por unos segundos y, extasiado, preguntó: «¿De dónde sacaste esta belleza?». Después de la indagación, se aproximó a Marcela, la besó en un cachete y la soltó. Enseguida de salir del asombro, que salió de los ojos parpadeantes y de las gesticulaciones femeninas con los brazos, vuelve a proferir: «¡Cómo salida de una revista de modelos!». La tía no responde; lo conoce y sabe lo zalamero que es. Empero, es sincero el joven. Además, no le interesa decir que es de la familia, es parte de su plan. Callada toma de la mano a su sobrina política y la hace seguir hasta la puerta de vidrio, para entrar al almacén de cosméticos.

La tienda de productos de cosmología era más amplia y grande en comparación con el salón de belleza. Las cinco chiquillas, corriendo detrás de las dos vitrinas ordenadas en ele, no daban abasto a la clientela. Los altos estantes, arrimados a las paredes, parecían decoraciones por el orden y la diversidad de los productos. El típico tañido de la caja registradora al abrirse y cerrarse no cesaba. Los marchantes, la mayoría mujeres, se apiñaban por los escaparates, vociferando y señalando lo que querían comprar. No era Navidad o día feriado; era un día cualquiera, era cuando había plata para derrochar en vanidad. No vieron llegar a la dueña del local, la cual se unió a despachar con la misma precisión, agilidad y naturalidad que las dependientas. Marcela se unió a la turba para tratar de ayudar en lo que podía: recogiendo un artículo caído, acomodando un bote de cosmético, imponiendo el orden de atención de la clientela de acuerdo a la llegada, dirigiéndose a ellos con refinamiento, amabilidad y delicadeza, tal como lo hacía la tía.

Cuando la marejada de compradores se fue calmando, porque habían llegado al comienzo de la hora pico, es decir, en el momento en que la fuerza laboral terminaba y aprovechaba para mercar, hizo la presentación de la nueva empleada. Las tiendas de la tía eran las últimas en abrir y cerraba a la par del centro comercial; el horario de tarde noche también le aseguraba evadir el pesado tráfico de la capital, donde vive la mitad de la población del país. Las chiquillas entusiasmadas y perplejas por la belleza de Marcela se acercaron una tras otra para recibirla como se acostumbra; con un beso en la mejilla y dando su nombre. La última joven se aproximó reticente, desdeñosa, fatua; tenía una belleza incierta, denotada en el exceso de guarnición y afeites. Al aproximarse, Marcela percibió el destello de envidia.

Marcela hace un esfuerzo para no llorar, para esconder su pena. Empieza a concebir el ambiente en que se desenvolverá. Tiene que ser valiente, estoica, no le queda otro remedio. Compara la conmoción que acaba de experimentar con la apacible vida silvestre de antaño. No pierde la esperanza de aceptar su realidad. Saca la mirada por los ventanales y por las puertas abiertas de par en par. La caterva de compradores se ha marchado, el local ha quedado desierto. Distante por los pasillos escucha las instrucciones por los altoparlantes, mezcladas con las pisadas presurosas y las voces sueltas de los rezagados, de apresurarse a las salidas, porque los accesos al *mall* se cerrarán en pocos minutos. Las empleadas, vistiendo uniforme azul, se preparan a volver a sus casas. En la barbería el ufano joven que la besó con ímpetu barre los restos del cabello cortado; es el encargado de cerrar y acomodar los utensilios. La rutina se repetirá el siguiente día, ella lo sabe, es la vida en la gran ciudad.

Al compás de los días, Marcela se va acercando a sus colegas; las va conociendo entre vanas conversaciones impuestas por la diligencia, todas contentas con sus labores. Inexorablemente va haciendo amistad con el joven estrafalario del salón de belleza; siente su ingenuidad, oculta con los atuendos, su veracidad, su cariño genuino, su lealtad. Cuando la cuestionan, explica que viene de Concepción, que estaba viviendo allá, que ha llegado a la capital en busca de un mejor futuro; ese argumento y la seriedad de sus palabras bastan para satisfacer la curiosidad. Mientras se acostumbra al trajín de la ciudad,

141

a los antifaces de las multitudes, a la huera persecución de caudal, se vuelve aséptica, impasible, estoica. En poco tiempo aprende el nombre y el precio de todos los productos de belleza. El primer cambio que le sugiere a su tía es abolir el uniforme de las dependientas: «Así se ahorrará ese gasto, nosotras nos veremos mejor vestidas y los clientes se sentirán más a gusto; además, podremos lucir mejor los cosméticos que están a la venta en el local». Luego de familiarizarse con su rutina y aceptar la sordidez de la ciudad, hará la propuesta más sustancial y trascendental para mejorar las ventas: tecnificar el establecimiento.

A la tía, reticente al cambio como toda persona sensata, no le complace la idea de poner todo el inventario y actividades de las tiendas electrónicamente. Empero, al comentar con los otros propietarios de las tiendas vecinas sobre la idea, se da cuenta de que es la única sin este avance tecnológico. Cuando cambia de actitud, le da carta blanca a la chica para comprar y hacer lo necesario para el proyecto. El gasto de la instalación del wifi es poco, la carga viene todos los meses disfrazada de gastos de consumo y otros, comparado al alto precio de los procesadores de datos. La joven le ahorra a su tía los gastos de instalación del equipo computacional, el tedioso y largo proceso de copiar en el sistema toda la información del inventario y el mantenimiento de la contabilidad. La ganancia de la inversión se comienza a notar en la rapidez para encontrar los artículos y en la eficacia para llenar y hacer pedidos. Lo más concreto y tangible es cuando llega la fecha para declarar los impuestos internos; ya no necesita al contador, su sobrina los ejecuta. Tanto se entusiasma la tía que termina aprendiendo a usar las aplicaciones de los inventarios y la contabilidad.

Se acostumbra a la ciudad infinita y monótona y a su trivial trabajo poco remunerado. Anda a la expectativa de otras actividades. Su tío Antonio le enseña a conducir. Las primeras piruetas en el volante y los pedales circulan por la comuna satelital con poco tráfico, luego se desplazan por el centro de la ciudad. El dinero que ha ahorrado y el aval de su tía le permite comprar su primer automóvil a crédito. Es necesario para moverse de un lugar a otro, es parte de su plan, también debe aprender a manejar en carretera para ir a Chillán, a investigar quién está detrás del incendio donde murieron sus seres queridos. Para esa tarea requiere dinero, mucho dinero, para sonsacar, para obtener información, para desplazarse, para sus gastos personales mientras hace la pesquisa. Se alienta saber que el tiempo enfría las circunstancias, dando así confianza y seguridad al perpetrador o a los perpetradores, la sorpresa está de su parte.

Cuando es nombrada supervisora de los establecimientos de su tía, hay un descontento por parte de dos de las dependientas, aduciendo que ese privilegio les corresponde por antigüedad en el trabajo. Ante la renuencia de la dueña; las jovencitas renuncian a sus trabajos. Amenazan a la tía con llevarla a los tribunales si no paga la indemnización. Antes de llegar a los tribunales de trabajo, las jóvenes disconformes reciben lo que exige la ley. «Es mejor perder un poco de plata, total esta va y viene, que tener dos empleadas resentidas, celosas, que hasta te pueden meter en un lío mayor», dice la tía cuando desembolsa el dinero. El negocio no tiene consecuencias; al contrario, las ventas mejoran y la cantidad de clientes del salón de belleza aumenta.

Marcela entrevista una docena de jovencitas para las vacantes. Las que contrata tienen belleza, inteligencia y buen gusto para vestir y maquillarse. Como muñequitas de aparador se ven en la tienda. Les enseña la postura con los clientes, lo que deben decir de los productos a la venta, el precio de la mercadería... Actúa de la misma manera que a ella le aleccionaron. «Es una relación a largo plazo con la clientela, la persona que venga a comprar por vez primera debe regresar, si no está satisfecha con el artículo, hay que cambiárselo, siempre que traiga la boleta de compra», palabras de su tía cuando la entrenaba. Se ha ganado el respeto y la admiración de todos las empleadas. Su tía le ha legado la confianza para administrar los negocios. Se siente útil desempeñando su nuevo papel; empero no está satisfecha.

El cariño de sus tíos y la camaradería de Fer, que de vez en cuando se sumergen en triviales conversaciones, haciéndola reír, no es capaz de llenar el vacío que ha quedado en su alma, es casi imposible. El temor la acecha cada vez que llega un antídoto para el veneno que ha macerado su alma. El resentimiento, el odio, la represalia son criaturas ominosas capaces de conturbar a cualquier ser humano; son las que rigen su existencia. Es durante la noche cuando le llegan los lóbregos pensamientos al recordar su vida pasada; cuando su alma se llenaba de alegría y amor al compás de las vides, las montañas, los nevados, la libertad del campo y su familia. El anhelo de la venganza la maltrata: ¡ho lívidas reflexiones! Estruja las sábanas blancas hasta dañarse con el arma de la impotencia. La incertidumbre y el desaliento de no saber, de no encontrar una explicación del terrible ¿accidente? la desvela. Se va tranquilizando cuando llega la esperanza a su corazón empedernido, ese rayo de luz que sale al saber que ella puede descubrir la verdad, pero ¿cómo? Otra vez la pared, ese muro que solamente se puede escalar con el bendito peculio. Busca en su imaginación ese entresijo; seguro que lo encontrará. Finalmente cierra los párpados de la imaginación y se queda dormida de cansancio.

A pesar de haber truncado sus estudios universitarios, la joven continua estudiando la tecnología cibernética, su pasión y única entretención, navegando el vasto océano de información creado por la internet. Por ese tiempo ha adquirido un moderno equipo de computación portátil y un teléfono celular último modelo. Aprende tres lenguajes de programación con la ayuda del diccionario inglés-español y con lo que le dicta su lógica. Todavía no hay buenos textos en español sobre este sujeto; las traducciones que ofrecen las grandes plataformas son imprecisas, incoherentes, torpes. En su tiempo libre crea ciertos juegos digitales y algunas aplicaciones, intencionados a generar más dinero, pero no la satisfacen, piensa que a nadie le interesará. Entonces desarrolla un algoritmo para penetrar la seguridad de los wifi; el pequeño robot queda rudimentario, pero la entusiasma. Pasa mucho tiempo perfeccionando su invento hasta volverlo fiable y veloz. Durante ese tiempo, ausente de ella misma, apenas logra cumplir con sus responsabilidades en el trabajo. En casa se concentra tanto en el computador que su tía, sin entender lo que sucede le dice: «Niña, tiene que distraerse, vaya al cine con Carlos y Antonia. La pasan invitando a salir y nunca tiene tiempo». No responde, calla y continúa pinchando teclas. Espía la actividad de los vecinos en las redes de la internet, entrando por la falsa ventana de la wifi, usando su programa computacional. Cuando respira satisfecha, ya ha desarrollado a la perfección su juguete, vuelve a actuar normalmente.

Cierto día entra en conversación con una de las nuevas empleadas de la tienda; adulándola sobre la calidad de los atuendos que lleva. Marcela sabe que la niña no puede costearse la ropa que viste con el salario de la tienda; razón que generó su curiosidad. Ella también viste con esmero pero con recato, sin gastar mucho dinero; no le alcanza para comprar esa clase de prendas. La chica le cuenta que tiene otro trabajo, donde se requiere vestir con elegancia. Las horas de trabajo para ella son muy pocas, usualmente los sábados por la tarde hasta ya muy entrada la noche. La competencia es acérrima porque se gana bien. «A usted le darían mucha pega, señorita Marcela, usted sabe cómo tratar a la gente, es segura de sí misma y es muy elegante y atractiva», explica la joven.

La tarjeta de negocios decía: «SERVICIOS ESCORT EXPRESS / Tenemos un servicio expedito y seguro / Acompañantes a cualquier lugar del país / Disponible todos los días de la semana / serviciosescortexpress.cl Tel. 569 9000 0009». Marcela marcó segura el número telefónico del servicio *escort*; una voz muy amable de mujer contestó y preguntó qué deseaba. Servir, servir y servir era la directriz de la agencia, eso lo sabría

145

después, ya trabajando, porque la emplearon de inmediato. Lo que más le interesaba a la entrevistadora era si tenía automóvil para desplazarse por la inmensa urbe. Tal como se lo había dicho la trabajadora de su tía, no necesitó referencias ni recomendaciones, su belleza y su desenvoltura era su *curriculum vitae* para laborar en la «agencia». Nombre con el que se referirían el personal y la jefa, que, aunque tenía a legalidad todo los requisitos para desempeñarse como una compañía de servicios sociales, había un dejo cortesano.

La alongada tarde expira en sinfonía de arreboles de distintas tonalidades, contrastando con las plúmbeas y moribundas nubes, deshaciéndose por el infinito firmamento, pintando una noche clara y decorada con luceros, estrellas y la musa celestial del anochecer. Los resplandores espejados por el océano de infinita calma se van perdiendo en la plenitud del horizonte. Para complementar el alegórico anochecer, una incesante racha fresca bajaba de los imponentes Andes, avivando el follaje de los estoicos árboles, difuminando el bochorno del mediodía. El engranaje de vehículos rodando a vuelta de rueda, atascándose de vez en cuando en las amplias bocacalles de los bulevares y las estrechas callejuelas de la urbe cosmopolita, se va destrabando al despertar de las luces artificiales. Es uno de esos vivarachos atardeceres santiaguinos con destellos veraniegos que poca gente puede apreciar.

Marcela encendió el auto, mancornó su teléfono celular con los parlantes, indicó al GPS de la aplicación la dirección y siguió las instrucciones de la voz automatizada. Partía cuando los últimos destellos del meteoro se esfumaban, fenómeno que ella tampoco logró apreciar por estar entretenida en el espejo, efectuando los últimos retoques en su felina faz, atenuando con cremas sus pecas de querubín. Los anteojos de aros grandes y redondos le daban un aire de aparente madurez. El cabello largo y ondulado, que su amigo el peluquero tardó horas en decorar, le daba un aspecto femenino. La gran cartera de oscura tonalidad, haciendo juego con los zapatos, emitía seriedad. El vestido gris le otorgaba un aire de discreción y profesionalismo. Se dirigía hacia la apartada comuna Las Condes, cruzando toda la ciudad, que se recogía a descansar después de la agitada semana de labor. Las calles despejadas y oscuras se preparaban a recibir los «choros parranderos santiaguinos» de la medianoche.

Entró al hotel, estudiado con anterioridad a través de los mapas de la red social, desde que le asignaron la tarea, por el estacionamiento medio desierto, medio alumbrado. Subió hasta el primer piso y caminó por el amplio vestíbulo, encerrado entre pilares de mármol de color esmeralda y las paredes de vidrio temperado, mirando el patio, la pileta y las sombras de los jóvenes árboles. El repique de los tacones puntiagudos por las verdes baldosas, cuando buscaba el mostrador de la recepción, rebotaba por el pulcro corredor. Al llegar, se le aproximó uno de los empleados, el otro atendía a una pareja de viajeros, que la vio venir desde que se corrieron las puertas del ascensor, anonadado por la belleza y la elegancia de mujer. «Tengo una entrevista con el señor Böhr —miró el inmenso reloj de pared, faltaban quince minutos para las diez— a las diez; mi nombre es Ms. Marce. Voy a estar en la sala de espera», fue todo lo que dijo y se marchó. El joven no tuvo tiempo de reaccionar, de preguntar, de fisgonear.

Se arrellanó en uno de los sillones, sacó el aparato para hacer llamadas, que ahora es también un medio de entretención, se aisló de los escasos usuarios, pero pendiente allá en el fondo de los conserjes de recepción. Un listado de redes digitales apareció en la pantalla de su dispositivo, invitándola a entrar, siempre y cuando tuviera la llave de acceso. Pinchó el wifi de recepción, lo emparejó con su pequeño robot, este logró entrar con facilidad. Leía la poca información de los clientes cuando se percató de que el joven que la atendió se acercaba a ella, acompañado de un hombre de madura edad, vestido de elegancia ceremonial. El recepcionista no metió la nariz donde no le correspondía. La presentación fue corta, salieron ambos por el frente del hotel, donde los esperaba un auto de arriendo, y partieron entre las sombras de la ciudad y el mutismo de los pasajeros.

El señor Böhr no reparó tanto en Marcela, se hizo acompañar por ella porque era un requisito de la etiqueta, su mente estaba ocupada en sus atribulaciones. La convivencia se celebraba en honor a la apertura de la nueva mina Metal Puro. Él representaba a una firma minoritaria de accionistas de Suecia; su misión era aumentar la presencia y el capital en la minería del país; para eso debía cabildear al anfitrión de la fiesta y al Ministro de Minería, sentado este último durante la cena en uno de los cabezales de la mesa, junto a su bella esposa. Durante el banquete, Marcela se dio cuenta del interés de su acompañante por el Ministro, título político ignorado por ella. Después de cenar, Marcela se acerca a la esposa del ministro comentando sobre la elegancia de su indumentaria, tema irresistible para cualquier mujer en la plenitud de su madurez. Así entran en conversaciones banales, adulaciones y risas femeninas, descorchadas por las burbujas de la champaña. Marcela no bebe licor, la copa que sostiene en la mano contiene agua gasificada. Al escuchar las risotadas de mujer, se acercan curiosos sus acompañantes. Entonces el señor Böhr aprovecha la oportunidad para fijar un almuerzo de negocios con el Ministro.

La pareja retorna al hotel cuando la vida nocturna de Santiago empieza. Salen del automóvil arrendado en silencio como partieron. Él pide la llave de su habitación, solo hay un recepcionista, sube por las gradas, entra, se desviste, se asea su cuerpo, se acuesta, se duerme tranquilo, ya completó su finalidad. Mañana es otro día, ya lo tiene ganado. Mientras tanto, ella baja al estacionamiento, exactamente como subió al primer piso del hotel, toma su auto, sale del garaje, cruza nuevamente la capital inmensa, llega a su casa, estaciona su auto donde le corresponde, entra en puntillas para no despertar sospechas y se duerme. Así completa su primera misión como dama de compañía. Mañana es otro día, incierto.

148

CAPÍTULO XIII

LA LLEGADA DE CAETANO A CHILE

La estadía en Barcelona, más de un mes a la espera del buque carguero que los llevaría a América, sería un golpe de la realidad para el joven Caetano. Achacaba su mala suerte haberle hecho caso a su «amigo» Amadeo; se consoló recordando que ya había extendido la distancia de la escena del crimen. Seguro de que la justicia lo buscaba: era mejor largarse a otro continente. El rencor y el temor le dictaron que jamás volvería a pisar la tierra que lo vio nacer. (La realidad era otra: su padrastro no murió en el incendio; sin embargo, las autoridades compraron el señuelo y lo declararon muerto en el «accidente» infernal). Trabajar como jornalero no era su destino; él se forjaría su futuro a su manera y a su conveniencia en el yunque de la tenacidad. Tenía en su cabeza separarse de su acompañante en el momento apropiado.

La otra eventualidad fue el cambio de ruta marítima del navío carguero. Se suponía, según la información que tenía su acompañante, que zarparían directamente hacia la ecuménica Nueva York; travesía que duraba veinte días con buen tiempo. En esa ciudad aprovecharían el receso que tenían los «mozos de cubierta», como ellos, para visitar la ciudad mientras descargaban y cargaban mercadería. Entonces se perderían entre los ocho millones de habitantes y los edificios de la gran urbe para no volver al navío. Pero no fue así. La pesada embarcación surcó el Atlántico en diagonal siguiendo los paralelos, buscando la costa de Brasil; luego continuó rumbo sur hasta llegar a la fabulosa ciudad puerto Río de Janeiro. Cuando se dio cuenta del cambio, el joven Caetano estalló en cólera.

Mientras descargaban en el puerto carioca, los chicos descansaban de la fastidiosa rutina: limpiar la cubierta, servir la comida a la tripulación, desgrasar y lavar los utensilios de cocina. Miraban desde estribor la ponderosa operación de la grúa, bajando lentamente los embalajes en forma de celdas, cada uno con cinco lujosos automóviles. Distante, a un lado de la dársena, salía la algazara. Levantaron la mirada hasta encontrar el remolino de personas regateando el precio de los productos extraídos del mar en embarcaciones menores. Uno de los camaradas, que contemplaba extasiado la escena como ellos, les comentó que se prepararan para ver más extrañezas, porque había escuchado una plática entre el capitán de la nave y su número uno, mientras limpiaba el puente de mando, sobre la trayectoria del barco. Bajaría hasta la antártica, pasaría por el Cabo de Hornos y subiría por la costa chilena hasta arribar al sempiterno Valparaíso, donde cargaría frutas para Nueva York, pasando por el Canal de Panamá.

Cuando Caetano escuchó que era más de un mes para llegar al puerto destinado, puteo en su mente a toda la tripulación; ya estaba harto del mar. Logró ocultar su disgusto; no quería anunciar su arrebatada intriga: saltase estribor en el próximo atraque. A Amadeo le causó júbilo porque significaba más plata en dólares y al contado. A él no le importaba prevenir el futuro, su fuero impulsivo no se lo permitía, se acomodaba a las circunstancias de cualquier manera, siempre y cuando fueran para su beneficio. Esos destemples, suscitados por el miedo, instinto de protección que se trasmuta en egoísmo, petulancia y presunción, lo llevarían por caminos inescrutables. Conversaban en el camerino al rumor de la hélice y el quejido metálico de las bielas del potente motor diésel, empujando la nave con el compás apuntando el sur de Latinoamérica.

En Valparaíso la embarcación atracó en el muelle Prat, conveniente para cargar la mercancía, por el acceso directo a la carretera central del país. Era la temporada de la uva, la cereza, el durazno, la frutilla y la palta. Los feraces valles chilenos, intercalados a lo largo de Los Andes y el océano Pacífico, acopiaban el fruto sazón en cajas de madera de piño, de donde se propagaba un torrente de olores: lavanda, buqué, dulce, agridulce, confitado. La aromática ráfaga se extendía desde las fincas hasta las arcanas y mohosas plataformas portuarias; de ahí, la grúa del navío elevaba el fruto hasta entrar a los cuartos frigoríficos. Como el proceso era lento, porque el manejo de los cajones tenía que hacerse a lomo, el capitán aprovechaba los dos días que duraba el embarque para otorgar salida al puerto a la tripulación.

Estimulado por el aroma de los frutales, en especial el de las parras, inherente en sus neuronas, Caetano se perdió ese día soleado entre los vórtices de casas, circulando por los oteros, las pendientes, las bajadas y los rellanos que se forman cuando se suavizan las cuestas antes de llegar al gélido mar. La brisa marina acompañada por el viento decembrino reducía la recalcitrante intensidad solar. Se desprendió del corro de marineros para ir a comprar un helado en la tienda de allá, señaló; paupérrima excusa porque bien pudo adquirirlo mientras caminaban por las empinadas calles, pero la euforia de sus compañeros hizo desaparecer la irregularidad. La ciudad puerto le pareció irreal, pero no le prestó mucha atención, le urgía perderse entre la multitud transitando por las estrechas y antiguas avenidas, testigos de changos, conquistadores, aventureros, piratas, bucaneros, científicos y fugitivos como él. Además, un lugar donde se cultivaba la uva no debía ser tan malo para vivir.

Era imprescindible encontrar hospedaje en ese momento. Buscar trabajo y conocer el terreno que pisaba vendría después. Había un aire en la ciudad que le decía que estaba en el lugar indicado para rehacer su vida. Tenía suficiente dinero para vivir un par de meses. Compró uno de los periódicos locales en el primer quiosco que encontró, tal como lo venían haciendo cuando cruzaban la península, para buscar alojamiento, porque, de acuerdo a su «amigo», en las páginas se encuentra la verdadera ciudad, nítido reflejo de la comunidad, especialmente en la sección de clasificados. «Preguntando se llega a Roma», se dijo, repitiendo el antiguo adagio perdido en la memoria de la moderna y liberal sociedad actual. Llegó cansado y hambriento. Los obstinados rayos solares se estiraban por alta mar; envolvían con un aura amarilla los cerros poblados de asimétricas viviendas, pintadas de vivos colores.

La barrunta resultó cierta, aunque al principio fue negativa, porque la adusta mujer le dijo tajante que no tenía vacantes. Quiso encararla diciéndole: «Me cago en la hostia... ¿Por qué coño anunció el alquiler en el periódico?, si no hay nada disponible». Pero no, esa no era una buena estrategia. La noche se aproximaba, aunque arrastraba los pies por el estío, iba a llegar en cualquier momento, ya no tenía tiempo para encontrar otra posada. Haciendo pucheros y poniendo un tono de angustia a sus palabras rogó: «Con todo el respeto, señora, he caminao más de cinco kilómetros porque el periódico decía que hay vacantes, necesito pasar la noche en un lugar decente como el suyo. Por el amor de Dios, aunque sea solo por hoy». Cuando la mujer escuchó el acento español del chico, le pareció simpático, y curiosa le preguntó que de dónde era. El joven Caetano explicó que era español, que era marinero, que el barco lo había dejado, que se atrasó porque las cinco horas para recorrer el puerto se fueron volando, porque hay tanta belleza...

Hablaban en la entrada del hostal, separados por un gastado y voluminoso mostrador verde. Una de las sirvientas bajó apresurada por las gradas, a un lado del pesado mueble, e interrumpió la conversación. La dueña le ordenó algo que el chaval no entendió y se perdió por donde llegó. En el jardín interior, encuadrado por los corredores de la centenaria construcción, los rosales, los helechos, las camelias, los frutales y los arbustos de decoración se enmarañaban con los verdes aromas. Las enredaderas de hojitas aovadas subían por los gruesos pilares y cubrían los pretiles del segundo piso. El sabor salado de la antigua casona era inherente como su estilo colonial. Las sombras comenzaban a caminar despacio por los pasillos de ladrillos blanco y azul marino, gastados como consecuencia del lustre y las pisadas. Los colores formaban un dédalo de ajedrez interminable por el piso.

El chascarrillo del joven Caetano y su acento extranjero convencieron a la reticente anciana a acogerlo temporalmente en la pensión. Sin duda la antigua casona había sido diseñada para pensionar desde los tiempos coloniales. Las señales de esta actividad estaba manifestada en la cantidad de dormitorios, el amplio comedor y la cocina, comunicados entre ellos por dos ventanas alargadas, que servían para repartir la comida a los huéspedes. La mayoría de estos eran estudiantes universitarios, un grupo de trabajadores portuarios y el resto viajeros con destinos desconocidos. La residencia era antigua pero bien cuidada como la dueña, quien se movía despacio, pero con paso firme, disparando órdenes a las tres mucamas. En este ambiente estudiantil y laborando en los muelles como estibador —era lo único que sabía hacer—, incumpliendo su promesa de ya no partirse el lomo, pasaría los primeros años, agarrado a la frustración, la calamidad y la pobreza.

Durante ese tiempo, sin embargo, conoció el país, que comenzaba a adquirir su verdadera personalidad; después de haber permanecido aislado, convulsionado, avasallado, marginado del resto del continente. Agazapado como un gato durante mucho tiempo, ahora saltaba a por su presa: el desarrollo en todos los ámbitos y el fervoroso progreso. El dinero comenzaba a llegar al bolsillo de los más desaventajados, estímulo que se veía por todos lados, y que a un joven despabilado como él no pasaba desapercibido; esperaba con resignación animal su oportunidad. Los productos de exportación e importación que pasaban por el puerto, reflejo de la prosperidad, incentivaban al mismo tiempo la actividad portuaria a la modernización. El alza en la remuneración a los trabajadores sin oficio ni entrenamiento, consuelo de jornaleros, no era suficiente para una mente ambiciosa como la de del joven Caetano.

A través de las bromas, los chistes, los choteos y los «carretes» de los fines de semana con los toscos, sandios y rudos peones portuarios conoció las costumbres del país y el vernáculo, que al principio no entendía. Era como si estuviera aprendiendo otro idioma, aseguraría después, cuando ya hablaba como un auténtico chileno. También comprendió que su entonación española no era un menoscabo; todo lo contrario, la gente se fascinaba al oírlo hablar. Las agradables pronunciaciones del fonema fricativo interdental sordo de la letra ce y el fricativo velar, representado por la letra jota, que Caetano enfatizaba especialmente cuando usaba expresiones con las palabras «joder» o «cojonudo», usada frecuentemente cuando se enfadaba, pero que a él le salían graciosas, atrajo a la que sería su esposa.

Amanda llegó a vivir a la pensión a insistencia de su mejor amiga, quien ya tenía varios años de hospedarse en ese lugar. Era su último año de diversificado en una de las universidades del Gran Valparaíso. Se dejó persuadir, aparte de la gran amistad, por la reputación del hospedaje, la cercanía al centro de estudios y sobre todo por la facilidad de tomar transportación hacia su lugar de origen, Curacaví. Todos los viernes tomaba el autobús de la gran terminal de la ciudad puerto hasta su casa y volvía el lunes por la mañana: costumbre practicada por los chicos que vienen del área rural a estudiar a las grandes urbes. Era ella una chica esbelta, cabello largo y negro, de ojos claros y rasgados; su personalidad abierta, franca, segura de ella misma y prudente, le daba el típico carácter de la campesina educada. Nunca se había encontrado con Caetano; a pesar de tener varios meses de vivir en el hostal.

Salían del hospedaje rumbo a la universidad las dos amigas cuando se toparon con el apuesto y joven Caetano. Atraído por la belleza de las chicas, las saludó cordialmente y entabló trivial conversación con ellas sobre el clima, vaticinando que pronto la lluvia cubriría la ciudad y que se mojarían. En vez de parecer ridículo el postulado, pues, apenas se veía un par de nubes blancas, suspendidas en el alto firmamento por la tenue brisa, las chicas rieron nerviosamente, aceptando la insolente introducción. Además, estaba el acento español, que él sabía a cabalidad era un imán para atraer la atención. «Tú no eres chileno», dijo la amiga de Amanda; esta infirió: «Eres gallego, verdad», rieron las dos. Al escuchar esta afirmación, motete que llevaría tatuado toda su vida, la cual no negó ni aseveró, porque sintió una ambigua emoción por la chica. Atribuyó su devaneo a la impertinente postura de la joven; pero no fue por lo que había dicho, ni porque la viera repulsiva físicamente, sino porque de alguna manera le recordó a su madre. Emoción que no detectó: los resentimientos no se encuentran a flor de piel, residen en el núcleo de las neuronas, dispuestos a salir transformados, disfrazados, desconcertantes, como le había ocurrido al joven.

La amistad de la tripla juvenil se fortificó con las idas al cine, a las kermeses estudiantiles, a las peñas, a los juegos de fútbol. Las dos muchachas sentían atracción por el mozuelo, pero fue Amanda la que se enamoró locamente de él. Caetano se inclinaba hacia la otra chica, se sentía más cómodo con ella; era dócil e indulgente a sus sugerencias y caprichos. Sin embargo, la pequeña trabucación desaparecería cuando se dio cuenta de que el padre de Amanda poseía una huerta de vid. El cortejo no sería complejo ni largo. La joven se sentía halagada cuando la esperaba en la esquina del liceo, donde hacía su práctica de maestra, y se encaminaban hacia la morada asidos de la mano, la de él tosca como la de cualquier campesino, haciéndola sentir infinitamente feliz. El tiempo se marchaba cuando la besaba furtivamente, cuando la abrazaba y la estrujaba contra su pecho fuerte. Abrazados, sus trémulos pechos se desvanecían y aumentaba el candor de los cálidos pezones.

El parral lo conformaban varias hectáreas de terreno, trazadas en uno de los pequeños valles que se forman entre las montañas de la comuna de Curacaví, que al principio los ancestros de Amanda llamaban *La huerta*. El producto era utilizado para destilar la famosa chicha de la región. Cuando Caetano vio tal belleza, durante la primera visita al padre de Amanda, su amor por la joven se acrecentó. Enajenado por los sarmientos y las erguidas parras, confesó su procedencia campesina, era la primera vez que hablaba de su origen, de su intrínseco amor por el campo, de su sensibilidad vitícola. La fruición de Caetano quedó grabada en su mente como una tarjeta postal. Las vides del campo en todo su esplendor despertaron el siniestro apetito. El destello de avaricia se ocultó entre las cepas; sin ser detectado por el padre o la hija.

La lluvia comenzó a caer por el mediodía. Eran tiempos cuando los temporales de la región central del país anunciaban el invierno: anegando las estrechas e inclinadas calles de la ciudad hasta convertirlas en corrientes, paralizando la actividad normal de los ciudadanos, la política y la portuaria, y envolviendo el ambiente en matices grisáceos. A nadie extrañó semejante tormenta. Los habitantes la afrontarían con estoicismo, haciendo lo que podían por mantenerse seguros, encerrándose en sus casas. Los medios de comunicación de la ciudad, sede del Congreso Nacional, la habían anunciado con anticipación, tal como lo hacen en los festivales de la canción, amonestando posibles derrumbes, aluviones y desbordes. Las aguas de la costanera se levantaban varios metros sobre el nivel del mar, arremetiendo con bocanadas saladas las aceras y las paredes de los populares restaurantes, formando por el aire los remolinos que se prolongaban hasta el centro de la «ciudad jardín».

Por la medianoche de ese disparatado día la lluvia disminuye, el ulular del viento se silencia y la zozobra de los habitantes se convierte en sueño. Un rayo se yergue por el cielo nebuloso hasta hender la húmeda atmósfera nocturna. La moribunda descarga eléctrica llega convertida en un destello hasta los pies desnudos que corren por el frío y mojado pasillo del hospedaje; alumbra el sombrío jardín y se desvanece por el medioambiente. Las pisadas femeninas entonces se aceleran, buscan la puerta verde con el número cinco en el extremo superior. Acto seguido todo oscurece, todo guarda silencio, todo se oculta. Los tres leves golpecitos entreabren la puerta de la pieza anhelada. Una fuerte mano ase la delicada muñeca, la tira hacia dentro y se cierra la puerta; movimientos ejecutados con la misma celeridad del haz. A lo lejos, y después de pocos segundos de haber desgarrado el firmamento, se escucha el estruendo de la descarga eléctrica.

El corazón de Amanda salta desconsolado al sentir el férreo abrazo y los labios fervorosos de Caetano. De pie, en la oscuridad, próximos a la entrada se resisten a dar un paso. Esta vez el tiempo no se detiene; fluye como las corrientes de agua de las calles anegadas. Las palabras de amor son innecesarias, la acendrada respiración es incierta, el mundo es inexistente; son las voluptuosas caricias lo único concerniente. Incapaz de despegarse del derroche de pasiones, se deja desabrochar la blanca bata de dormir, la suave prenda rueda por la inmaculada carne. El pudor se marcha presuroso entre las sombras, las manos angustiosas de caricias no tienen sosiego, el libidinoso silencio se llena de ruegos. La noche se carga de dinámica excitación…

Afuera, la tormenta reanuda su furia, volviéndose incontrolable, impredecible, como los dos cuerpos que se revuelven entre las profanas sábanas. El aullido del viento confunde los alaridos del ávido celo. El borrascoso cielo se prolonga hasta el furtivo dormitorio, enredando los cuerpos desnudos con agitadas cortinas de lluvia, arqueadas por las persistentes ráfagas. Las excitadas partículas eléctricas y el bamboleo de las naves ancladas en la bahía marchan a la par de la pareja haciendo el amor a hurtadillas. El sabor salado de la mar tortuosa se asemeja al apetito de la pareja en cópula. El fluir de las corrientes por los sinuosos declives del puerto desembocan en el agreste océano; tal como

157

lo hace la pareja acoplada en subrepticio deleite. El trastornado ambiente es una copla del secreto manantial.

Así se concibió Alejandro, el primer hijo de Amanda y Caetano, quien los impulsaría a un matrimonio apresurado; antes de que se advirtiera, para evitar los chismes, la vergüenza, reconcomio que a finales de ese siglo aún perduraba, especialmente en el campo. Apenas le dio tiempo de terminar su carrera de maestra de educación básica, sin el tradicional acto ritual ni toga, porque el horario de la iglesia estaba completo, y el único día disponible era la misma fecha de la graduación. El himeneo fue discreto. El padre de la joven se opuso a la opulencia; tenía el presentimiento de que el matrimonio duraría poco. La antigua y reconstruida parroquia La Matriz depuso la recatada boda. Los pocos ilustres ciudadanos de la comuna también fueron testigos. La ceremonia de los lazos civiles fue otra cosa porque *La huerta* se cundió de invitados.

Días después del casamiento la pareja se fue a vivir a la finca; petición que el padre de la joven no pudo negar. Desde que enviudó nunca se había opuesto a los deseos y caprichos de su única hija; máxime ahora que sentía cerca el final. Levantando los cansados ojos al cielo dio las gracias por haber llegado hasta donde se encontraba, después de tan largo y doloroso padecimiento, secreto guardado celosamente por él y la nana, quien había terminado de criar a su hija. Había cumplido a cabalidad la promesa de darle una educación. Conocía muy bien a su hija, tenía su temperamento: dócil cuando le convenía, mansa cuando deseaba algo, callada cuando escudriñaba o meditaba; sin embargo, se convertía en una fiera cuando la agraviaban, dispuesta a enfrentar cualquier calamidad para hacerse justicia. Eso lo calmó, pero lo sosegaría más la actitud de su yerno cuando se involucró en el viñedo, trabajando a su lado con dedicación.

La angustiosa y alongada tribulación del padre de Amanda llegó a su final repentina y sutilmente, como se lo habían vaticinado los doctores, porque había consultado varios. Siempre le ocultó el padecimiento a su hija —razón por la que aceptó a que estudiara en Valparaíso— esperanzado a encontrar una cura que no fuera un trasplante de corazón, que en ese tiempo era viable solamente en el extranjero, a un costo exagerado para su bolsillo. No iba a ser egoísta en gastarse una fortuna para mejorar su condición unos años más y dejar a su hija y a su nieto en bancarrota. Todo el caudal que poseía no se comparaba con los dos años de felicidad que le habían dado sus seres amados. Respiró profundo para darle las últimas recomendaciones a su única descendiente, frente a su doctor de cabecera y a dos de sus íntimos amigos, traídos a su lecho mortuorio por orden suya; estrategia para afianzar la seguridad de los suyos, dejándole a ella absolutamente toda su hacienda.

El veneno del resentimiento penetró las venas de Caetano desde que escuchó callado la lectura del testamento. El desamparo, la indignación y el miedo se agolparon en su alma: volvía a vivir la misma experiencia. El odio hacia su suegro por haber dejado todo a su hija, recorrió su espina dorsal, se ramificó por todas las fibras de su ser y salió con violenta llamarada por sus ojos. La culpable, según su furor, era la mujer con la que debía compartir su vida el resto de sus días. La justificación a su imprecación —el despechado siempre tiene una coartada, utilizada como muletilla para saltar a la venganza— era todo su trabajado invertido en la finca. No soportaba la idea de que fuera su esposa la que dictara el curso de la finca; no podría vivir bajo esa circunstancia.

Las salidas injustificadas de Caetano a Santiago, al puerto, a los caseríos vecinos, prolongadas a veces hasta por tres días, comenzaron cuando Amanda salió preñada de su hija. Era una manera de calmar su enojo con el fallecido padre de su mujer, flaqueza emocional que volvía acompañada de la ira, tergiversada con el pensamiento de que el «viejo malnacido» lo había dejado en la calle sin ningún peso. Los rumores de los amoríos de su esposo le llegaban a Amanda por diferentes fuentes de información, sin que prestara

159

mucha atención por el hecho de que eran simplemente chismes y por su embarazo, hasta que la mucama la encaró con pruebas fehacientes. Fue después de haber nacido la niña cuando los pleitos se acaloraron. Luego se arrimaron a la pareja los reclamos, el desinterés, la apatía…

El inminente divorcio lo inició el esposo. La flama de amor que un día se tuvieron se convirtió en hostilidad. Cuando su mujer se dio cuenta de las demandas, la contrariedad se convirtió en rencor. Caetano sabía el valor de la propiedad y, de acuerdo a las leyes y según su cálculo, le correspondía la mitad. No iba a dejar pasar la oportunidad de saborear el desquite y de paso embolsarse una fortuna. La otra demanda era la repartición de los hijos, como si estos se pudieran dividir; el varón sería para él y la niña para ella. Aprovecharía la rendija que deja el miedo para entrar a la conciencia de su esposa. La amenaza de quemar toda la construcción de la finca, y de paso las vides, la haría meditar sobre la situación. La coerción no amedrentó a su esposa; sin embargo, el abogado, amigo de su padre, y quien había leído el testamento, la aconsejó aceptar la petición. Conocía por experiencia que, cuando está de por medio el dinero, el divorcio se vuelve feo, sucio y largo. Lo más sensato era la distribución de bienes.

Amanda partió inconforme con su hija entre sus brazos y con la esperanza de recuperar a su hijo en el futuro. Por el momento era mejor emprender una nueva vida en otro lugar; dejando atrás el cúmulo de recuerdos enredados en *La huerta*, lugar que la vio nacer y crecer. Caetano hizo lo mismo, pero se marchó primero y con su hijo de la mano. El niño que le había servido de treta, se convertiría en su punto de referencia, en un lugar para descansar su pesada carga de conflictos. La ironía, chusca carcajada, era que iban hacia el mismo lugar: Santiago. Los dos se dirigían al lugar apropiado para desvanecerse, para atenuar las huellas del pasado. La ciudad crecía a pasos agigantados al giro del nuevo milenio, impulsada por la maquinaria humana. Urbe idónea para triunfar o para ser triturado por los dientes del frío engranaje del progreso.

CAPÍTULO XIV

TRIBADISMO

Transcurrían más de tres años desde que Marcela dejó Concepción, no se había contactado con su amiga Amparo, único vestigio jubiloso de su vida estudiantil, para no causarle angustia ni decepción. Quería mantener la experiencia vivida de la misma manera que recordaba a su abuelo. Lo primero que hizo al llegar a la capital fue a cambiar su número de teléfono y adquirir una nueva dirección electrónica. La correspondencia que llegó a la antigua cuenta nunca la leyó. Pensó que la había olvidado, que jamás la volvería a ver, pero estaba allí, parada frente a ella, separada por una de las vitrinas del interior del local con muy pocos clientes. El abrazo fue prolongado y fuerte, anudado ciegamente por los brazos jóvenes, encarnado por el cariño que siempre las unió y palpado por las manos suaves. Lo que sentía en ese momento de estrechez no lo había sentido antes: ¿no lo pudo descifrar?, ¿no lo entendió?; o era el cambio que había sufrido su amiga: más bella, sensual, más mujer. Los corazones iniciaron la carrera desenfrenada desde el instante en que los cuerpos se juntaron, las tiernas vibraciones abdominales se perdieron en la corriente sanguínea, y el brillo de las pupilas femeninas se sintieron halagadas.

En uno de los pabellones del edificio, dedicado a los restaurantes, cafeterías y comedores, conversan las jóvenes, amparadas por el rumor de las conversaciones y las voces sueltas de las corrientes de personas en busca de sus alimentos del mediodía. Entre cuchicheos de disculpas, explicaciones, excusas, justificaciones, Marcela se da cuenta de que la visita de su amiga había sido coordinada por sus tíos. La declaración también fue entre susurros: «Tú sabes cuánto te quiero, Marce, ¿cómo se te ocurre pensar que no iba a entender tu situación? No he venido antes porque mis padres querían que terminara mi carrera. Sé que quieres aclarar lo ocurrido con tu familia. Ahora he venido con el pretexto de hacer una maestría; pero en realidad he venido a quedarme, a estar contigo, a ayudarte en lo que desees». La joven hace un intento más para rechazarla, explicándole que no es su lucha, que no quiere que salga perjudicada, que lo que tiene que hacer es riesgoso. Hablan abrazadas con los sentimientos; pero sin tocarse físicamente. La sociedad no está acostumbrada a ese tipo de relación; además, ya son el blanco de miradas impertinentes, atraídas por la belleza de ambas, por el porte, por la postura, por la elegancia de los atavíos. Molestas por los fisgoneos quedan en continuar la plática por la noche en el hotel donde se ha hospedado Amparo.

Marcela viste esa noche más elegante que cuando hace *escort*. Como sus tíos saben hacia dónde se dirige, no necesita excusa para salir, ni da explicaciones de cuándo volverá a casa. La cita con Amparo la liberará de los miedos a independizarse. Vivir fuera de la casa de sus familiares y dejar el trabajo que desempeña en la tienda es su anhelo. Planes mantenidos en su mente sin atreverse a compartir con nadie; concebidos desde el momento en que empezó a ganar más dinero. Había dicho en casa que se dedicaba a trabajar los fines de semana en un restaurante lujoso como mesera, cuento que no le creyeron, pero no la retaron porque ya era una mujer adulta. Ver a su amiga la ha fortalecido. La decisión de liberarse de sus tíos le llevará un tiempo.

La puerta del dormitorio número nueve en el tercer piso del hotel se entorna, aparece la náyade y con un gesto invita a pasar a la visitante. Las palabras no son necesarias. Entra, la puerta se cierra, el movimiento excita la racha de perfume que sale de los cuerpos femeninos, cálidos por los exaltados pensamientos y por la rapidez del flujo sanguíneo. La luz de la lámpara de mesa, a un lado del amplio lecho, atenuada por la pantalla blanca, es la única lumbre del cuarto. Cuando llegan a la cama, se sientan en el borde, una mano tira hacia abajo la cadenita de metal y se extinguen los rayos impertinentes. Los besos y las caricias, animadas por la oscuridad y la enardecedora pasión, se vuelven copiosos, fulgurantes. Los fragantes atavíos son un impedimento; vuelan presurosos en la oscuridad hasta posarse sobre las sábanas límpidas y el piso candoroso...

La nirvana concluye con arrumacos en el adusto lecho, todavía candente, refulgente. Los cuerpos desnudos y agitados por el desmesurado encuentro se entrelazan por las piernas, por los delicados brazos, por las efusivas manos, como queriéndose fundir en uno. Las ardorosas comisuras, usurpadas por la pasión femenina, destilan el néctar lujurioso, manchando las prendas de amor consumado, que sin pudor permanecerá indeleble. Rompen el silencio los juramentos de fidelidad, de amor, de ayuda, de soporte. Los compromisos de las musas salen espontáneos. El voto de castidad es innecesario: ya no habrá otra rima de placer capaz de sustituir el vínculo concebido. Porque el amor lésbico es la fusión de dos almas en un solo cuerpo, es la unión del tiempo con el espacio, es el inseparable haz y envés de una hoja, es la perfecta armonía de la pasión correspondida, es lealtad imperecedera...

Después de pincelar por el centro de la capital, encuentran un espacio conveniente para ellas; cuesta un ojo y un brazo porque viene con estacionamiento. No importa el precio, Amanda piensa encontrar trabajo pronto. Desean independizarse, es el momento apropiado, todas las partes están de acuerdo, las chicas ya son adultas; además, es una decisión inexorable. Las jóvenes amantes se convierten en *roommates*, como en la U, comenta Amparo riéndose, para disfrazar el consorcio. El truco es para mantener alejada las narices y los ojos de los intolerantes fisgones, quienes, a pesar de vivir en una ciudad tan populosa y sofisticada como Santiago, tienen tiempo para malgastarlo en habladurías. El apartamento de dos dormitorios sita en la multitudinaria y frondosa comuna de

Providencia; es suficiente para hacer el nido de amor, para planear el futuro y para afirmar la relación.

Marcela se siente completa por primera vez desde que ocurrió el accidente, como llama al desastre, para no martirizarse y para ocultar su proyecto; sus miedos han desaparecido y percibe la pequeña semilla de esperanza plantada en su corazón. Continúa desempeñando las mismas pegas, relajada va al *mall*, a dos pasos del lujoso condominio, acompañada de su «amiga», arrastrando las miradas lascivas de los paisanos. Los piropos callejeros, unos chuscos y otros vulgares, intimidan a las nereidas; todavía no están acostumbradas a la belleza que destellan, sienten una exaltación indescifrable que la confunden con el secreto carnal. La desazón va a pasar con seguridad; el hábito y el tiempo son los encargados de nivelar las angustias.

Se despiertan juntas, hacen el desayuno juntas, comen juntas, salen juntas al trabajo, Amparo todavía no labora, hace compañía a su querida, almuerzan juntas en el centro comercial, vuelven juntas a casa, se duchan juntas, preparan la cena y comen juntas, ven la tele juntas, se acuestan juntas, usan una cama, la otra la tienen para despistar a los familiares, que por seguro las visitarán. Hacen el amor todas las noches y los fines de semana dos encuentros diarios, o hasta que el cuerpo aguante. Los planes de Amparo han cambiado completamente, no se matricula en la universidad, decide tomar ese año «sabático», ya habrá tiempo en el futuro. La luna de miel termina cuando Marcela recibe la llamada del otro trabajo. Vuelven a la realidad.

Ese viernes septembrino, todavía queda mucha primavera, conversan toda la noche. Amparo trata de persuadir a Marcela a que deje ese *part-time*, argumentando que le da mala espina, que puede ser ilegal, que algo malo le puede ocurrir. Marcela entiende que es la oportunidad para sincerarse con su amiga completamente, explicándole que «ese trabajo» es la única manera de hacer dinero rápidamente, que para averiguar quién es el

165

responsable de lo ocurrido a su familia necesita mucha plata; mientras se justifica, los grandes ojos verdes se humedecen y llora. Amparo la abraza, siente el pecho agitado sobre el suyo, la acaricia, se separa, la toma de la cara, es escasamente más alta, la besa, saborea las lágrimas que han resbalado hasta los dulces labios, la toma nuevamente, esta vez de los hombros, y le dice que tiene razón, que la va a ayudar en su cometido.

La fiesta es en una de las mansiones construidas en un terraplén subiendo Los Andes chilenos. La vista del Gran Santiago es fabulosa desde esa altura, el atardecer primaveral es casi interminable, y las refulgentes y cálidas tonalidades todavía se pueden apreciar por el océano Pacífico. Las alquerías y las pequeñas comunas, interpuestas en el camino de la capital hasta Valparaíso, se han encendido, revelando el especioso panorama del país a cualquier hora del día. Marcela no disfruta el paisaje, la premonición que trae en su ingenuo pecho se lo impide. Logra controlarse cuando escucha la voz de una de las dos chiquillas, van en el asiento trasero de la camioneta doble cabina, entablar una trivial conversación sobre el peinado. Ella viaja a la par del conductor, tratando de no darle importancia a las ojeadas lascivas. La sinuosa carretera se oscurece, las curvas se acentúan, el asedio voluptuoso se disipa; ya no se logran ver aquellas piernas largas…

Llegan al destino, las luces exteriores se disparan cuando escuchan el motor, alumbran el montón de autos estacionados por la vía que circula el jardín, el chófer las deja a escasos metros del pórtico. Una dama cuarentona sale a recibirlas, tan bien vestida y elegante como las chicas que saltan del auto, y pega la mirada a Marcela. La estridente música sale libremente por la pesada puerta, entran las chicas, se cierra. Adentro, la música popular se confunde con las conversaciones y las carcajadas. La mujer les da la bienvenida, besa a las tres chiquillas en el cachete, y dice: «¡Qué bella que sos!», a Marcela en el oído. La anfitriona toma su bolso de mano y su abrigo, hace lo mismo con las otras dos chiquillas, y se pierde con las prendas por un pasillo. Marcela consigue ver la puerta donde se mete. La fiesta está animada, todos los que ven a Marcela notan su elegancia y belleza, pero no le hacen mucho caso; el licor, el vino, el champán y la conversación los atrapa.

Tiene un poco de escozor sentarse en los cómodos y elegantes sillones, la falda se le arremangará sin duda al doblar las piernas, prefiere caminar alrededor de la inmensa sala que se ve pequeña por la cantidad de personas. En el amplio mostrador de la impecable cocina, que luce como si nunca se hubiera usado, hay bandejas repletas de bocadillos, frutas de la temporada, aperitivos, tapas, y un fámulo arreglando y surtiendo la obra de arte culinario. Cuando vuelve a la sala, ve a dos mucamas hacer piruetas con las charolas llenas de vasos de cuello largo de champán, una de ellas se le acerca y le ofrece, rehúsa con una sonrisa. Todos conversan al unísono, es de esas fiestas para beber y comer al compás de la música popular, a las que ha atendido muchas veces. Seguramente de alguna compañía prestigiosa. En medio de sus cavilaciones siente una mano que la aprisiona suavemente por el brazo y una voz que le dice: «¡Ven te voy a presentar a alguien!».

Salen al mirador enlazadas por los brazos, se siente incómoda en esa posición, pero es parte de la pega, para eso le pagan bien. Afuera siente el frío montañero, pero no protesta. Interrumpen la plática de tres personas. El hombre que le introduce la organizadora del evento es alto, bien parecido, pelo cano, frisando en los cincuenta, a cualquier mujer le hubiera encantado caer en sus brazos, a Marcela no le va ni le viene, le da la impresión de que lo conoce. La sonrisa, el saludo y la mano que la aprisiona son frías como la nieve permanente de los picos de las montañas. A los otros dos solamente los saluda levantando la mano y un esbozo de sonrisa. Cuando levanta la cabeza, mira la fabulosa ciudad en todo su esplendor nocturno, las luces son inalcanzables con la mirada, explayada como el cielo lleno de estrellas. El rellano de la terraza, construido de piedra lisa, corre por el poniente de la vivienda, encerrado por una baranda de hierro, está abarrotado de fumadores. Se calientan con el licor, la plática y la pequeña estufa de carbón, donde arrojan la ceniza y el pucho. Con astucia se desprende de la mujer y de los tres hombres; cuando les da la espalda, para perderse en el ameno salón, el canoso le avienta una mirada.

El tiempo rueda célere. El «copete» también pasa volando por las gargantas de los invitados. Mira el reloj, de repente es medianoche. La charla distorsionada por el vino se silencia. El personaje que le presentaron en la terraza se sube a una tarima improvisada, no se presenta, todos lo conocen, es el dueño de la empresa, y los concurrentes son sus empleados. Comienza el discurso agradeciendo a los presentes, luego los felicita por el gran trabajo desempeñado y las magníficas ganancias del año en cuestión. Habla como si la corporación fuera de todos los presentes. Después de los halagos menciona los bonos que recibirán. Los aplausos son copiosos, cierra la arenga invitando a comer el asado, destilando el olor característico, del cual hace un mal chiste que todos celebran…

Marcela despierta aturdida. Comprende que está en otra casa desde el momento en que ve el cielo raso del cuarto. No logra entender la sequedad de su boca, es la resaca, pero ella no toma alcohol, sin embargo, la deshidratación es real. Cuando se incorpora, experimenta un dolor por todo su cuerpo, como si le hubieran dado una paliza, como si hubiera corrido una maratón. Le dan ganas de llorar al sentirse víctima de abuso sexual, ella lo sabe, toda mujer sabe cuando es vulnerada en contra de su voluntad, toda fémina se da cuenta cuando es atropellada mientras está inconsciente, además, no tiene el panti ni la braga. No recuerda absolutamente nada de la agresión sexual. La aflicción salta como una pantera, desgarra la impotencia, y se convierte en indignación y furia. Se sienta en el borde de la cama, su abrigo a un lado, su cartera en el otro y los zapatos en el piso; tiene toda la ropa, excepto sus prendas interiores. Controla las lágrimas, doma la frustración y arresta todo sentimiento de furor. Mientras se reclina para calzarse, escucha la voz masculina conocida, es el tipo del discurso que dice: «¡Ah!, ya te despertaste, se te pasaron las copas anoche, si te quieres marchar...».

No levanta la testa, no escucha el resto de la arenga, toma sus pertenencias, cruza la puerta del dormitorio, reconoce la casona, se la grabó en su mente la noche anterior, encuentra el acceso principal, lo abre, sale, se pone el abrigo, baja los cuatro escalones, el conductor de la camioneta parece esperar, camina como una ebria por la curva baldosada, que encierra el jardín, metiendo los tacones de los zapatos puntiagudos entre las rendijas, doblándose los tobillos, sin poner atención a nada hasta que llega a la carretera. Busca en la bolsa el celular; cuando lo abre para llamar, salta el nombre de Amparo una ristra de veces, quien la empezó a llamar desde las dos de la madrugada. Las instrucciones son claras y precisas: «Ven a buscarme, te envío mi ubicación, te explico cuando llegues», dice, entre quejidos y gimoteos. No llora, se traga las lágrimas, sus verdes ojos se vuelven amarillos como los del leopardo, y su mente astuta busca la revancha...

Marcela no empleará la violencia física para vengarse, ella no es violenta, su fuerte es la astucia; además, un golpe letal no duele. El ajuste de cuentas debe ser destructivo, contundente y duradero, para que la víctima lo sienta y lo lamente toda su vida. Tampoco es la cárcel una opción factible para un criminal de esa naturaleza, tiene influencias, la policía no lo atrapará, la justicia no lo alcanzará. El tormento para ese tipo de delincuentes es quitarles el poder, que viene del dinero; descalabrando esa protección le llegará la incertidumbre, la intranquilidad. Siente furia, pero se calma proyectándose en la vindicación. El camino de la victimización no conduce a ningún lugar. Martirizarse, pensando que en el trago que le dio la damisela traicionera venía la droga, es lo último que recuerda, y que descaradamente le dijo que era agua mineral, no le conviene. Debe concentrarse en lo que tiene que hacer...

Después de tratar de hacer el amor, Marcela no puede, la herida está muy tierna, charlan desnudas en la cama, cubiertas con sábanas de seda como dos huríes. Los cuerpos exudando ternura se delinean bajo el suave manto. Amparo, usando un tono de voz dulce, mientras acaricia la tersa piel, persuade a Marcela a relatar lo ocurrido esa noche fatídica. Explica que al compartir el dolor, la indignación y el resentimiento su alma irá sanando, que la carga compartida es ligera. La descripción es detallada hasta el momento de ingerir el amargo trago. (El sufrimiento de una víctima de agresión sexual es indescriptible; pero es más desgarrador cuando la usurpación es inconsciente, sin la mínima oposición, sin un quejido, sin un alarido, sin un pataleo...). Marcela gimotea, su consorte la arrulla; Marcela llora, su amante la consuela; Marcela dice: «¡Qué horror!», su amor le contesta: «¡Ya pasó, ya pasó!». La estrecha contra sus desnudos senos, le soba tiernamente la espalda y el pelo largo. La catarsis funciona momentáneamente, se tranquiliza, hacen el plan para la represalia y se duermen.

Obviamente el indicio es el servicio de *escort*, deben entrar a la oficina, allí está la punta del hilo que teje el perfil del criminal. Fingen una entrevista con la dueña, caen sin previo aviso, para simular premura, a su amiga le urge trabajar. La entrevista es en la pieza diseñada para reuniones: una amplia mesa con doce sillas abarca casi todo el espacio, paredes decoradas con paisajes y mapas de la capital. Marcela se queda en la oficina: un gabinete alto de cinco gavetas, encima hay una planta de enredadera con hojas acorazonadas, cuadros de paisajes del país por las paredes, en un rincón la impresora abarca toda la cara de la mesita y sobre el escritorio está el procesador portátil, ambos aparatos se comunican por el wifi. Los demás objetos y decoraciones no son de interés. El computador es su blanco: levanta la tapa, pincha la barra de espacio del teclado, aparece en la pantalla un paisaje y en el centro un rectángulo blanco con una barrita vertical intermitente apurando a recibir la clave. Mancuerna su teléfono móvil con el computador por el puerto USB, despierta el celular, abre una de las aplicaciones y comienza a disparar claves al azar; en el sexagésimo intento abre el computador, es una llave fácil, es el nombre de la celestina y los cuatro dígitos de su año de nacimiento. Busca el listado de los clientes; cuando los encuentra, toma fotos de los nombres y de toda la información relacionada con ellos.

En el apartamento de las jóvenes, horas después de la interviú de trabajo, revisan el nombre de los clientes de la alcahueta; a ella la ignoran, es una aprovechada de los deseos carnales, recibirá la pena del talión tarde o temprano. El nombre de la compañía, tan elogiada durante la infame noche por el violador, está asociado con el nombre de la cortesana que le dio a Marcela la bebida somnífera. Ella tiene los datos que persiguen las aprendices a saqueadoras informáticas. A medida que Marcela va leyendo la información de la proxeneta: nombre completo, trabajo, dirección…, llega a su mente la escena de su violación sexual, concebida en su imaginación, hiriente, punzante, lesiva. Resentimientos necesarios para complementar sus planes. No ha sanado, no sanará fácilmente, compartir la injuria es el primer eslabón del proceso. El tiempo será el encargado de atenuar la herida física, y su alma la única que podrá reparar ese daño psicológico.

La facinerosa dama vive —ironías de la vida— en el mismo flamante barrio donde residen las chicas. Está en el segundo piso de una de las altas torres habitacionales que pululan las comunas céntricas de la capital del país. Estacionadas en una de las calles laterales al edificio, buscan el wifi de la mujer: Amparo pretende maquillarse en el espejo del auto y Marcela cabizbaja opera su celular. El chorro de nombres de conexiones inalámbricas aparece en la pequeña pantalla; son tantos que hay que esperar, como en las largas filas de los servicios públicos del país, a que el aparato los lea todos y deducir cuál

171

pertenece a la madama. Después de leer nombres como wifi_5dejulián, wifi_santiago1, anibaldeltoro4 y otros inverosímiles, salta el apelativo de la damisela, relacionado con la red de intercomunicaciones, es ella sin lugar a duda. Hay que esperar hasta que abra el computador, sin actividad el móvil de la joven pirata no puede escabullirse entre la malla informática, para posarse en el dispositivo perfilado. No importa, tienen tiempo y paciencia, ya vendrá la oportunidad; además, no es conveniente levantar sospecha estacionadas por mucho tiempo en el mismo lugar, es el momento de tomar un receso.

Cenan y vuelven al edificio habitacional. (El verano está lejos, pero el ambiente es capaz de pintar el cielo de tiernos destellos al final de las tardes moribundas). Cuando llegan, la oscuridad aprisiona las elevadas lámparas del alumbrado público, se aparcan casi en el mismo lugar. Ya no tienen que disimular de los transeúntes. Marcela cubre con su cuerpo reclinado la pequeña aura que sale de su teléfono celular; su cómplice se mantiene al acecho. No hay movimiento en el *wi-fi* que están vigilado: «Mejor —piensa la joven—: en la noche hay menos gente conectada a las redes informáticas». La ciudad se va apagando poco a poco, la actividad cibernética disminuye, la pequeña vibración, captada por el celular de Marcela, delata la zambullida del computador de la meretriz en el ciberespacio. Cuando comienza a navegar, deja expuesto su sistema operativo, momento aprovechado por la ninfa informática para penetrar por la puerta trasera. Se filtra entrelazada con la información que entra y sale. Recorre el sistema computacional. Las barreras de protección no son capaces de detectar el pequeño algoritmo intruso. Sustrae el botín y lo deposita en el pequeño disco duro de su teléfono móvil.

Las jóvenes obtienen la información que necesitan de la cortesana y del violador. Él es hijo de uno de los políticos de renombre del país, es el dueño de una de las compañías energéticas más importantes del país, se mueve por esferas inalcanzables para la gente regular. Su negocio, adquirido por la buena fortuna de tener un padre conocedor de la política y las leyes del Estado, consiste en comprar gas natural licuado en grandes cantidades, evadir ciertas tarifas de importación, embotellarlo y repartirlo. Ella es una doña nadie, es el frente de una red de prostitutas, funcionando bajo el nombre de *Servicios catering*. La reprimenda será exponer el negocio que maneja en las redes sociales —nuevo espacio justiciero de la corte popular—. Incluirán varias fotografías en situaciones comprometedoras de su persona a todo color, y explicarán la manera en que opera el prostíbulo ambulatorio.

CAPÍTULO XV

LA VINDICACIÓN

La compañía de gases Ubigorri tiene las oficinas en el centro de Santiago, en uno de los refulgentes y culminantes edificios de la zona financiera, ocupa todo el décimo piso. La empresa gestiona y controla el precio del carburante, ya que, es la corporación más importante del consorcio de ese producto. Las jóvenes están en la acera del rascacielos, vestidas como ejecutivas de una importante corporación; Marcela lleva el maletín colgado del hombro, en su interior va su computador portátil, brega con su celular como buscando un número telefónico en la lista de contactos; Amparo mantiene su aparato de comunicación pegado a la oreja como lo hace el torrente de transeúntes apresurados. No logra atisbar el nombre Ubigorri en la larga lista de conexiones inalámbricas que borbollea en su celular. No está al alcance de su dispositivo. Saca el computador, se arrima a la pared de la torre, se ciñe nuevamente la cartera por el hombro, dobla una pierna hasta formar el número cuatro, su amiga la ayuda afirmando el computador con una de sus manos, abre la tapa y empieza a escarbar el teclado con sus ágiles dígitos, como leyendo la correspondencia diaria, que no ha tenido tiempo de abrir, pues tiene una cita importante. En esa posición los peatones reparan en ella, pero no es por la engorrosa posición, sino porque ha dejado al descubierto sus largas piernas. Tampoco logra percibir con su computador el wifi de la compañía del fulano violador.

Las piratas informáticas planean en la pequeña cocina comedor la manera de entrar al edificio, única manera de acercarse al sistema de conexión inalámbrica. Aprovechan la mañana cuando las hormonas no interfieren con la actividad creadora de las neuronas. Ambas tienen la capacidad de penetrar en el sistema de seguridad de la compañía y buscar en los archivos digitales alguna información que comprometa al malhechor. Discurren la patraña en voz alta y concluyen que la operación es para una persona. La discusión se prolonga porque no se ponen de acuerdo quién debe ejecutar el plan. Amparo quiere ser ella la encargada; pero lo hace para proteger a su amada. Marcela argumenta que ella tiene más experiencia y conoce mejor la aplicación de saqueo; ella también busca amparar a su querida. El disenso —es más bien una expresión de amor— no se resuelve porque se dan cuenta de que lo primero es encontrar la manera de entrar a la guarida del criminal.

Mientras buscan cómo entrar a la fortaleza, protegida por dos guardias de seguridad en la entrada principal y cámaras monitoras por todos lados, como ocultando algún entresijo, llega la llamada de la tía: «...Ah, antes de que se me olvide, dile a Amparito que en el periódico de hoy hay una posición de trabajo para ella...», siempre pendiente de las jóvenes. La posibilidad de penetrar en el ostentoso edificio viene en un clasificado laboral de media página en uno de los prestigiosos periódicos de la capital: «La corporación de gases Ubigorri, sirviendo como siempre a la comunidad, invita a la juventud recién egresada de la carrera de ingeniería comercial o computacional a trabajar con nosotros tiempo completo, no se requiere experiencia». El anuncio comercial terminaba explicando dónde, cómo y cuándo solicitar las posiciones laborales disponibles. Es evidente que Amparo llena todos los requisitos; a Marcela la conoce el criminal.

La carta con la solicitud de trabajo cae en manos del jefe de recursos humanos; la abre, ve la fotografía tamaño carnet en color, como se recomienda en el curricular profesional, queda embelesado con la belleza de la chica, tiene apenas veintitantos años de edad. Apunta el nombre de Amparo y el teléfono celular, eso le basta; lo demás es pura bagatela. Si tiene el título, seguro que el jefe la contrata; solamente él tiene esa autoridad, está en todas las decisiones, controla toda la compañía, es el supremo y único líder, es omnipotente. Estira la imaginación hasta ver la cara de satisfacción de su jefe al ver tal beldad, exactamente como a él le gustan. Pela los dientes de hiena al verse en la residencia del supremo; invitado especial a la parrillada para homenajear al empleado del mes. Se estira en su confortable butaca giratoria, pone las manos entrelazadas con los dígitos en la nuca, reclina la cabeza sobre el respaldo, y piensa: «Va a quedar encantado…».

El día de la entrevista de trabajo Amparo sale radiante del automóvil, Marcela la deja a unos metros del frente del edificio, bajo los gritos y bocinazos de los conductores por haber parado unos segundos en tan transitada vía. Camina segura en medio del caos vehicular y peatonal. Hace girar la pesada puerta cilíndrica, atisba los guardias, estos la ven y escuchan el taconeo, se aproxima al mostrador, uno de los centinelas rechonchos por los chalecos antibalas le pregunta el nombre, mientras lo dice levanta la mirada hasta el reloj de pared, le quedan quince minutos, encuentra lo que busca, es su nombre verdadero y completo y con todas sus credenciales, todo es real excepto los anteojos, que la hacen más sensual. El vigilante indica con el brazo el elevador y dice: «Piso diez», ella contesta, gracias, siente las miradas lujuriosas en el trasero, no le importa, es parte del plan. Cuando se abre la puerta del ascensor, el tilín de la campana la acompaña hasta que llega al escritorio de la recepción, ocupado por una mujer madura maquillada como una maja. Se presenta y le explica el motivo de su presencia.

La maja la hace sentar en uno de los sillones de espera. Ella se arrellana y cruza la pierna a propósito y sin recato. A la recepcionista no le simpatiza, se pierde entre las filas de cubículos, resguardados por dos placas de metal pulido de metro y medio de altura en forma de ele. La joven saca su computador portátil, último modelo, lo abre, capta la wifi de la compañía, la craquea en veinte segundos, introduce el *bluetooth* de su sistema en el *PC* de la empresa Ubigorri: comienza a bajar archivos electrónicos aleatoriamente. Los empleados cercanos a la recepción ya no se pueden concentrar en sus tareas. La larga pierna de la náyade, media desnuda y cruzada sobre la otra, se comienza a calentar por la actividad del cerebro artificial, por la leve vibración de las aplicaciones y por las miradas masculinas y femeninas. La elegante dama vuelve por el mismo pasillo, detrás de ella viene el fauno; Amparo cierra la tapa de su dispositivo y acompaña al violador hasta su bufete.

En el transcurso del cuestionamiento, prolongado más de lo usual por las miradas furtivas del malhechor y las preguntas triviales, que están fuera del protocolo de una entrevista de empleo, pero que es ventajoso para el propósito de la joven, para que el sistema operacional continúe su labor. El computador está cerrado, pero ha sido modificado para continuar funcionando en esa condición. El pequeño virus, diseñado para saquear información, encuentra barreras electrónicas de protección en el PC de la compañía; estos detectan la presencia del intruso, pero no lo logran neutralizar; tampoco alcanzan a sonar las alarmas porque el enemigo es escurridizo, desaparece entre las sombras informáticas pretendiendo ser un documento más. Durante las décimas de segundo que permanece escondido produce clones; los cuales utiliza como añagaza. Mientras los antivirus se distraen persiguiendo el señuelo, el pequeño programa roba la información pertinente y la trasmite al lugar indicado.

La entrevista termina, como coordinada por un temporizador, al mismo tiempo que la labor electrónica del virus insertado en el sistema computacional de la empresa de carburantes. Ella siente el cese del cerebro artificial: está conectada a este por las ondas eléctricas de su cerebro, que comúnmente se llama intuición. Abre la puerta como un caballero y salen sonrientes de la flamante oficina con vista a las montañas andinas. El gerente lleva su imaginación hasta el cuerpo desnudo de la náyade que acaba de entrevistar, taconeando a unos metros delante de él, haciendo un voluptuoso vaivén con sus caderas. Ella sonríe, percibe la sucia mirada, e imagina la cara que va a poner el trasgresor cuando descubra que el sistema computacional de la famosa Corporación de Gases Ubigorri ha sido jaqueado.

Camina segura por el pasillo, formado por las dos líneas de cubículos de trabajo, que termina en la recepción, a un lado de la puerta del elevador. Los empleados no pueden contener las curiosas miradas hacia la especiosa joven. Ella actúa como que no se da cuenta de los vistazos. El galán espera a que se abra la puerta, haciendo chistes de mal gusto, que ella celebra con una sonrisa por fuera y una mueca de asco por dentro. Llega el ascensor, besa a la chica en la mejilla, se despide de ella. Entra, se cierra la puerta, saca su pañuelo, se restriega el cachete. Llega a la planta baja, tienta el botín cuando pasa por la recepción del edificio, sale a la avenida y se pierde entre los nueve millones de habitantes de Santiago.

Las sirenas se encierran a revisar las carpetas de documentos electrónicos por varios días. No salen del apartamento. Se alimentan haciendo pedidos a domicilio: pizza, «completos», hamburguesas, sándwiches… (Marcela no ha vuelto a sus trabajos desde la noche del abuso sexual. La tía no se traga el cuento de la enfermedad; presiente que algo le sucede a su sobrina). La obsesión por encontrar algo sucio, algo malo, algo ilegal, algo delictivo, algo corrupto, se convierte en impotencia, porque no hay. El consorcio es un dechado de perfección laboral. La tribulación, el sueño y la fatiga disparan el resentimiento de Marcela. El odio sale por sus ojos rasgados de cansancio, la ira enajena su alma, la cólera envuelve su cuerpo trémulo. Estos sentimientos incontenibles saltan como un tropel de corceles en batalla campal; evocados por la violación. Amparo ve alarmada a su amada, está fuera de control, no es ella. No se da cuenta de que las heridas espirituales, solamente el alma las puede sanar. El reconcomio, sin embargo, dispara en el cerebro desmoralizado una posible solución del acertijo…

178

La llegada de las guapas y jóvenes piratas cibernéticas a la tienda de cosméticos y salón de belleza tiene tres propósitos: uno, es urgente conversar con Fer, para convencerlo a participar en el nuevo plan, no hay otra persona de confianza; dos, darle a la tía personalmente una falsa explicación de la ausencia de Marcela a su trabajo; y tres, saludar a las empleadas. Después del besuqueo y adulaciones, se enganchan en conversaciones entrecortadas e intermitentes, mientras atienden a los marchantes. La peluquería tiene muchos clientes. El joven estilista saluda a las visitantes levantando el brazo que sostiene la tijera con la mano. El calor de la plática y el trajín de los clientes, amenizado por el agradable olor de los perfumes y la música, se va atenuando al perderse el sol sobre el océano. Esperan hasta ya entrada la noche, cuando el último cliente se marcha, cuando los recintos del *mall* conversan soledades.

Charlan en uno de los bulliciosos restaurantes de Providencia. Fer, después de escuchar callado los detalles del plan, toma las riendas de la plática, contando chistes y anécdotas, bajo las miradas inquisidoras de los demás clientes, por sus gesticulaciones femeninas, por su cabello pintarrajeado, por sus tatuajes y por sus pendientes. Los entorpece la postura del chico, su seguridad, su alegría. El Gran Santiago aún tiene prejuicio e intolerancia en detrimento de las personas fuera de estereotipos; hay voces, sin embargo, que claman igualdad de géneros, piadosas, quizá, o condescendientes, pero se pierden en la hipocresía. Las interrogantes van hacia las doncellas: ¿qué hacen con tan semejante mequetrefe?, ¿qué le ven?, ¿cómo se atreven? Afuera, el viento primaveral va truncando los últimos suspiros invernales, tratando de completar el ciclo natural de la vida. Fer se siente protegido en medio de las dos beldades. El jolgorio continúa hasta la media noche.

Por la retorcida carretera principal, que sube hasta la cumbre de la cordillera, siempre hay tráfico, atraído por las imponentes residencias edificadas en la ladera y los centros turísticos para esquiar. Los tres jóvenes esperan a su presa en uno de los miradores, cerca de su lujosa madriguera, como contemplando el estupendo panorama con tintes primorosos, dibujado por los coloridos árboles. Marcela no contempla el paisaje; está a la expectativa del automóvil del criminal. Pasa después de varias horas de espera. Es la misma camioneta doble cabina, es el mismo conductor, es la misma indiferencia. El violador va en el asiento trasero leyendo, ajeno a la belleza de la ciudad y al feraz valle. Cuando ve pasar el auto a toda velocidad, su corazón se endurece de resentimiento; la ira se apodera de la joven, pero la domina con la corta cuerda de la represalia.

El trío conduce hasta la desviación, que va a la vivienda del impune transgresor, dista unos cincuenta metros, y se estacionan en la orilla, donde se pierde el asfaltado, solapados por las rocas. Abren el capó para pretender que «quedaron en pana». Esperan. Todavía hay luz natural, están expuestos a los curiosos y a los samaritanos, que en cualquier momento van a parar y ofrecer una mano; para eso está Fer, para disuadirlos, para que no se detengan; ¡nadie quiere ayudar a una persona con su aspecto!, lo evaden. También está de pavés: la capital se está poniendo violenta. Consciente de su función, premeditada, no le molesta; está contento de ayudar a las huríes, quienes, de no ser por él, podrían exponerse a una eventualidad negativa. La espera continúa animada por los chistes del joven; Marcela en el automóvil pendiente de su computador, Amparo en el volante. Cuando entra la noche, la oscuridad trae el frío andino.

La actividad del computador del criminal empieza cuando ya no hay tráfico por la carretera. El sutil parpadeo del sistema de conexión indica que el portal cibernético está abierto; vulnerable a los astutos hilos electrónicos del programa de saqueo de la joven Marcela. Suelta el ágil aplicación por los filamentos del *bluetooth* de su dispositivo y se concatena al wifi de la habitación perfilada. Cuando entra, atrapa cada movimiento del

sistema operativo y lo duplica instantáneamente en el computador personal de la chica.
Los sistemas de seguridad del procesador pirateado no son capaces de detectar el virus,
que, a la velocidad de la luz, va duplicando las funciones, los movimientos de salida y de
entrada de las operaciones en tiempo real y los existentes documentos, fotos y vídeos. La
operación dura más de una hora, la noche se vuelve extremadamente fría, los archivos
bajados se calientan por la actividad. El trío de piratas cibernéticos vuelve con la
recompensa a sus casas.

Los jóvenes cruzan Santiago de punta a punta para dejar a Fer en su casa, vive
lejos, pero las calles se encuentra desoladas y sin tráfico; excepto por los automóviles de
los primeros auxilios, que de vez en cuando disparan gritos ensangrentados en la lejanía
de la ciudad, y las luces intermitentes de las patrullas de carabineros, cruzando presurosos
los lóbregos callejones en busca de una llamada de socorro. Todavía se puede andar con
cautela a esas horas de la noche. Marcela conduce callada, ensimismada en sus
pensamientos. El miedo de encontrar la verdad, sobre lo que realmente sucedió esa noche
trágica, en los videos que bajaron, se esconde en su ser, como se escurren las sombras de
la noche. Tiembla levemente ante tal posibilidad, pero se recupera aferrándose al volante.
No es una idea descabellada, no es su vívida imaginación; psicópatas como el individuo
que la violó, usualmente guardan trofeos de sus víctimas, filmando el grotesco encuentro
sexual. En su fuero interno la furia consume la impotencia. Las imágenes del criminal
desnudando su bello cuerpo tendido en el lecho, tan nítidas como la escena de una
película, abriendo sus largas piernas para atropellar su persona, turban sus grandes ojos,
cargados de frustración y odio.

Esa noche desiste revisar lo saqueado, argumenta cansancio; es la verdad, pero no
es el motivo. Su concubina, comprensiva como siempre, no insiste, sabe lo que le sucede;
lo percibe, lo siente en el fondo de sus entrañas. Su dolor es el dolor de ella. La conoce

más que a su madre: sabe que sufre. La sofocación y la pena revolotean por el condominio. Vidas dobles, reflejos infinitos, encarnación de emociones, reencuentro de pasiones, cómplices en la plenitud y en la escasez. Las nereidas tienen congoja, mañana es otro día, pasará. Calladas hacen los rituales para dormir: el mutismo persigue el silencio por el apartamento. Van al baño, se asean, se peinan, tropiezan, se acuestan, se arrebujan, se vuelven de espaldas. Un brazo sale del rebozo, una mano jala la cadenita y la oscuridad se vuelve pesadilla.

El dédalo es de colores gris, rosado, blanco, difuminados, en forma de espiral, rotando alrededor de un inmenso ojo, siguiendo las manecillas del reloj. Mira el laberinto como si apreciara una obra de arte, pintada en un descomunal lienzo, con movimiento propio. Percibe el sabor salado de lágrimas, tiene deseos de llorar, se entristece, pero quien lagrimea es el ojo rojo. Escucha pulsaciones, no sabe de dónde vienen, no sabe si las escucha o las siente como las suyas, sístole, diástole. Se siente mojada, empapada hasta los dedos de los pies, el líquido es pegajoso y frío. Se ve desnuda, insegura, sola, angustiada. La sibilina figura se detiene, el ojo se cierra, los latidos se aquietan. La suspensión es lenta, chorrea el líquido que cubre su cuerpo, se siente atada por todo su ser, pero luego es descarnada. No quiere salir, tiene terror, el resplandor la intimida, el estallido la hace temblar. Horror, dolor, extenuación, aberración, consternación: sed. Abre los ojos medrosos, trémulo su cuerpo transpirado, oscuridad de la madrugada, pisa el suelo alfombrado, busca la pequeña cocina, toma un recipiente de vidrio, levanta el péndulo del grifo, el chorro de agua hace ruido, se llena el vaso, lo toma ávida, vuelve a su cama, ella ve con la imaginación, se acuesta y se duerme nuevamente.

El siguiente día amanece radiante pero frío, empujado por las montañas copetudas de nieve, que la primavera va deshaciendo. El viento suave va disipando del ambiente el denso manto de partículas de carbón, emanadas de las estufas de parafina la noche anterior. Todo el valle, donde se desenvuelven la capital y las comunas circunvecinas, despierta del momentáneo letargo para rebosar en actividad rutinaria. Lo mismo ocurre en la habitación de las chicas: aseo, muda, alimentación y la sonrisa de una nueva jornada. El espíritu es optimista. Los percances anteriores los achacan al cansancio. El ayer lo desintegró el lecho. Es el día propicio para escarbar el botín; es el momento de ver lo que oculta el criminal. Es la venganza la que devuelve el ánimo a las jóvenes.

Los archivos con fotografías y videos son los que abren primero, son el atractivo, es lo que le gusta ver a la gente que usa las redes sociales. Una pila interminable de fotos familiares: cumpleaños, fiestas escolares, Navidad, Fiestas Patrias, vacaciones en Pucón, excursiones a pie por las montañas, pesca en yate por los lagos Todos los Santos, Llanquihue y Villa Rica y un sin fin de vídeos cortos, tomados con el teléfono móvil. El criminal se ve muy feliz con su familia. Su mujer, deducible porque siempre aparece a su lado, abrazándose, besándose…, es tan bella: cabello rojo, piel blanca, delgada, esbelta, una cara sin arrugas, un perfil escandinavo. Tiene el candor y la lozanía de las mujeres que su único trabajo es cuidarse de no envejecer. Los hijos en los años mozos de los veinte, ajenos a toda malicia de su padre, se les ve feliz. Las amistades también aparecen contentas. Es una pareja ideal, es una familia perfecta, es un anfitrión dechado. Nadie se imagina la sevicia sexual que subyace en su comportamiento de buen padre.

Cuando están a punto de desistir, porque no encuentran mugre, están limpias las grabaciones y las imágenes, Amparo observa ciertas transacciones bancarias en una de las carpetas. Son depósitos *offshore* a bancos de Panamá, Miami y *Cayman Islands*. Lee detalladamente las notas bancarias, se da cuenta de que son giros bancarios a nombre del violador, este los recibe y los reenvía a dichas instituciones bancarias. Son cantidades estrambóticas, sin sentido; a primera vista piensa que son pesos chilenos, pero luego comprende que son dólares estadounidenses. La liquidez recibida es la ganancia que le corresponde por la manipulación inflacionaria de la materia prima en el mercado. La grotesca operación, resultado del monopolio del carburante, disfrazado de consorcios empresariales, proviene de la confederación informal entre el exportador y el importador de la *commodity*, ya que el país carece de ese recurso natural, según las autoridades ambientales. El negocio es redondo y quien paga los platos rotos es, como siempre, el ciudadano común y corriente.

Los giros internacionales son recientes; tal parece que fueron hechos cuando ellas jaqueaban el computador del criminal. Hacer el cambiazo, es decir, sustraer los subrepticios depósitos bancarios es una operación sencilla porque toda la identificación está allí; lo difícil es ocultar los activos líquidos. Tal cantidad de dinero girada, o depositada, a cualquier entidad bancaria del país, atraería la atención de las autoridades. Aumentar la minúscula cantidad de dinero —en comparación con las cantidades recibidas y giradas— en la cuenta corriente de Marcela, acumulada durante varios meses de trabajo, no es una alternativa. Amparo no tiene cuenta bancaria; apenas llega a «cuenta rut» en el banco de la nación. Nadie más las puede ayudar. Fernando debe mantenerse fuera de toda sospecha. Si algo falla, ellas juran absorber las consecuencias. Por el momento deben esperar, algo se les ocurrirá, la oportunidad se presentará. El futuro ciertamente llegará.

La retribución a la paciencia de las chiquillas arriba el 18 de octubre, lleva el nombre de «estallido social», declaración del ingenio periodístico actual. La revuelta comienza temprano en la multitudinaria estación central de trenes, donde concurren diariamente centenares de miles de personas. El asalto está planificado para inhabilitar la mitad de la fuerza laboral, carente de movilidad propia. El pavor se destraba en el túnel del metro cuando llegan los estallidos de las bombas a los oídos de los pasajeros que esperan la transportación en las plataformas de las estaciones. Los férreos lengüetazos de fuego salen por el oscuro subterráneo, calcinando primero los quioscos, los durmientes, los tableros hechos de madera; después, ya atizado el incendio, continúa achicharrando los metales que encuentra a su paso. La gente sale horrorizada hacia las calles, enrollada con los abigarrados gritos y alaridos, como salen las aguas lluvias por las tapas de los rebozados alcantarillados, saltando las gradas, buscando las salidas para distanciarse del averno. Todos los incendios han sido meticulosamente sincronizados. Los protestantes recorren las calles santiaguinas, turbados de furia e indignación, quebrantando puertas, ventanas, basureros, espantando peatones, perros callejeros, saqueando pequeños, medianos y grandes comercios.

El levantamiento popular se desparrama por las amplias avenidas y bulevares de la capital. Los habitantes que no desean presenciar tal sedición se encierran en sus viviendas, temerosos de una mayor revuelta. Tocan las puertas de la Iglesia de Asunción, como no contestan, los encapuchados, tumultuosos, violentos, inescrupulosos y bien organizados, la prenden fuego sin miramiento. El templo arde como un carburante, el capirote de la ábside inclinándose lentamente, mientras es consumido por las horripilantes llamas, se transmite en vivo y a todo color por el cable, la TV, las redes sociales. La acalorada escena queda en las pupilas de toda la población, grabada en la memoria de los ciudadanos, como un sarcástico tropo de la decadencia social. En minutos las cenizas yacen en el suelo, el ulular de los bomberos es tardío, el ataque es fatal. Amén de la agresión a la capilla de Carabineros.

Cuando la turba de protestantes, pacíficos según la radio, la prensa y la televisión, llega a la Plaza Baquedano, Santiago arde en diferentes puntos estratégicos; la paralización es completa, solamente la trasegada muchedumbre anda por las calles. El vórtice del levantamiento está en la plazoleta heroica. Las cámaras de todos los medios de comunicación se centran en el lugar convergente. El héroe de la guerra del pacífico ha caído; es la muestra del poder de los indigentes. La baraúnda ya anda enmascarada, ya dieron la voz de alerta para protegerse el rostro, no de las bombas lacrimógenas, ni de los carabineros, sino de las cámaras y los drones fotográficos. Los saqueos, las agresiones, la impunidad, la indignación, la depravación, la venganza, la aberración, los dislates, la injusticia, la desigualdad, la reminiscencia, la irritación, el enfado, el enojo latentes por generaciones enciende la ciudad. Es el momento preciso para realizar el cambio...

Las autoridades llegan tarde, el temor y la incertidumbre las ha dilatado, la ciudad ya está sitiada y en manos de los protestantes. Las albricias para los asaltantes llega de los medios de comunicación, quienes continúan «reporteando» que los disturbios no son violentos; que los incendios, las expoliaciones, las riñas con los dueños de la propiedades saqueadas, son producto de las *fake news*; que son excusas para justificar la brutalidad policial y los arrestos masivos. Sin embargo, los furtivos ojos de los dispositivos móviles de los ciudadanos comunes y corrientes captan, a través de las puertas y ventanas hendidas y desde las azoteas de sus residencias, los disparates, los trastornos y los detrimentos de los insurgentes, y los sube a las redes sociales, medios para conocer el veraz acontecer hogaño.

Esa noche, con el Estado de Excepción Constitucional establecido y el toque de queda ejecutado, entre la zozobra, el temor y la angustia de la población —en especial la senescente porque recuerda los ominosos años de la dictadura—, las bucaneras cibernéticas operan el tecleado de sus computadores con sus diestros dedos y sus afiladas mentes. La vindicación de Marcela es monetaria. Efectúan los retiros electrónicos en dólares del banco de Miami y los transfieren al país. Preparan la compra de cuatro millones *USD* en acciones mineras, para el día siguiente a primera hora, porque el mercado está durmiendo como el resto de la ciudadanía. Cuatrocientos mil *USD* van a la cuenta de Marcela, directamente a su banco como un depósito de caja chica de donde sacarán dinero para los gastos que se avecinan. La compra de los activos digitales de *criptomonedas* se hacen de inmediato, ese mercado no duerme, son varios millones de dólares. (El violador se va a dar cuenta del saqueo, pero no le conviene hacer un escándalo, es mejor guardar silencio).

CAPÍTULO XVI

EL FINAL DE LA SAGA

Santiago de Chile amaneció con resaca debido a las convulsiones sociales del día anterior. La concentración masiva de ciudadanos jóvenes en el corazón de la metrópoli fue algo inédito, inusitado, inconcebible, imprevisible e incontrolable. Los drones y los helicópteros con ojos de cóndor andino captaban los torrentes de personas caminando por las calles, las avenidas y los callejones, buscando los puntos de concentración que habían saltado de las redes sociales. A esa hora de la mañana la muchedumbre marchaba sosegada e inerme; actitud alabada y exaltada por los medios de comunicación. La ciudad abrió tímidamente las puertas para desarrollar las actividades rutinarias; sin embargo, la angustia flotaba por el ambiente, moviendo las hojas de los árboles con ráfagas reminiscentes del tiempo de la tiranía. No había razón para pensar que las autoridades no podrían controlar la situación; tampoco había indicio del descontrol que se aproximaba lentamente.

En medio de esa tensión urbana, Marcela entra a una de las sucursales bancarias; segura, ascética, especiosa cruza el vestíbulo —el guardia de seguridad queda con la boca abierta cuando ve pasar tal rutilante belleza—, se aproxima al escritorio de la recepción y pide la atención de un agente. Se sienta a esperar, piensa en Amparo, quien se ha quedado en casa concretando la compra de las acciones bursátiles, y en las protestas del día anterior. Repasa en su mente el viaje a Chillán y las explicaciones a su tía Belén por llevarse con ellas a Fer, pues, él maneja la barbería. Tienen que aprovechar el momento de incertidumbre que vive la sociedad santiaguina. La saca de sus cavilaciones el agente bancario cuando la invita a su oficina. Hay poca clientela en el establecimiento: la desazón de los presentes se puede experimentar a simple vista. Mientras completa los documentos bancarios, acusando el recibo del capital enviado del extranjero, aseverando con su firma que los dineros no son productos de ninguna malversación, los encapuchados desatan los disturbios callejeros nuevamente, esta vez encubiertos por la cantidad inverosímil de personas volcadas por las calles…

El mejor hotel de Chillán es el centro de operaciones de las huríes. Comienzan la indagación del fatídico incendio en las bibliotecas de la prensa; la coartada es analizar el movimiento del mercado turístico. La información sacada de los medios digitales ya está adelantada. A Fernando lo alojan en otro lugar, distante de ellas para no levantar sospechas; su misión inmediata es encontrar un local para montar el salón de belleza de alta calidad, deliberado a adquirir información —los chismes, rumores y comentarios que giran por las butacas de barbero no tiene parangón— y a suplir la demanda de los «cuicos» de la comunidad. Ellas se hacen pasar por inversionistas en el mercado turístico. Para esa finalidad contactan la agencia de bienes y raíces de mayor prestigio de la ciudad. No pasan muchos días cuando Fernando encuentra el local, un poco alejado del centro de la ciudad, por el momento bastará; lo arrienda, contrata a dos chiquillas guapas como ayudantes. La tía Belén es la encargada de suplir y enviar los productos de belleza. Los enseres de peluquería, comprados al contado y con anticipación, llegan una semana atrasados, normal en el país.

Marcela, atribulada por el fárrago de recuerdos, no puede controlar los nervios cuando llegan a la entrada principal de la propiedad rural. Es uno de esos días de refulgente primavera: las napas en flor despiden el dulce sabor de la vida campestre, los fecundos valles se encorvan para labrar la tierra, el chirrido y el vuelo de las bandadas de pericos decoran el empíreo infinito, la brisa del bosque suscita el ánimo de los pobladores. En medio de esa belleza, las chicas entran a la finca vitícola, perteneciente al tío Vicente años atrás. Amparo maneja la camioneta último modelo —con la nueva tecnología montada en el tablero y con apenas ochocientos kilómetros recorridos, la distancia desde Santiago hasta donde se encuentran—; Marcela no se atrevió a conducir, le podía fallar el pulso. El nombre del viñedo es ahora *Las parras del río sur*, los edificios son nuevos y enormes, la cerca perimetral es distinta, el estacionamiento para los turistas como ellas está recién acabado. Cuando su amiga aparca el auto, las lágrimas ruedan por sus mejillas como racimos de uvas maduras: recuerda la jauría de perros…

Se serena para analizar el inadvertido, pero significante hecho. ¿Cómo fue posible de que nadie hubiera mencionado los caninos en la investigación del fatal incendio? No existía en los medios de información ni una foto de ellos. No había posibilidad de que hubieran escapado después de siniestro, ella sabía lo fiel que eran; ni le cabía en su mente de que hubieran sido calcinados, ellos dormían fuera de la casa, en la perrera que construyó con sus propias manos. Tampoco era factible que hubieran pasado desapercibidos en el desastre, porque después de los bellos sarmientos y el singular rótulo con el nombre de las cepas, era la manada de quiltros el distintivo de la propiedad. La jauría, engolosinándose alrededor de los autos, recibía los visitantes. Allí podía estar la punta del meollo: ¿había una mano incendiaria?, ¿había sido la conflagración un estúpido accidente? Tenía que aclarar lo sucedido, no podría vivir en paz sin desenlazar el misterio. Debía ser fuerte; llorar no le traería ningún beneficio.

La actividad, a la que asisten las jóvenes en ese momento, había sido programada por la entidad llamada *Por la ruta de la uva ñublense*, asociación vinícola establecida para promover el producto de la región, fundada por Caetano Domínguez. La programación es una caminata por las parras, un almuerzo y, a manera de bajativo, el cateo de los vinos de la finca. Son parte de un grupo turístico, todos han llegado allí por sus propios medios, la mayoría vienen de Santiago, ellas son las más jóvenes. El personaje que los recibió, bien parecido y locuaz, no apartó los ojos de las nereidas desde que se

190

bajaron del auto. El guía los hizo pasar a la sala de estar, donde una mucama organizaba los bizcochos, los pasteles, el café y el té hirviendo, y las animó a comer los bocadillos.

El anfitrión, habiéndose presentado como el hijo del dueño de la propiedad, con la finalidad de impresionar a las chicas, las invitó a un paseo por las bodegas de vino. Indicó al resto de turistas a descansar mientras preparaban el almuerzo. Las jóvenes aceptaron de buena gana, era la oportunidad para comenzar a desenrollar la urdimbre, tenían que aprovechar la digresión para sonsacar toda la información sobre el dueño de las vides. Marcela se tragó sus lágrimas al ver el emparrado que su familia había erguido; sin embargo, presidió el zalamero cuestionamiento: «¿A qué se dedica tu padre?». Luego de contestar que era uno de los inversionistas turísticos más importantes de la región, recitó el caudal de pertenencias, entre ellas el lujoso hotel *Vistalmar* en los Nevados de Chillán. La lisonja para convencer a Álex, ya se referían entre ellos por sus nombres de pila como buenos amigos, a que las llevara a visitar el resort fue efectiva.

Para realizar el próximo movimiento analizaron esa noche toda la información recopilada: la hecatombe fue investigada por la policía municipal, hecho extraño, pero comprensible porque ocurrió en el área rural; la desaparición de los chuchos sin ninguna explicación era un indicio de anomalía, pero no conducía a ningún lugar; la tardía respuesta del cuerpo de bomberos era explicable por la distancia, el aislamiento y la precaria comunicación del campo; con relación a la subasta de la finca de su tío Vicente no habían encontrado mucho, un pequeño anuncio en el periódico de la ciudad indicando el lugar, la fecha, la hora, era todo; el nombre del nuevo dueño de las vides ya no era muy relevante porque ese fin de semana lo irían a conocer. Por último resolvieron que se quedarían unos días en el *resort*, o hasta que estuvieran satisfechas con la indagación.

El hotel era tal como lo describió Álex: la vista periférica cautivaba el ánimo del espectador, deseaba quedarse suspendido en ese momento, especialmente si se apreciaba

191

el panorama desde la terraza. El joven tenía un instinto innato para agasajar, su garbo era auténtico, rozando la ingenuidad, hacía sentir a las chicas confortables. Por todos lados se veía el buen gusto del decorado: sencillo, atractivo, efectivo. El aprovechamiento de los espacios era tal que de repente aparecía un rincón ameno; donde una pareja podía posarse a secretear palabras de amor discretamente. La piscina era temperada y por el patio se miraban familias disfrutando de las tinas térmicas de madera. Alguien estaba haciendo un buen trabajo hotelero; no lo averiguarían hasta llegada la cena, muy entrada la noche como lo amerita la etiqueta chilena. «En noviembre comienzan a llegar los turistas, aprovechando los paquetes promocionales y las rebajas de precio», dijo el guía turístico, en voz baja como si se tratara de un secreto.

La cena para veinte personas se organizaba el sábado, asistían los primeros clientes en llegar durante la semana en curso y otros invitados especiales, tradición que se mantenía desde la inauguración del dispendioso hotel. Al comenzar la velada, Caetano se presentó como el gerente y propietario del centro turístico, la cual presidía sentado en la cabecera de la mesa de comedor como el capitán de una embarcación. Coordinaba con visajes los movimientos precisos de los mozos para servir las entradas y las bebidas. Amenizó la conversación con chascarrillos, anécdotas e inflando su ego cuando mencionaba sus hazañas con acento español. Cuando Álex presentó las chicas a su padre, después del banquete, y a solas, la joven Marcela confirmó su aberrante barrunta. Caetano por el otro extremo estimó que eran muy jóvenes para estar en el mundo de las inversiones.

Las piratas cibernéticas operan esa misma noche, a pesar de ser tarde, es decir, la poca actividad en las redes de la internet a esa hora. Cabía la posibilidad de encontrar alguna información en el centro computacional del hotel, o que algún computador portátil de interés se uniera al sistema de conexión inalámbrica del hotel, de esa manera entrar a fisgonear en el sistema huésped. La clave para entrar al sistema computacional del hospedaje ya la tenían; la recibieron junto a la llave electrónica de la habitación, cuando hicieron el registro de entrada. Lo único que encontraron de interés fue el listado de los nombres de las personas que concurrieron a la cena, donde aparecían los de ellas, y se rieron porque Marcela aparecía como Carmen Ocuña. (En Santiago habían falseado los documentos, cortesía de Fernando, quien conocía el submundo capitalino). A los celulares de padre e hijo entraron por el postigo de las actualizaciones, porque estas no duermen, siempre están a la espera de novedades. Bajaron de ambos celulares las listas de contactos y los mensajes del WhatsApp.

Las náyades evaden los ruegos de su nuevo admirador, quedarse unos días más para esquiar y visitar las famosas Termas de Chillán, inventando la excusa de tener una cita de negocios en la ciudad. En realidad regresan a Chillán para averiguar con Fernando la identidad cierto personaje. El nombre Hedil aparece en los chats de Caetano, en los mensajes de Alejandro está escrito como Hedilberto y en la lista de los invitados de la cena de gala aparece el nombre completo. Asumen que es la misma persona. Después del intercambio de mensajes en el WhatsApp con el gerente y propietario del hotel, explicando el motivo de su ausencia, el sospechoso escribe: «Tenés que venir a mi oficina para conversar sobre las cotizaciones atrasadas. Te espero el martes 18 a las once». Bien pudieron llamar a Fernando por teléfono y preguntarle quién era la persona en cuestión, pero tenían que volver para deshacerse de Álex, quien ya estaba muy pegajoso.

El ardid, emprender el salón de belleza para recabar información, resultó exitoso, porque Fer escuchaba, entre sus bromas y chistes, la descripción y el carácter de la clase pudiente de la ciudad. El salón de belleza, aunque distante del centro, prosperaba; él tenía el arte de embellecer y el de atraer a la gente sin prejuicio. Las cuatro sillas de barbero, siempre ocupadas, rotaban y daban vueltas como una peonza. La fútil y pequeña urbe, establecida antes de la colonización, surgía próspera debido al irrecusable turismo nacional, buscando siempre nuevas fronteras. Llegaron al establecimiento de belleza pretendiendo no conocer al dueño, quien chachareaba con la clientela entre el susurro de las máquinas cortadoras de pelo, el perfume de los talcos y los chasquidos de las tijeras de acero inoxidable, momentos antes del cierre del negocio. «Voy a cerrar un poquito más tarde porque a estas bellezas las voy a dejar más bellas de lo que son», dijo Fer, y se rieron los pocos clientes que quedaban.

«Es el alcalde, poh», dijo Fernando la tarde que lo visitaron. Como no había mejor lugar para indagarlo que la municipalidad, para allá se encaminaron el día siguiente. Pisaron la Ilustre Municipalidad a las diez de la mañana cuando los usuarios atestaban la estancia, los pasillos y las sillas de espera. Uno de los caballeros con vestimentas de guaso cedió su asiento a la bella joven; Marcela lo compensó con una sonrisa glamurosa que lo extenuó de gozo. Amparo se plantó a poca distancia de su amiga para protegerla, en caso de cualquier eventualidad. Enseguida de arrellanarse en la silla sacó de su bolsa su celular; lo abrió, lo empezó a operar, como la mayoría de los parroquianos, y se dedicó a buscar el IP del ayuntamiento. Porque los establecimientos públicos son ingenuos en la seguridad de datos personales, Marcela entró fácilmente al sistema operacional de la pequeña red de terminales, distribuidas por todos los pisos del edificio. Así detectó el inconfundible tecleado de un computador portátil, acoplado al sistema de conexión inalámbrica de la municipalidad. Estiró los filamentos invisibles de su dispositivo móvil hasta el OS hospedado temporalmente en el wifi de la entidad pública, atrapó las carpetas y los correos electrónicos y los comenzó a bajar. La faena le iba a tomar varios minutos, debía ser discreta y pretender que era una clienta cualquiera. Levantó las largas pestañas, enmarañadas en los ojos verdes, hacia los individuos que admiraban la corta falda, adornada con sus dos sensuales piernas, una cruzada sobre la otra instintivamente.

El alcalde era quien comandaba las furtivas operaciones de la red de malhechores de la ciudad. La corrupción entrelazaba ciertas autoridades gubernamentales con los «pitutos». Dominaba la política con mano de tirano, utilizando coimas y retribuciones. Desde su escritorio edilicio controlaba cada transacción y movimiento de sus «socios», como solía llamar a sus compinches, usando las aplicaciones mensajeras y la correspondencia electrónica. En su afán de controlar y administrar las operaciones ejecutadas por sus súbditos, documentaba las negociaciones y arreglos lícitos e ilícitos, tan detalladamente que los archivos digitales de su computador parecían novelas de espionaje. Ese hábito que tanto provecho pecuniario y prestigio le había proporcionado, pronosticaba la caída de sus fraudulentas operaciones, ya que, las musas cibernéticas leían la información jaqueada de su computador. Marcela no pudo contener el llanto cuando supo la razón y la causa del incendio que provocó el fallecimiento de sus familiares.

El gerente y propietario del centro vacacional, quien había sido el cerebro y el patrón de las expoliaciones e ilícitos de la comuna, se encontraba atrapado en el mundano espiral del juego, las mujeres fáciles y las drogas, por donde se desangraba la plata que había acumulado durante varios años. Este hecho había incidido a ceder las riendas de las «inversiones» a su camarada Hedilberto. El desmesurado derroche de dinero también había propiciado la irregularidad de las cotizaciones de los préstamos, atrasadas por varios meses de incumplimiento, que la entidad bancaria ya había alertado a los socios del hotel a través de correos electrónicos. Ese era el motivo de la urgente reunión entre ellos; circunstancia que no aparecía en los datos pirateados. El Gallego se encontraba en la siguiente situación: endeudado, presionado por los socios del hotel y casi en bancarrota; sin embargo, contaba con las propiedades usurpadas y varios negocios.

El impacto emocional sufrido por Marcela la postró hasta dejarla en cama por varios días. Fernando aparecía como un fantasma a media noche para consolarla, para animarla y para hacerla reír. A pesar de su padecimiento, mitigado por los mimos, caricias y besos de su inmanente compañera, lograron analizar los datos obtenidos y preparar el próximo movimiento: escuchar la reunión programada entre Hedilberto y Caetano. La urgencia de la reunión, la relación de los dos personajes y la información que obtuvieron del computador del alcalde, apuntaba a que el mitin era la clave para conocer lo que se traían entre manos los criminales. La idea de las jóvenes era causar daño económico al responsable indirecto de la hecatombe. La evidencia indicaba que estaban frente a un grupo de desalmados criminales: no les temblaría la mano para terminarlas. Tenían que proceder con precaución.

El plan, entrar como un moscardón y pegarse en una de las paredes de la oficina del edil a escuchar la conversación de los personajes, era riesgoso; si las cachaban, podían perder la vida. La idea era escamotear un micrófono para grabar lo que allí se ventilaría. Para llevar a cabo la treta era necesario tener un boleto de entrada a la oficina del alcalde con la finalidad de plantar un micrófono espía. Ese tipo de artilugio, miniatura e invisible por el camuflaje, solamente se podía comprar en Santiago. La complicación era que estaban a tres días de la mentada reunión. La invitación para entrar al bufete municipal llegó por coincidencia ese mismo día: Fer había encontrado la propiedad perfecta para reinstalar el salón de belleza. El edificio pertenecía al edil y se encontraba a dos cuadras de la plaza. Amparo llamó inmediatamente a la corredora de propiedades para concertar una cita con el alcalde; la condición era que debía ser el martes 18, a las diez de la mañana. El viaje a la capital para comprar el dispositivo lo haría Marcela en avión para volver el mismo día; ella conocía todos los almacenes de tecnología.

El martes, 18 de diciembre, despertó alegre, contento, coqueto. El aire pascual circundaba la ciudad y los hogares chillanejos. La Plaza de Armas se engalanaba con el árbol de Navidad, ataviado con cintas de colores rojos y verdes y refulgentes adornos. La

196

orquesta había comenzado a tocar desde las nueve horas. Los músicos vestían uniformes colorados con bordes blancos y gorros cónicos, plegados sobre sus testas. El ambiente era amenizado con canciones navideñas. Por las calles adyacentes y soleadas afluían los habitantes apurados a terminar de comprar los regalos navideños. Cuando el reloj de la catedral marcó un cuarto para las diez, Amparo entraba al ayuntamiento, con pocos clientes y un número limitado de empleados. La música se desvaneció cuando se cerró la entrada principal: el taconeo se escuchó claro por las lozas y las gradas del recinto.

La representante de bienes inmuebles esperaba en la recepción de la oficina edil, atendiendo una llamada en su celular, caminando a ritmo lento por la estrecha sala. Cortó la conversación telefónica tan pronto como vio a su clienta. El alcalde salió, las invitó a entrar con un gesto, utilizando el brazo, y abrió completamente una de las hojas de la puerta. La melodía distante bajó el volumen cuando el hombre cerró la ventana completamente: saludó cordialmente. Al término de la presentación, Amparo le dio su tarjeta de negocios que decía: *Inversiones Naga*, en el encabezamiento, bajo las letras aparecía una cobra dorada con dos cabezas en forma de anillo y en la última línea tenía un número telefónico y una dirección electrónica. (La serpiente con los dos extremos iguales en forma de aro es el símbolo más antiguo del amor eterno). La tarjeta de presentación le pareció una broma, la juventud de la chica aumentó su escepticismo; no estaba para perder el tiempo. Le había dado cabida en su ocupado horario porque sabía que la representante de la agencia era una persona seria.

Mientras conducían la negociación, se calmó al darse cuenta de la desenvoltura, la seriedad, la austera postura y la diligencia de la joven respecto a la propiedad; no estaba tratando con una aficionada. Pendiente de la reunión con Caetano, miró el reloj de pared; instante en que se escuchó el inconfundible timbre de un teléfono portátil. Amparo puso el bolso en su regazo, sacó ciertos objetos, los puso en el escritorio, encontró el bullicioso

197

aparato y contestó la llamada. «Es mi socia, es importante, si me dan unos segundos, se los agradeceré», dijo levantándose de su asiento; dio la espalda a los presentes y se escuchó, un *okay*. Después de volver a poner los artículos en su gran bolsa negra de cuero, le dijo a la corredora de bienes: «Me puede dar unos minutos a solas con el señor Barrilla». Mientras el aludido acompañaba a la agente a la puerta, aprovechó Amparo para tirar su pequeña cartera de puño bajo el escritorio, y la ocultó con sus pies de manera que no la viera el edil al volver a su asiento. Después de escuchar el cierre de la entrada, a su espalda, Amparo se paró y le disparó la cifra por el inmueble en la cara. La oferta borró el agravio del corrupto alcalde.

Caetano miró la pequeña cartera desde el momento en que pisó la oficina del edil; la recogió, obviamente pertenecía a una mujer, la olió y se la entregó a su camarada diciendo: «Te dejaron un recuerdo perfumao, weón». «Es de una cliente que está interesada en la propiedad del centro», aclaró, y se fue al grano. El tema central de la reunión era convencer al Gallego a vender su valiosa propiedad para pagar las cotizaciones atrasadas del hotel; malgastadas en sus desmesurados vicios. No había otra salida para conservar su parte del valioso centro turístico. Los otros dos socios ya estaban alertados de la deuda y presionaban al alcalde también. Ninguno de ellos estaba dispuesto a avalarlo, se hundía económicamente, sus camaradas se apartaban de los manotazos de ahogado. El amargado Caetano se quiso recusar; sin embargo, sabía que Hedilberto tenía la razón. También sabía que los buitres, sus socios, acechaban la porción que tenía invertida en el flamante y exitoso hotel. «El as de espadas lo tenés en tus manos. La venta de la finca soluciona todos tus problemas económicos. ¡Ah!, tiene que ser de inmediato, no tienes mucho tiempo», presionó.

Al quedar solo, el alcalde no pudo contener el deseo de escudriñar la pequeña prenda olvidada en su oficina, por donde entró la subrepticia antena electromagnética. Un lápiz labial, un delineador, un cortaúñas, una polvera, un rímel, un pequeño atomizador de perfume, un lápiz de cejas y unos pinceles era el inventario del estuche de belleza.

Mientras tocaba los delicados artículos de belleza, recordó la singular belleza femenina, el cruce de las largas piernas mientras se inclinaba en el asiento; revivió, estimulado por el aroma que inhalaba en ese instante, el perfume y la sensual voz de ondina cuando se le acercó para decirle la proposición y el cierre inmediato de su propiedad. Nunca se imaginó que en el fondo del diminuto frasco, que sostenía en su mano venenosa, venía adaptado un pequeño y compacto micrófono de alto rango, ni que en el otro extremo del transmisor de ondas sonoras Marcela escuchó y grabó la conversación.

El veinte de diciembre estaban cerrando el negocio de la propiedad, célere movimiento para ganarse la simpatía y la confianza del alcalde. Este invitó a las jóvenes a celebrar la compraventa en la cena sabatina del fausto hotel. Ocasión en la que conocieron en persona a todos los socios de la banda de criminales. Ahí devolvió el estuche de maquillaje a su dueña (Las chicas escucharon las conversaciones de los colegas, compinches, asociados y los clientes del ayuntamiento con el edil Hedilberto Barrilla durante los días que el pequeño aparato permaneció en el escritorio). Después de la cena salió en conversación casual la venta de la propiedad vitícola de Caetano Domínguez: «Como ustedes son grandes inversionistas, ¿porque no le hacen una oferta al señor Domínguez?», dijo irónicamente el alcalde. «Si le parece podemos conversar mañana durante el almuerzo, señor Domínguez», dijo con aplomo Marcela, acercándose a la corredora de propiedades.

Analizaron nuevamente la situación: la banda de criminales estaban muy enraizados en la sociedad y lucharían a muerte por lo que habían adquirido. Debían continuar con cautela, porque en una comuna tan pequeña como en la que residían, la novedad causa intromisión. Decidieron no continuar con el plan que tenían: piratear todas las cuentas bancarias de los delincuentes y sus corruptos socios. Lo mejor era enfriar los planes, la temporada festiva se aproximaba, era una oportunidad excelente para disfrutarla con los familiares y amigos. Después de las fiestas de Navidad y Año Nuevo comprarían la finca, hecho inexorable. Antes de adquirir la propiedad rural tenían que castigar al Gallego. Como sabían que tenía los días contados para pagar las cotizaciones atrasadas, comprarían la finca hasta el último momento, manteniéndolo así en ascuas. Jugada que podían realizar porque nadie tenía interés en invertir en el campo; además, la cantidad que pedía por la propiedad era exorbitante.

Las jóvenes adquieren la propiedad rural al comienzo del nuevo año. Vuelve a manos de los Biscuña; aunque no está a nombre de Marcela. Su identidad debe permanecer anónima. Hay mucho trabajo en la finca y están solas —Fernando debe permanecer distante—; sin embargo esa no es la preocupación. ¿Qué hacer con el Gallego y los demás secuaces? Deciden dejar pasar más tiempo, es muy prematuro enfrentarse a los malhechores, algo se les ocurrirá en el futuro. «Al enemigo no hay que temerle, hay que respetarlo, conocerlo para anticipar sus movimientos», comenta Amparo. Además, el cuestionamiento: «¿Quiénes son? ¿Qué hacen aquí? ¿De dónde obtienen tanta plata?», ya anda revoloteando por los aires de la ciudad; actitud normal y esperada por las jóvenes.

Encontrar empleados para trabajar en la finca ya no es una tarea difícil; la frecuencia turística y los medios de comunicación han facilitado ese percance. Además, ya conocen a un buen número de personajes en la ciudad. Mantienen a las mucamas que trabajaban para Caetano, con la condición de que vivan en la finca, les doblan la paga, las acomodan distantes de la estancia principal del cortijo. Las acomodaciones no necesitan renovación, están muy bien diseñadas, a pesar de las críticas y desplantes de Marcela, producto de la transición de volver a vivir en la finca de su tío. Decoran de nuevo el interior y el exterior de las viviendas; es una táctica para empezar de nuevo. Contratan más empleadas para el manejo del restaurante que están pensando emprender y trabajadores para el mantenimiento del parral.

Hay dos cabos: uno por atar, Fernando el peluquero, a quién desean frecuentar sin sospecha ni malicia; y el nudo que desean separar es el hijo de Caetano, que, a pesar de haber perdido el control de la finca, las continúa visitando. La primera situación se resuelve celebrando la apertura de un nuevo emprendimiento en la propiedad que compraron al señor Barrilla: una tienda de cosméticos y un salón de belleza, duplicando exactamente el negocio de la tía Belén en Santiago. Las jóvenes deciden nombrar al alcalde invitado de honor, para darle seriedad al evento, por ende, los invitados de la «alta sociedad» aceptarán la invitación. La gala es un éxito. Fernando no asiste a la celebración; las chicas quieren dar la impresión de que es un trabajador más; el título de propietario de la peluquería y el inmueble se lo darán después; a la tía Belén le corresponde el almacén de cosmetología y otros beneficios.

La pandemia llega al país en esos meses, encierra la población durante dos años y resuelve la encrucijada en que se encontraban las huríes. El «virus de Wuhan» se lleva al Gallego por porfiado; se le escuchó decir por allí: «A mi no me entran ni las balas, weón». En realidad Caetano ya tenía una deficiencia en el sistema inmune por el abuso de las drogas y el alcohol; por consiguiente, el virus exacerbó esa condición hasta aniquilarlo. El alcalde recibirá su merecido, aunque no estuviera involucrado directamente en la hecatombe, en la elección municipal venidera: las jóvenes subirán a las redes sociales todos los detalles de las transgresiones y corrupciones. Así se rompe la cadena de vicisitudes de Marcela. Las chicas vivirán felices rodeadas de vides, de turistas y de rumores…

Fin

Made in the USA
Columbia, SC
27 August 2023

22089092R00111